親の家が空き家になりました

葉山由季

潮出版社

親の家が空き家になりました

目次

装画　古藤みちよ
装丁　金田一亜弥

【主要登場人物】

佐《さ》々《さ》木《き》瞳《ひとみ》　五十代の主婦《しゅふ》。娘《むすめ》の光《ひかる》が結婚《けっこん》したため、夫と二人暮《ぐ》らし。

佐々木一郎《いちろう》　瞳の夫。会社員。

畑野《はたの》光　瞳と一郎の娘。結婚して家を出た。

枝《え》川《がわ》京子《きょうこ》　瞳の母。十年前に夫の雅彦《まさひこ》と死別。

枝川真司《しんじ》　瞳の兄。東京の大手電機メーカー勤務《きんむ》。

滝《たき》陽子《ようこ》　瞳の姉。自宅を一部改装して美容《びよう》サロンを経営《けいえい》している。

和江《かずえ》　瞳の中学時代の同級生。自称「空き家ウォッチャー」。

須賀《すが》さん一家　瞳の実家の隣《となり》に住む家族。

プロローグ

リビングのガラス戸越《ご》しに、何かがふわりと舞《ま》い降りるのが見えた。

そおっと近づいて見てみると、小さな黄緑色の鳥がベランダの鉢植《はちう》えにとまっている。

目の周りには白い輪があった。

「うわー、今日はいい日になりそう」

瞳《ひとみ》は思わず呟《つぶや》く。

「何で？」

朝食後のコーヒーを飲みながら、一郎《いちろう》が不思議そうに聞いた。

「ほら、そこにメジロ。お祝いに来てくれたんかな。今日は何時に待ち合わせる？」

「え？」

「仕事帰りに外食しようって、言ったやん」

「今日は、九州支店から出張で来た人らと打ち合わせや。遅《おそ》くなるって言うたよ。夕食は、いらないって」

「えー？　聞いてへん」

「言うたよ」

「知らない。今、聞いた」

「外食は休みの日にしよ。その方が落ち着くし」

コーヒーを飲み干して、一郎は何の屈託《くったく》もなく、さっさと玄関《げんかん》に向かう。

「いってらっしゃい」

瞳は思い切り笑顔《えがお》を作って見送った。

「朝、だんな様を送り出す時は、何があっても笑顔で」という母の教えを、忠実に守っただけだ。ドアを閉めて玄関横の鏡を見ると、恐《おそ》ろしいほどの仏頂面《ぶっちょうづら》が映っている。

今日は瞳の誕生日《たんじょうび》である。

昨年までは、一人娘《むすめ》の光《ひかる》が必ずケーキを買ってきた。そんなささやかなお祝いの日は、当たり前のように毎年訪《おとず》れ、そして終わった。

半年前に光が結婚《けっこん》して、夫婦《ふうふ》二人の生活になった途端《とたん》、家から色彩《しきさい》が抜《ぬ》け落ちた。味気なくなった。会話があるような、ないような、妙《みょう》に静かな家になった。

そのうちに慣れるのかもしれないが、これからの人生、もっと夫婦で楽しんでもいいのではないか、と瞳は思うのだ。

誕生日の約束を忘れるなんて。いや、この年になったらそんなもんか。こんなことにがっかりしている自分に、瞳はがっかりする。

瞳も仕事に行く時間である。五年前から週三日、通販《つうはん》商品を受注するコールセンターのオペレーターとして働いていた。

新しいことに慣れるのに時間がかかり、要領もいい方ではない瞳にとって、初めは戸《と》惑《まど》うことが多かった。言葉遣《ことばづか》いを注意され、聞き間違《まちが》いに冷や汗《あせ》をかきながら、やっと慣れて、今ではやりがいさえ感じている。

テーブルに置いたスマホが着信を知らせた。

「お母《かあ》さん、五十歳《さい》のお誕生日おめでとう。百年、生きるとして、折り返し点やね」

光からのＬＩＮＥ《ライン》だった。

百年、生きるとして？　何、言ってんだか、と一瞬《いっしゅん》思ったが、すぐににんまりして、「ありがとう」のスタンプを返した。

出かける前にベランダを見た。メジロはもういない。幻《まぼろし》だったのかもしれない。

大阪と神戸《こうべ》のほぼ中央に位置するまちに、瞳達は暮らしていた。

マンションを出て五分ほど歩くと、松や桜の木が植えられた、夙川《しゅくがわ》沿いの道に出る。

もう二、三週間ほどしたら、ソメイヨシノが咲《さ》き始めるだろう。たくさんの小さな蕾《つぼみ》は、咲く準備をしている。

夙川は、兵庫県の六甲山系《ろっこうさん》を源に香櫨園浜《こうろえんはま》まで続き、大阪湾《わん》に注がれている。冬の間は、橋の欄干《らんかん》にずらりと並んだユリカモメが、今日は二羽《わ》とまっているだけだ。白い羽と赤いくちばしが愛らしい。人に慣れているのか、近づいても飛び立たない。

駅まで続くこの道が、瞳は好きだった。通勤や通学で駅に向かう人々の軽やかな靴《くつ》音に、瞳の気持ちは晴れていく。

1　母との同居

梅田《うめだ》行きの電車に乗ってすぐに、ポケットのスマホが震《ふる》えた。

「湯山《ゆやま》中央病院」と表示されている。ドキン、と心臓が大きく打った。瞳《ひとみ》の父が入院し、そして亡《な》くなった実家近くの病院である。

瞳はスマホを耳に押《お》し当て、口元を掌《てのひら》で覆《おお》うようにして受信ボタンを押した。

ガタンゴトンという音に、相手の声がかき消されて聞こえにくい。

「佐々木《ささき》瞳さんですか。お母様《かあさま》の枝川京子《えがわきょうこ》さんが救急搬送《はんそう》されて検査を受けています。すぐに来られますか？」

切れ切れに伝わったのは、母に何かがあって病院に運ばれたということだった。救急車ってことは事故か。体調が急に悪くなったんやろか。汗《あせ》ばんだ手が震えた。

「母は、母は無事なんですか？　あの、あの、母は生きてますよね！」

自分でも何を言っているのか、分からなくなる。昨日《きのう》、電話で話した時は元気そうやったのに、どうしたんやろ。

「命に別状はありません。それではお待ちしております」

落ち着いた相手の声に安堵《あんど》したものの、瞳は慌《あわ》てふためいていた。電車が駅に停《と》まるのももどかしく、家へ取って返す。

職場に事情を話して休みをもらい、車に乗り込《こ》んでエンジンをかけた。

「一旦《いったん》、落ち着こ！　安全運転で！」

自分に言い聞かせ、西宮北《にしのみやきた》インターへ向かう。高速道路で西へと走る。市街地を過ぎると、緑の山々がどこまでも続いた。

父が亡くなり、母が一人暮らしになってから、瞳は月二回ほど片道二時間かけて実家に通っていた。

「みんなに、ようしてもろてるし、何の心配もあらへんよ」

母は瞳が訪《おとず》れるたびに、そう言って瞳を安心させた。実際、垣根越《かきねご》しに、

「枝川さん、おっとって？　あら、娘《むすめ》さんが来てはるんやね。また来るわな」

と、声をかけていく人が何人もいた。

瞳が小さいころから、家族は近隣《きんりん》の人達と仲が良く、互《たが》いに庭の花を愛《め》でたり、一緒《いっしょ》に町内会の行事に参加したり、時には縁側《えんがわ》に座《すわ》って、話に花を咲《さ》かせたりした。

特に、東隣《ひがしどなり》の須賀《すが》さん一家は家族構成が似ていて年齢《ねんれい》も近く、何かと助け合ってきた。互いの子ども達が成長して家を出ると、瞳の両親と須賀さん夫婦《ふうふ》は連れ立って、よく日帰りバス旅行に出かけた。

一時間ほど車を走らせ、県の南西部に位置するまちで、瞳は高速を降りた。病院に向かいながら、家族で姫路城《ひめじじょう》や動物園へ出かけた幼い日のことを瞳はぼんやり思い出していた。遠い昔のことだ。母は今年、八十歳《さい》になる。

病院に到着《とうちゃく》し受付で名前を言うと、年配の看護師長が忙《いそが》しそうにやってきて、

「加藤《かとう》先生から説明がありますので」

と言い、瞳を病室に案内した。

四人部屋の入り口側のベッドに母がいた。髪《かみ》の毛が白い枕《まくら》の上に乱れて広がっている。目を閉じた母は一週間前に会った時より随分《ずいぶん》、年をとったように見える。

「お母さん！　どないしたん、心配したわ。大丈夫《だいじょうぶ》？」

「えらいこっちゃなぁ」

京子は瞳の声に目を開け、おどけたように呟《つぶや》いた。その言葉は、京子自身に向けているようでもあり、瞳を気遣《きづか》っているようでもあった。

二階から座布団《ざぶとん》を三、四枚持って降りようとした時、階段を踏《ふ》み外した。激しい痛み

にしばらく動けずにいたが、和室に置いた携帯電話《けいたい》まで這《は》って行って、救急車を呼んだ、と京子は言う。

「三段跳《と》びしてもうた。ふふふ。痛いだけで骨は折れてないから大丈夫や」

京子の穏《おだ》やかな表情と明るさに、瞳は救われる思いがした。

隣家《りんか》の須賀さんも驚《おどろ》いたに違《ちが》いない。

加藤医師はカルテを見ながら、打撲《だぼく》だけのようだが念のために詳《くわ》しい検査をする、と言い、

「お年を考えると、これからはもっと気をつけた方がいいですね」

瞳の顔に視線を当てた。眼差《まなざ》しは優《やさ》しかったが、瞳の胸はチクリと痛む。

医師に深く頭を下げて見送っている瞳に京子が言った。

「あの先生、昔からよう知っとうけど、いっつもひと言多いねん。気にしなや。家から新しい靴下《くつした》、持ってきてくれへんか？　あと、何か着替《きが》えもな」

痛むのは足腰《あしこし》だけのようで、口は元気である。

実家に向かおうと病室を出たところで、息を切らせた須賀さんのおばさんに出会った。庭仕事で焼けた肌《はだ》が、健康そうにつやつや輝《かがや》いている。

「昨日から有馬《ありま》温泉に行ってて、さっき帰ったんよ」

父が亡くなってからも、京子は須賀さん夫婦に誘《さそ》われると、一緒に出かけていた。今回は遠慮《えんりょ》したのだろうと、瞳は思った。

「息子《むすこ》達が誘うてくれてな、家族みんなで行ってきたんや。帰ったら、京子さんが救急車で運ばれたって、お向かいさんが言うやろ。びっくりしたわ。けど、大したことなくて良かったな。はい、これ、お土産《みやげ》」

炭酸せんべいの包みを瞳に渡《わた》し、丸っこい体を左右に揺《ゆ》らせながら病室に入る。すぐに京子と須賀さんの会話が聞こえてきた。須賀さんの笑い声が廊下《ろうか》まで響《ひび》く。その声は、家族で過ごした一泊《ぱく》旅行の楽しさを、余すことなく伝えていた。

実家に到着し、駐車《ちゅうしゃ》スペースに車を入れる。庭の雑草が随分、伸《の》びたような気がした。

「大変やったなぁ」

息子夫婦を見送りに出てきた須賀さんのおじさんが、気の毒そうに声をかけた。

瞳は、いつも世話になって感謝していることを丁寧《ていねい》に伝えた。

何回か会ったことのある、須賀さんのお嫁《よめ》さんが瞳をちらりと見て、

「おじいちゃん達が仲良くさせてもらってますけど、私達、お隣さんまでは目が届きませんで。すみませんね」

と、真顔で言った。やがて、夫婦は車に乗り込み、走り去った。

父が亡くなってから、十年も経《た》つのだ。一年ごとに、いや一日ごとに状況《じょうきょう》は変わってゆく。京子やその周辺だけが変わらないわけがないではないか。瞳は、その事実を突《つ》きつけられたような気がした。

家に入ると、廊下の冷たさが靴下を通して足に伝わってきた。階段下にお客用の座布団が散らばったままになっている。瞳はそれを重ねて置いて、和室の襖《ふすま》を開けた。

瞳の目に飛び込んできたのは、雛人形《ひなにんぎょう》だった。縁側から差し込む午後の柔《やわ》らかい光の中で、凛《りん》とした佇《たたず》まいを見せている。

金の屏風《びょうぶ》を背にした男雛《おびな》、女雛《めびな》は切れ長の目にわずかな微笑《ほほえ》みを浮《う》かべていた。銚子《ちょうし》や三方《さんぼう》を持って行儀《ぎょうぎ》良く並ぶ三人官女。五人囃子《ごにんばやし》は今にも音楽を奏《かな》でそうだ。

もう何年も見ていなかった、懐《なつ》かしい七段飾《かざ》りである。

母は何を思って雛人形を飾る気になったのだろう。

六段目には、簞笥《たんす》に鏡台、お針箱が、きちんと並んでいる。子どものころ、小さな道具を使って、姉や友達とままごと遊びをした。瞳は、美しい雛人形よりも、こまごまとした道具の方に心惹《ひ》かれる子どもだった。

小さな鏡台の引き出しの取っ手が取れて泣いた時は、姉が直してくれた。ボンドの跡《あと》が、かすかに残っている。

どちらが右大臣で、どちらが左大臣かは、兄が詳しく教えてくれたのだった。

座布団を降ろして、母は誰《だれ》かを呼ぶつもりだったのか。

母は、何やかんやと理由をつけておしゃべり会を催《もよお》すのが好きだ。桃の節句は過ぎたけど、母のことだから、雛人形が飾られている間は何回でもお茶会をしたかったのかもしれない。

瞳は、必要なものを見つくろってバッグに詰《つ》めながら、退院した母が廊下をそろそろと歩き、浴室に入る姿を想像した。足をすべらせて転ぶ姿が鮮明《せんめい》に目に浮かんだ。

お母さんは足腰が丈夫で、滅多《めった》に風邪《かぜ》もひかへんかったし、「一人が気楽でいい」なんて、いつも笑ってたけど、もう、そうは言ってられへん。

瞳は荷物を持って母のところへ駆《か》け込むと、意気込んで言った。

「お母さん、うちで一緒に暮らそう！」

京子は、一瞬《いっしゅん》、ぽかんとし、大して嬉《うれ》しくもなさそうに目をそらせた。

「あんな狭《せま》い家に押しかけたら申し訳ないわ」

あんな狭い家で悪かったね、と思いながら瞳はたたみかける。

「光《ひかる》の部屋が空いてるわ」

「一郎《いちろう》さんは、迷惑《めいわく》とちゃうやろか」

瞳は、はっとした。夫のことをうっかり忘れていたのである。娘の表情を見て、京子はため息をついた。

「ほんまに、いっつも肝心《かんじん》なところが抜《ぬ》けてるんやから、瞳は」

「絶対、大丈夫。大丈夫や！」

きっと賛成してくれる。こんな時は必ず力になってくれる人だと信じている。

いや、だけど。何考えているか、イマイチ分からないところもあるしなぁ。瞳の頭の中で、様々な思惑《おもわく》が渦《うず》を巻いていた。

一郎が帰ってきたのは、十一時過ぎだった。

「お義母《かあ》さんが？　大変やないか」

瞳が事情を話すと、真剣《しんけん》な目で容体を詳しく聞いてくる。

「年寄りは打撲かて命取りや。油断したらあかんで。大事にせんとな。もちろん、うちに来てもらおう」

心配そうに眉《まゆ》をひそめる様子に、瞳は心底、驚いた。ここまで思ってくれるなんて。

ああ、やっぱり、この人と結婚《けっこん》して良かった、とつくづく思う。

一郎は、テーブルに細長い紙包みを置いた。誕生日のワインも忘れていないのだ。

「ありがとう、乾杯《かんぱい》しよ！」

瞳は心を弾《はず》ませて、ワイングラスを出した。包みを開けると芋焼酎《いもじょうちゅう》の瓶《びん》が現れた。

「九州支店からのお土産や」

「焼酎……。ま、とにかく乾杯しよ」

どちらにしても、瞳は嬉しくてたまらない。「ありがとう」と繰《く》り返しながら、グラスを合わせた。

こうして、瞳の誕生日は過ぎていった。二〇一八年三月のことである。

◇

翌日、瞳は姉の陽子《ようこ》に電話で状況を伝えた。

「ごめん、今から予約のお客さんが来はんねん。お母さん、大変やったなぁ。まあ、よろしく頼《たの》むわ。来週にでも、電話するし」

電話は慌ただしく切られた。

二歳違いの姉は子どものころ、母の鏡台がお気に入りだった。化粧品《けしょうひん》の匂《にお》いを嗅《か》いだり、椿《つばき》油をそっと指に付けたりしているのを、瞳はよく見かけた。

美容専門学校を卒業後、化粧品会社に就職し、百貨店の美容部員になる夢を叶《かな》えた。

結婚して二人の娘の母となってからも学び続け、エステティシャンの資格を取ったのである。

そして、「美しさは幸せに通じる」を信条に、七年前、大阪北部にある自宅の一室を改装して美容サロンを開業した。丁寧なスキンケアと親しみやすさが地域で人気となり、毎日、大忙しのようだ。

兄の真司《しんじ》には、夜九時過ぎに東京の自宅に電話をかけた。妻の小夜子《さよこ》が出た。瞳をねぎらい、京子を心配する言葉も忘れない。

「最近、毎晩、帰りが夜中なのよ。すごく忙しいみたい。お休みの日に、そちらに電話するよう、必ず伝えますからね」

予想通りの受け答えである。さて、どちらが先に電話をしてくるか。瞳は兄の方に賭《か》けた。兄は責任感が強い。自分のやるべきことを速《すみ》やかに行うだろう。何らかの助言をくれるに違いない。

真司は子どものころから成績優秀《ゆうしゅう》で、東京の有名大学を卒業した。大手電機メーカーに就職して出世している。瞳の目にはそう映る。一人息子の誠《まこと》は、アメリカに留学中だと聞いていたが、帰ってきたかどうかは知らない。

◇

京子は打撲以外に問題がなかったので、三日後に退院することになった。

退院した日、瞳は実家に泊《と》まった。

瞳が不器用な手つきで雛人形を箱に収めていると、

「ぎょうさんおってくれたから、賑《にぎ》やかやったわ」

京子がお礼でも言うように、人形に話しかけ、微笑んだ。

京子は自分の荷物をまとめながら言った。

「瞳は家中を走り回ってたなぁ、この家に引っ越してきた時」

また、その話か、と瞳は思う。父からも母からも、親戚《しんせき》からも散々聞かされた。三歳だった瞳は、はしゃぎ過ぎて縁側から転げ落ち、膝《ひざ》を三針縫《ぬ》う怪我《けが》をしたのである。

「東京の狭い社宅から広い家に変わったんやから、無理もないわな」

「あんまり、覚えてへんわ。お兄《にい》ちゃんが、しょんぼりしてたのは覚えてるけど」

「あの子は小学校になかなか馴染《なじ》めなかったんや。可哀想《かわいそう》に、カルチャーショックやな」

通貨処理機や情報処理機の開発を手がける会社の東京本社勤めだった父が、姫路《ひめじ》支社に転勤になったのをきっかけに、父は姫路市に近い故郷のまちに家を建てて、家族で移り住んだのである。

このまちには、父の両親や親戚も多く住んでいた。詳しい事情を瞳は知らなかったが、父の母親である瞳の祖母が一緒に暮らしたこともあった。

庭に面した日当たりの良い部屋で、祖母が一日を過ごしていたのは、瞳が中学生の時である。学校から帰ると、おやつを食べながら祖母とおしゃべりをするのが日課だった。

「私、おばあちゃんの部屋に入り浸《びた》ってたね」

「あの時は助かったわ。瞳が相手をしてくれて。おばあちゃんには一番、良い部屋を占《せん》領《りょう》されてしもたけどね」

母がそんな言い方をするのを初めて聞いた。

「ほんまに、しんどかったわ。真司はもう東京の大学に行ってたし、陽子は高校の部活が忙しいて。お父《とう》さんは出張ばっかりで家におらへん」

「お母さんがそんなに辛《つら》かったなんて、知らんかったわ」

「あかん、あかん、愚痴《ぐち》っぽいのはあかんな。良いことはぎょうさんあったんやから、な」

年代物の茶簞笥に置かれた写真立てに話しかける。父の親戚の誰かから譲り受けた茶箪笥である。写真の父が笑っていた。その後に、こう続くはずだった。

「どんな経験も無駄《むだ》にはならへん。何かしら意味があるんや」と。

しばらく待ったが、その言葉はなかった。

からからと玄関《げんかん》の開く音が響き、須賀さんの声が聞こえた。

「ゴミがあったら物置の所に出しといて。水曜日にうちのと一緒に出しとくし」

「ありがとう、助かるわ」

「こっちこそ。雛祭り会、何回もやってもろて、みんなも喜んではったわ」

「あと、お菓子《かし》屋のおばあちゃんを呼ぼうと思ったんやけど、ええ座布団を出したろ、なんて余計なこと考えてたらコケてしもた」

ひとしきり話をして須賀さんが帰ると、

「何やかやと世話をしてくれる人がいるのは、幸せなことやな。けど、自分が人のお世話をできる方が、もっと幸せなんと違うやろか。私はもう、誰かの役に立つことはないのかもしれへん。仕方ないんかな」

京子は腰をさすりながら、呟く。いつもの母らしくない。

お母さんがいるだけで嬉しい人はたくさんいるよ。言おうとしたが、瞳は口に出せなかった。言わなくても分かってるはずだし、それに、何か照れくさい。

◇

翌日は快晴だった。

瞳は家の一階をひと部屋ずつ見回り、雨戸を閉めた。二階の雨戸は大分前から閉めっ放しである。実家には、これからも来ることがあるだろう。それなのに、名残惜《なごりお》しいような、もう二度と来られないような不思議な感覚に襲《おそ》われた。

京子はというと、我が家を振《ふ》り返ることもせず、小柄《こがら》な体をさっさと車に滑《すべ》り込ませた。

「遠足みたいやな。アメちゃんあげよか？」

昨日とは打って変わって晴れやかな表情で黒飴《くろあめ》をしゃぶっている。何かが吹《ふ》っ切れたように見えた。

キャベツ畑の脇《わき》の農道を走る。その先に水を張っていない田んぼが広がっていた。

瞳の職場からは、母が落ち着くまで休職してもいい、と言われていた。早く返事をしなくてはならない。

住み慣れない土地で母に留守番をさせるのは心配だ。また、同じことが起きるかもしれない。仕事は辞《や》めよう。

けど、住宅ローンはまだ終わっていないし、月々のパート代がなくなるのは厳しいな。特に資格もない私が、やっと見つけた仕事やし。いや、きっと何とかなるわ。何とかしてみせる。

瞳は黙《だま》って運転を続けた。京子も次第《しだい》に口数が少なくなった。

高速道路は空《す》いていた。瞳の暮らす海辺のまちが近づいてくる。

少し古びた七階建てのマンションの三階が、瞳達の住まいである。３ＬＤＫの広さは、自分達にはちょうど良いと思っている。

光が使っていた部屋は玄関脇の洋室で、ベッドと机だけが置いてあった。京子は荷物を置くと、机を軽く撫《な》でた。光が小学校に上がる時、孫のために夫と買った机である。

「ここらは物価が高いんやろ。うちは近所の人が、玄関に畑の大根やら人参《にんじん》やら置いといてくれたから、野菜なんか買《こ》うたことないわ。食費は、月一万円もかからんかったかな」

突然《とつぜん》、京子がお金のことを言い出したので、瞳は何と答えたものかと視線を泳がせた。近くに格安のスーパーがあるし、案外、節約上手やねん。瞳の言葉より早く、京子は、

「はい、これ」

と、銀行のキャッシュカードを突《つ》き出した。

「このへんにもM銀行のATMはあるやろ。偶数《ぐうすう》月の十五日に年金が入るから、私の食費、なんぼでも下ろしてきたらええ。暗証番号は、みんな良し」

今の前置きを聞いたら、一万円以上は下ろされへん。暗証番号は……何やて？

「しばらくお世話になります。よろしくお願いします」

瞳の夫、一郎に京子はそう挨拶《あいさつ》した。いつもと言葉遣《づか》いが違う。一郎は、それほどしゃべる方ではないが、人当たりは良い。一言、歓迎《かんげい》の意を表すと、京子は安心したように目を細めた。

しばらくの間、京子は心なしか元気がなかった。環境《かんきょう》が変わって調子が出ないのかもしれないが、それだけではないようだ。

四か月経ち、季節が変わっても、真司と陽子から連絡《れんらく》がないのである。

朝早く目覚め、所在なさそうにしている母を、瞳は散歩に誘った。夙川《しゅくがわ》に出る途中《とちゅう》に、低い木の柵《さく》で囲まれた小さな家がある。庭は手入れが行き届き、いつも季節の花で彩《いろど》られていた。瞳はここを通るのが好きだ。母の気持ちも晴れるに違いない。

ところが、庭は雑草だらけになり、黒ずんだ雨戸が閉まっている。いつの間にか、空き家になってしまったのだろうか。しんとした気持ちになって、黙って通り過ぎた。

他人事《ひとごと》ではなかった。

夜、三人で西瓜《すいか》を食べていると、須賀さんのお嫁さんから電話があり、実家の雑草が伸び、虫が飛んできて困ると言うのである。

「すみません。すぐ、草刈《くさか》りに帰ります」

瞳は頭を下げながら京子に視線を送る。

一郎が、

「日曜に行ってくるわ。物置に入ってる道具を使うで」

と、西瓜の種を吐《は》き出しながら言った。

「ありがとう。助かるわぁ、ごめんね」

京子は即座《そくざ》に答え、手を合わせる。

「あら、一人で行ってくれるん？　日当、いくら取る気？」

瞳が鼻に皺《しわ》を寄せて夫に言った。

「僕《ぼく》はなぁ、母さんが亡くなってからずっと、父さんと暮らしてきたやろ。そやから今、お義母さんのあったかい雰囲気《ふんいき》が心地《ここち》ええねん。来てもろて、ほんまに良かったって思ってる。おしゃべりの相手はでけへんけど、体を使《つこ》て役に立てるなら嬉しいんや」

一郎は、珍《めずら》しく真面目な顔で語る。京子はうっすら頰《ほお》を染め、瞳は何も言い返せない。

日曜日、一郎は朝早くから出かけていき、夕方、段ボール箱を抱《かか》えて帰ってきた。トマトにナス、オクラも入っている。

「息子さんの奥《おく》さんが、庭で採れたからどうぞ、って。来月から同居するんやて」

須賀さんのお嫁さんから野菜と情報をゲットするなんて、なかなかのものだ。瞳は夫をちょっと見直した。京子は満面の笑《え》みで一郎を迎《むか》え、

「ありがとう、暑かったやろ。今日は御馳走《ごちそう》するから、たんと召《め》し上がれ」

と言い、天ぷらを揚《あ》げた。夫婦二人暮らしになって以降、瞳は揚げ物を作っていなかった。一郎が大いに舌鼓《したつづみ》を打ったことは言うまでもない。

京子は少しずつ、自分らしさを取り戻《もど》していった。誰にでも気さくに声を掛《か》けるので、マンション内で言葉を交《か》わす人はたちまち増えた。数か月後には、マンション内でできた友人に頼まれて一階の集会室で手芸を教えるまでになった。

案ずるまでもなかった。楽し気に日々を過ごす母に、瞳は感心した。大したもんや。

ある朝、ソファでくつろいでいた京子が、

「へーえ、そうなんか。ほう」

と、テレビに向かって頷《うなず》いている。

「お金持ちだけがモメるわけではないのです」

テレビの声に、洗濯《せんたく》ものを抱えてベランダに出ようとしていた瞳は足を止めた。

「ウチは大したお金もないから遺産相続なんて関係ないわ。そう思っているアナタ、これを見てください」

司会者が円グラフのパネルを指す。

「遺産分割《ぶんかつ》事件、つまり相続でトラブルが起きる家の遺産金額の内訳を見ると、一千万円以下が全体の三〇パーセントを占《し》めるのです」

「ほう」

ゲストのタレントが、京子と同じ反応を示した。

「五千万円以下となると、七五パーセントを超《こ》すんですね。そうならないためには、どうすればいいんですか？」

テレビでよく見る弁護士が映し出され、

「遺言《ゆいごん》書を書いておくと安心です。遺言書には『自筆証書遺言』と『公正証書遺言』があります。公正証書は、公証人が作成して公証人役場に保管されますので、メリットは多いと思います。

一方、自筆証書は自分一人で作成でき、費用もかかりませんが、全部、手書きで書く必要があります。また、紛失《ふんしつ》したり、内容が不完全で無効になる場合もあるんです」

と、説明した。司会者が続ける。

「来年の二〇一九年には民法の改正で、自筆証書も財産目録については通帳のコピーや、パソコンでの作成も可能になるんですよね。二〇二〇年には、法務局の遺言書保管所で保管してくれるようにもなりますね、先生」

「そうですね。このほかにも、相続の制度がいろいろ変わります。まず、内容を知っておくことが大事です」

「そら、そうやな」

「この話題はシリーズでお伝えします」

「毎週、観《み》るわ」

京子はテレビと会話していた。

二〇一九年五月、元号が「令和《れいわ》」へ改められた。京子は新しい生活にすっかり慣れ、時には、瞳と心斎橋《しんさいばし》へ買い物に行き、京子が娘時代に好きだった宝塚《たからづか》歌劇へも行った。

「人生の最後にこんなに楽しい思いをするとは思わなんだ。ほんまにありがとう。机の引き出しに遺言書を入れとうからな。私が死んだら、それを持って家庭裁判所へ行くんやで。開けたらあかんで」

使いでも頼むように、京子はさらりと言う。

「何言うてんの。まだまだ、長生きせな」

「気安く長生き言わんといて。明日は分からん。あんたも年取ったら分かるわ」

「そんな大事なこと、お兄ちゃんやお姉《ねえ》ちゃんにも、言うといてほしいわ」

京子は返事をしなかった。

翌二〇二〇年、新型コロナウイルス感染症《かんせんしょう》が世界中に蔓延《まんえん》し、四月には全国に「緊《きん》急《きゅう》事態宣言」が発出された。国民は、「人との接触《せっしょく》を極力、削減《さくげん》」することを求められたのである。

2　みんな冷たい

「ちょっと、向こうに行っててくれへん？」

一郎《いちろう》が隣《となり》の部屋の襖《ふすま》を少し開け、眉間《みけん》に皺《しわ》を寄せて言った。瞳《ひとみ》と京子《きょうこ》は顔を見合わせ、マグカップを持って、そっとリビングを出た。

一郎は在宅勤務中で、リビングに接した部屋で仕事をしている。二人は一郎の邪魔《じゃま》にならぬよう、京子の部屋でテレビを観《み》たし、歩く時は音を立てぬよう気を付けていた。けれど、コーヒーを淹《い》れてリビングで飲むこともある。いつもは、静かにしていれば問題なかった。

「あ、今日はリモート会議の日やった」

パソコンの向こうに職場の人達がいることを、瞳はすっかり忘れていたのだ。京子の話し声はいつの間にか大きくなる。瞳の笑い声も結構、響《ひび》くのである。

向こうに行けと言われてもなぁ。二人は京子の部屋へ行き、ベッドに並んで腰《こし》かけてコーヒーを啜《すす》る。

床《ゆか》に置かれたカゴには、毛糸や編み棒、布切れ、手芸用の綿などが、ぎゅう詰《づ》めになっていた。マンションの友達と一緒《いっしょ》に過ごす、京子のお楽しみはお預けのままだ。

瞳は、散歩も買い物も母と一緒、家の中では夫もいるから三人一緒である。一人になる時間はゼロに等しかった。

「マスクで挨拶《あいさつ》されても、誰《だれ》か分からへん。図書館も閉まっとうし、どっこも行くとこないわ。高血圧の薬がなくなりそうやけど、年寄りが医者に行くのも迷惑《めいわく》みたいやし」

京子のかかりつけ医は近くにある河森《かわもり》医院の院長である。瞳も一郎も世話になっていた。四十代の男性医師で、診察《しんさつ》室で向き合うと、必ず目を合わせ、頷《うなず》きながら話をよく聞いてくれた。

「誰も迷惑なんて思わへん」と言うのも、瞳には、もう面倒《めんどう》くさく感じる。

お母《かあ》さんて、こんなに愚痴《ぐち》っぽかったかな。不満げに口角を下げ、顔のたるみを倍加させている母を見て、瞳はため息をつく。

二〇二〇年四月七日に緊急《きんきゅう》事態宣言が出るとすぐに、兄の真司《しんじ》から電話があった。母には優《やさ》しい口調で話していたようだが、瞳に代わると、「年寄りは外に出すな」とか「未知のウイルスを甘《あま》くみるな」とか、一方的に命令口調で言って切った。

陽子《ようこ》も、ある朝早くに電話をよこし、自分がいかに忙《いそが》しかったかを早口でしゃべった。母に代わった後は話が延々と続いた。美容サロンをしばらく閉めざるを得なくなった陽子は、誰かと話をしたくて、うずうずしていたようだ。

外出自粛《じしゅく》を求められた九か月が過ぎ、二〇二一年になった。年が明けたと思ったら、兵庫県は一月中旬《ちゅうじゅん》から、緊急事態宣言である。在宅勤務は、終わりそうにない。三人とも、うんざりした気持ちをかろうじて抑《おさ》えていた。

ある日、トイレの前で、京子がうずくまっていた。

「お母さん、どうしたん?」

「何でもないわ。あっちに行っといて」

トイレに間に合わなくて、粗《そ》そうをしたらしい。ぞうきんで床をゴシゴシ拭《ふ》いている。

「恥《は》ずかしいわ。見んといて」

「ううん、年をとったら、誰にでもあることや。私がするし」

ぞうきんを奪《うば》おうとしたが、母はがんとして受け付けない。自分でやると言ってきかないのだ。浴室にあったバケツに水を溜《た》め、何度も拭いている。足を滑《すべ》らせたら大変である。

そんなことが何度も続いた。ベッドを汚《よご》すこともあった。

京子の部屋にポータブルトイレを置き、夜間はそれで用を足してもらうようにした。それでも、なかなか上手《うま》くいかない。

玄関《げんかん》を入って右側に京子の部屋、左側にトイレと洗面所、浴室がある。玄関の辺りは、かすかに排泄物《はいせつぶつ》の臭《にお》いが漂《ただよ》うようになった。

「何やの、これ。親に対して失礼やないか！」

瞳がオムツを買ってくると目を吊《つ》り上げ、引ったくって放り投げた。

「安心して寝《ね》るためやないの。怒《おこ》らんといて」

「こんなことしてまで、生きとうない！」

「これ、普通《ふつう》のことや。みんな、してはる」

「みんなと一緒にせんとって！」

落ちくぼんだ目を光らせ、痩《や》せた体を張って京子は抵抗《ていこう》する。別人になったように。おもらしが怖《こわ》いと言って、京子は食事や水分を摂《と》ろうとしなくなった。命に関わることだ。瞳は必死に食べさせようとした。京子は首を振《ふ》り、金切り声を上げた。

一郎が勤める食品会社は外食産業の低迷《ていめい》の影響《えいきょう》で、業務用商品の売り上げが激減した。一郎の表情は暗く、苛立《いらだ》つことが多くなった。

緊急事態宣言は二月いっぱいで解除されたが、人流抑制《よくせい》の要請《ようせい》は続く。家の中の雰囲《ふんい》気《き》も、ぎくしゃくしたままである。

三月になると、ようやく、一郎の出勤日は多くなってきた。

ある日、夫を送り出そうと玄関へ向かうと、

「しばらく、実家でお義母《かあ》さんと二人で過ごしたらどうや」

ふいに一郎が言った。

「は？　どういうこと？」

「ああ、いや、ここにいるとお義母さんも落ち着かんやろと思って」

玄関脇《わき》の部屋には京子がいる。最近は朝、起きてくるのが遅《おそ》くなっているのだ。こんな会話を母に聞かせたくなかった。

瞳はドアを開け、外廊下に出た。頭に血が上っている。鼓動《こどう》が速くなる。

「私達を追い出そうってこと？『早くに母親を亡《な》くしたから、お義母さんに来てもらって嬉《うれ》しい』って、その口が言ったよね」

ひそめた声が、段々、大きくなる。

「追い出すなんて言うてへん。提案しただけや」

「結局、美味《おい》しい料理を作ってくれたり、優しい言葉をかけてくれるお母さんが必要なだけなんや。年をとって、体の自由がきかなくなって、臭うようになったお母さんには、

いてほしくないんやね。もう、最低！」

隣家《りんか》のドアがそっと開いて、スーツ姿の若者が遠慮《えんりょ》がちに通り過ぎる。

「もう、行くわ」

一郎は肩《かた》をいからせてエレベーターへ向かった。

家に入ろうとドアを開けてギクリとした。目の前に京子が立っている。

「だんなさんを送り出す時は笑顔《えがお》やで」

亡霊《ぼうれい》みたいな顔で、そんなこと言われても。瞳は眩暈《めまい》に耐《た》えながら、頷いた。

「今夜は、一郎さんの好物を作ったろ」

京子は天ぷらを揚《あ》げると言い張った。瞳も、いつもと違《ちが》う気分になりたかった。車を出して高級スーパーに向かった。

「もうホタルイカが出てる。美味しそう」

「海老《えび》も多めに買《こ》うてこ」

母と二人、久しぶりにワクワクしながら、買い物をした。オリジナルのレトルトスープや、フランス産発酵《はっこう》バターを使ったアップルパイも買《か》い込んで帰途《きと》についた。

コロナ禍《か》の時短で、一郎の帰りは早い。夕食は機嫌《きげん》良く、揚げたての海老を頬張《ほおば》った。

次々と平らげる一郎に、京子は満足そうな笑《え》みを浮《う》かべ、

「まだあるで。おかわり、持ってきたろ」

と言い、キッチンに向かった。

次の瞬間《しゅんかん》、「ああっ」という悲鳴と同時に、何かが床に落ちる大きな音が響いた。

鍋《なべ》の取っ手に京子が腕《うで》を引っ掛《か》け、揚げ油をぶちまけたのだ。

「お母さん！　大丈夫《だいじょうぶ》？　油、油！」

瞳はすぐさま、駆《か》け寄る。一郎は茫然《ぼうぜん》として固まっている。家の電話が鳴っていた。

幸い、京子に油はかからなかった。床は油だらけである。京子はキッチンにあったタオルを持って腰を屈《かが》めた。

「ええから、触《さわ》らないで！　動かないで！　お母さんは何もせんとって！」

一気に息を吐《は》くように、瞳は喚《わめ》いた。

「お義姉《ねえ》さんからや」

電話の子機を持った一郎が、すぐ側にいた。

「どうしたの？　何かあったん？」

受話器の向こうで陽子も叫《さけ》んでいる。どのタイミングで電話してくるんや。瞳は手が離《はな》せない。母が出た。

「陽子ぉ？　あんたの声が聞きたかったんやわ。元気にしとぉ？　うんうん、ありがと。

陽子は優しいな。コロナが落ち着いたら会いに来てな。うん、瞳に代わるわな」

陽子の声が耳をつんざいた。

「アンタ、年寄りにキツう当たったらあかんで。そんなんがきっかけでボケるんやで。聞いてるん？　瞳っ」

「うるさい！　何も知らんくせに」

瞳は、子機を一郎に投げつけた。

◇

「何の役にも立てんようになってしもたな」

湯舟《ゆぶね》に浸《つ》かった母が言った。狭《せま》い浴室で自分の体をせわしなく洗いながら、瞳は返事ができない。小さな疲《つか》れが、体のあちこちにこびりついているみたいで気持ちが悪かった。

「なぁ、瞳、地獄《じごく》の中にも、おもろいことはあるんやで。それを見つけられたら、ほんまもんや。それにしても、今は極楽、ええ気持ち」

ここが地獄やってこと？　気ぃ悪いわ。第一、地獄なんて言い方、大袈裟《おおげさ》過ぎる。

「あっちの家に帰った方がええやろか」

今朝の夫婦《ふうふ》の会話は聞こえていたのだ。

「気分転換《てんかん》に、来週、行ってみる？」

瞳は腹立たしさを堪《こら》え、さり気なく言いながら、介護認定《かいごにんてい》を受けさせよう、その前にお姉《ねえ》ちゃんに相談しよう、何で私一人が悩まなあかんねん、と目まぐるしく考えていた。

ベッドに横たわった母に「お休み」を言うと、珍《めずら》しく手を伸《の》ばしてきた。その手を取ると、ぎゅっと握《にぎ》ってくる。あまりの力強さに驚《おどろ》いた。かなりの長生きが見込まれる。

「痛たた、お母さん、握力《あくりょく》あるね」

「おもろいなんて言うたら腹が立つやろな。堪忍《かんにん》な。電気、消してんか」

いや、そっちと違う。地獄なんて言うから傷つくんや。

瞳は寝つかれなかった。隣に寝ている一郎のいびきを聞きながら、明け方になってようやく、うとうとした。

◇

朝食の準備を整え、母の部屋を覗《のぞ》いた。花模様のカーテンから光が透《す》けて、京子の横顔を優しく包んでいる。

「朝はヒヨドリの声がやかましい」と、母はよく文句を言っていたが、小鳥のさえずりさえ、聞こえない。どこか秘密めいた静けさが部屋を満たしていた。

温まった植物のような、決して不快ではない母の匂《にお》い、髪油《かみあぶら》だろうか、懐《なつ》かしい香りがふわりと鼻孔《びこう》をくすぐる。

「お母さん？」

瞳の胸が、ざわざわと音を立てた。

「お母さん、ねえ、お母さん！」

一郎が慌《あわ》てて部屋に行くと、瞳は茫然と立ち尽《つ》くしていた。一郎はすぐに河森医院に連絡し、河森医師が看護師とともに駆けつけた。京子はすでに亡くなっていたのである。

その後、虚血性心疾患《きょけつせいしんしっかん》と診断《しんだん》された。

そこからは、無我夢中《むがむちゅう》の一日一日が過ぎた。

コロナ禍ということもあり、瞳の住む地域にある葬儀《そうぎ》場に、瞳達きょうだいの家族と、数人の親族だけが集《つど》い、葬儀《そうぎ》を行った。

「えらいこっちゃなぁ」

そう言って、母が三年前のように目を開けてくれることを、瞳は本気で願った。最後に交《か》わした言葉を思い出そうとしたが、どうしても思い出せない。

骨上げが済むと、親戚《しんせき》や子ども達は帰り、真司と妻の小夜子《さよこ》、陽子だけが残った。

「瞳、ほんまによようやってくれたな。今まで、なんも手伝わんで、ごめんね」

陽子がしおらしく瞳の手を取り、ぽろぽろと涙《なみだ》をこぼした。グレーが入ったベリーショートの髪に完璧《かんぺき》なメイク。手入れされた長いまつ毛が震《ふる》えている。

母が亡くなってから、自分を責めてばかりいた瞳の心に、姉の言葉は沁《し》み渡《わた》った。やはり、血を分けたきょうだいは違う。心が通じ合っている。所詮《しょせん》、夫なんて他人なのだ。

一郎はぼんやりしているだけで、何の言葉もかけてくれない。

「一郎君、お世話になりました。感謝しています」

真司は一郎に深々と頭を下げた。一郎は、

「いえ、僕《ぼく》は何も……」

と、口ごもっている。

「瞳も疲れただろう。何もかも任せきりで悪かったよ。申し訳なかったな。ああ、母さんにはもう、会えないんだな」

真司は肩を落とし、中学生のような無防備な顔で涙を堪えている。一郎が気遣《きづか》った。

「ビールでもどうですか」

「悪いな、じゃあ、一杯《ぱい》だけ」

「私も、もらおうかな」

陽子は鼻を啜りながら言う。一郎が、すぐにキッチンに向かった。

え？　飲酒は自粛してほしいわ。一郎は外面《そとづら》が良いから困る。

一郎の後からキッチンに行くと、うっすらと油汚れの残った床が目に入った。母の顔が浮かんだ。突然《とつぜん》、瞳は思い出した。

母の部屋に駆け込み、机の引き出しを開けた。「遺言《ゆいごん》」と筆ペンで大きく書かれた封《ふう》筒《とう》が、そこにはあった。

リビングに戻《もど》ると、缶《かん》ビールがいくつも並び、和《なご》やかな雰囲気になっている。

「お母さんの遺言書が」

言いかけると、一瞬《いっしゅん》で空気が凍《こお》りついた。瞳の持つ封筒が、皆《みな》の突《つ》き刺《さ》すような視線を浴びている。

陽子は動きを止めた。真司はグラスを持ったまま、鋭《するど》く瞳を見据《みす》えた。小夜子は黙《だま》って目をそらす。一郎は聞こえなかったかのように、グラスにビールを注《つ》ぎ足《た》している。

真司が封筒をしげしげと見つめ、急に甲高《かんだか》い笑い声を上げた。

「何だ、自分で書いたのか」

酔《よ》いが回りかけて充血《じゅうけつ》した目を、封筒から瞳に戻し、こう続けた。

「どうせ、無効に決まってるよ。あの母さんに、まともな遺言なんか書けるわけがないじゃないか」

真司は鼻をピクピクさせながら続けた。

「例えばだな、家のことだって、住所と登記簿《とうきぼ》の地番は違うってこと、母さんは知ってるのかな？　それに、母さんなら……」

肩の力をふっと抜《ぬ》いて付け加えた。

「署名、捺印《なついん》はしたとしても、日付を書くところに、何年何月、『吉日《きちじつ》』、なんて書きそうじゃないか。そんなのは無効なんだよ」

小さな笑い声がさざ波のように起きた。その中に母の声が混じっているのを、瞳は聞いたような気がした。

「こんな時に笑うなんて不謹慎《ふきんしん》や」

瞳は、泣きそうになりながら言った。一郎は、青い顔をして宙を見つめている。

短い沈黙《ちんもく》の後、不気味な生物でも見るような目をして、陽子が言った。

「誰も笑《わ》ろてへん。疲れてるんとちゃう？　ほとんど寝てないんやろ」

言葉の割には、思いやりを感じさせない顔つきである。

「それにしても、何で遺言なんか思いついたんやろ。まさか、借金なんかないよね」

皆が顔を見合わせる。

「それは、中身を見ないと分からないだろ。とにかく、こういう遺言書は裁判所に行って検認《けんにん》を受けないと駄目《だめ》なんだ。去年から、自筆遺言は法務局で形式的な事項《じこう》の有効性をチェックして、保管をしてくれるようになったのに、それも知らなかったんだろ。そうしていれば、検認なんて面倒くさいことはしなくて済むのにさ」

知ってたと思うわ。でも、去年はコロナが怖かったし、それどころやなかったんや。

瞳は、心の中で兄に抗議《こうぎ》する。

「案外、へそくり貯《た》め込んでたり？　聞いたことあるんよ、投資で儲《もう》けた主婦の話」

「陽子、お前は黙ってろよ」

「何でやねん！　私かて相続人やで。お母さんが遺言を書くなんて、思いもせんかったわ。遺産て言うても、あの古ーい家だけやろ。預金だってそれほどあるとは思えへんし。瞳が書かせたんとちゃうん？　大体、お母さんと同居することかて、瞳が勝手に決めたんやし」

お兄《にい》ちゃん、お願い。もう一度、お姉ちゃんに「お前は黙ってろ」って言って。

瞳は必死に真司を見つめたが、冷ややかな顔でそっぽを向いている。

小夜子が間に入り、

「まあまあ、これからやるべきことは、たくさんあるんですから、リストにして一つ一つ、片付けていったらどうでしょう」

と、至極《しごく》、尤《もっと》もな意見を述べた。

小夜子は予備校のカリスマ講師と呼ばれたことがあり、結婚《けっこん》後から続けている家庭教師としても評判が良い。スクエア型の眼鏡《めがね》が良く似合い、常に落ち着いた話し方をする。まさに知性派、と瞳は思っている。

「まずは、お義母さんの出生から死亡までの戸籍謄本《こせきとうほん》を取ることからでしょうかね」

「そんなこと、言われんでも分かるわ！　検索《けんさく》したら何だって出てくるんやから」

陽子がスマホを操作しながら、不機嫌《ふきげん》に言った。小夜子が口元を押《お》さえる。

瞳は、急に息苦しくなった。のろのろと立ち上がり、リビングのガラス戸を開け放つ。

去年の夏から出しっ放しの扇風機《せんぷうき》を回した。

「寒っ！　風向き、変えて！」

陽子の声に耳を貸さず、瞳は言う。

「三密禁止。換気《かんき》しないとね。最近、息苦しくて。病気やろか。ゴホゴホ」

皆が慌ててマスクを着けた。

「取り敢《あ》えず、書類を揃《そろ》えて遺言書の検認申し立てをしないとな。必要書類は母さんの戸籍謄本、生まれた時から死亡までのやつな。それは、瞳でも役所で取れるだろ？　それから相続人全員の戸籍謄本も必要だから、それぞれが用意して瞳に郵送しよう。全部揃ったら、瞳が裁判所へ検認申し立てに行ってこい。そうしたら、検認の日時の連絡《れんらく》が来るから、その日に出向くんだ。遺言書を開封《かいふう》して内容を確認《かくにん》して、次は検認証明書を申請《しんせい》する」

マスク越《ご》しのくぐもった声が聞き取りにくい。睨《にら》まれたり、責められたりしながら、結局、動くのは私やん、と瞳は思う。お兄ちゃんは物知りやな、と半ば感心しながら。

きょうだい達は気まずい面持《おもも》ちで、リビングにしつらえた、洋風の後飾《あとかざ》り祭壇《さいだん》に手を合わせ、引き上げていった。

瞳は、ぐったりとソファに身を沈《しず》めた。

一郎はネクタイを外して、缶に残ったビールをグラスに注ぐ。ぐびぐびと飲み干すと、ふうっと息をついた。

「しかし、あれやな。家やお金があると、大変やなぁ。僕の親父《おやじ》は賃貸《ちんたい》住まいやったし、きょうだいもいないからモメようがなかったわ」

「今、そんな話、しないで」

「あ、ああ。瞳も飲むか？　ビール」

「いらない」

瞳は言い捨ててキッチンに行き、棚《たな》の一番下から五リットルのガラス容器を引き出した。瓶《びん》の底に残っていた琥珀色《こはくいろ》の液体が揺《ゆ》らめく。

三年前に、京子が漬《つ》け込んだ梅酒が残り少なくなっていた。

丹波焼《たんば》の器《うつわ》を二つ出した。随分《ずいぶん》前に両親が丹波を訪《おとず》れ、買ってきてくれたものである。お茶やスープ、小さな料理を入れるのに使い勝手が良く、重宝していた。白に薄《うす》いグレーを混ぜたような色が、優しく心に寄り添《そ》ってくる。

瓶の中に玉杓子《たまじゃくし》を入れて梅酒をすくうと、甘酸《あまず》っぱい香りが立ち昇《のぼ》った。梅の実も一緒に器に入れ、一つを母の遺影《いえい》の前に置いて、瞳は立ったまま、自分の器を傾《かたむ》けた。

母と向き合い、静かに梅酒を酌《く》み交《か》わす。

「夕飯《ゆうめし》は、冷凍《れいとう》でもええよ」

すぐ後ろで一郎の声がした。

は？　ユウメシ？　朝メシ、昼メシ、夕メシって、食べることばっかりやね！

それに、「冷凍でも」って何？　今、冷凍庫《れいとう》に入ってるのは、お母さんが買った三ツ星シェフのタンシチューに、Ｉスーパーの特製ハンバーグに、熟練料理人の点心セット、それに、それに……。

夫の好物ばかりである。京子は一郎の好きな物を買い込んでいたのだ。

「自分でチンしてね」

瞳は、梅の実を噛《か》みながら冷ややかに言った。

「ああ、美味しい。お母さんは、これをきざんでアイスクリームに混ぜたり、サラダに入れてたね」

と、母に手向《たむ》けるように声をかける。写真の京子が、少し悪戯《いたずら》っぽい目をして微笑《ほほえ》んでいる。

母に「美味しいね」って言ったことがあったやろか、とふと考えて鳥肌《とりはだ》が立った。ないわけないやん。言った、言ったに決まってる。瞳は必死で自分を励《はげ》ました。

心臓のあたりがチクチクと痛む。自分の鼓動が遠くの方からぐんぐん近づいてくる。どんなことも、もう母に伝えることはできない。そう思うと、激しい後悔《こうかい》で胸が張《は》り裂《さ》けそうになった。

あの時、あんなことを言わなければよかった。あの時、言葉に出して感謝を伝えればよかった。あの時も、あの時も、私は何を言ったやろ。思い出せない。

それに、遺言書があったというだけで、兄と姉があれほど感情的になるとは思いもしなかった。母が元気なうちに、家族で話し合うべきだったのではないか。重要なことを軽く考えていた自分は、何と浅はかなのだろう。

私が全部、悪いのかもしれへん。お母さんが急に亡くなったのも、私のせいや。もしかしたら、取り返しのつかないことをしてしまったんやないか。

瞳は梅酒を飲み、果実を食べながら、自分を責めた。責め続けた。

「シャワー、浴びてくるわ」

一郎が、空き缶やグラスを片付けながら言った。そして、ポツリと、

「三年間、楽しかった。ほんまやで」

と呟《つぶや》き、静かに部屋を出ていった。

瞳は梅酒を飲み干すと、明日は実家に行く、と決めた。実家には、毎年、母が作っていた梅酒がある。台所の流しの下に、いくつか瓶が並んでいたはずだ。この梅酒を飲みながらなら、母と対話ができそうだった。

やらなければならないことは山ほどあったが、とにかく、明日は梅酒を取りに行こう、と思った。

3　空き家ウォッチャー

翌日、瞳《ひとみ》は実家へ向かった。

高速を降りた辺りは、大型量販店《りょうはん》やファストフード店が点在し、住宅が建ち並んでいる。実家が近づくにつれて、見慣れた山々や田畑が見えてくる。

もち麦畑にさしかかると、まだ短い茎《くき》が風になびいていた。

実家が見えてきた。日の光に晒《さら》された家は、思った以上にくたびれて見えた。壁《かべ》に、老いた血管のようなひびが走っている。

突然《とつぜん》、瞳はブレーキを踏《ふ》んだ。誰《だれ》かが家を覗《のぞ》き込《こ》んでいるのである。

黒いジャンパーに、だぼっとしたジーンズ姿である。背が高いが、帽子《ぼうし》を被《かぶ》っている後ろ姿では、男か女か分からない。

背伸《せの》びをしたり、腰《こし》を屈《かが》めたり、少し離《はな》れたりしながら、家を観察している。瞳の車が近づいているのも気づかないくらい熱心に、何かメモをとっている。

隣《となり》の須賀《すが》さんの庭には、布団《ふとん》が干してあった。留守ではない。いざとなったら、須賀さんに助けを求めよう。

瞳は、車の窓を開けて咳《せき》ばらいをした。

はっと振《ふ》り向いた顔には、白いマスクと黒ぶちの眼鏡《めがね》。やはり、誰だか分からない。

「瞳ちゃん！　久しぶり。会いたかったわぁ。お母《かあ》さん、亡《な》くなったんやてな。ご愁《しゅう》傷様《しょうさま》です。寂《さび》しなるな。お母さん、優《やさ》しかったもんなぁ」

両手を広げて近づいてくる。

「アタシよ、私。和江《かずえ》！」

「和《かず》ちゃん、あの和ちゃん？」

中学校で、瞳と同じ美術部に所属していた和江らしい。互《たが》いの子どもが小さかったころまでは親しかったが、年月と共に年賀状だけの付き合いになっていた。地元で結婚《けっこん》し、夫の両親や子ども達と暮らしている。一体、ここで何をしていたのか。

「あ、怪《あや》しいことは何もしてないからね」

すでに、怪しいのである。いぶかし気な瞳に、和江は言い訳のように言った。

「いい感じの空き家やから、つい」

「空き家とちゃうわ。留守にしてただけや」

「いやいや、三年空けたら立派な空き家。ほら、燕《つばめ》も来なくなってるし」

和江が指をさす軒先《のきさき》には、燕の巣がくっついているが、半分、崩《くず》れ落ちていた。

「燕は、カラスやなんかの外敵から身を守るために人の出入りする場所に巣を作るんや。そやから、空き家には作らんの。それに、物置、見てみ。猫《ねこ》が棲《す》んでた跡《あと》がある」

慌《あわ》てて車を降り、門を開けて物置に駆《か》け寄った。十五センチほど戸が開いていて、中に小さめの段ボールが置いてある。猫が子を産んで育てていたような形跡《けいせき》があるのだ。

「誰かが、ここで野良《のら》猫を飼ってたんとちゃう？　最近みたいやね。近所の人かも」

ぞっとした。

「猫なんか、まだ可愛《かわい》い方や。空き家は犯罪に使われたりもするんやで」

「何で、そんなに詳《くわ》しいの？」

「私ね、空き家に魅力《みりょく》を感じるんよね。それで、空き家を見ると、つい」

「つい？」

「スケッチしてまう」

メモ帳に見えたのは、小さなスケッチブックだった。和江は中学時代に、ゴミが溢《あふ》れたくず箱をスケッチして歩き、作品の一つが県の絵画展の最優秀賞に選ばれたことがあった。「ゴミは人間そのものを映し出す」というのが、当時の和江の持論だった。

「空き家を見ると、その家の物語や匂《にお》いを感じるんや。そこでは、どんな人が生きてきたんやろ、って思うと、自然と笑い声や喧嘩《けんか》の声が聞こえてくる。想像が膨《ふく》らむんや」

そう言って、スケッチブックをめくった。家の絵が次々と現れた。

「けどな、持ち主に追い払《はら》われたり、叱《しか》られたりする時もあってな」

和江は昔から、興味のあることに没頭《ぼっとう》すると、相手の都合も考えずに突《つ》き進む癖《くせ》があった。変わってへんな、と瞳は思う。瞳のことをあれこれ聞いてこないのも、今は有《あり》難《がた》い。

「逆に持ち主と仲良うなって、いろんな話を聞けることもあるんやで。それで、空き家に詳しなってしもた。片付けに来たん？」

突然、話が変わるのも和江らしい。

「今日は、梅酒を取りに来ただけ」

勝手に片付けなんかしたら、真司《しんじ》と陽子《ようこ》に、また何を言われるか分からない。梅酒だけならいいだろう、と瞳は思っていた。

「そんなら、ちょうど良かった。瞳ちゃん、一緒《いっしょ》に行ってくれへん？　気になってる空き家があって、もう一度、行ってみたいんよ」

場所を聞くと、高速道路の神戸三田《こうべさんだ》インターの辺りだと言う。瞳の帰り道である。

「何年か前に見つけたんやけど、一人では怖《こわ》あて二度と行かれへん。無人のはずやのに、窓に人影《ひとかげ》が見えたんや。けど、空き家ウォッチャーの私としてはあの雰囲気《ふんいき》をどうしても描《か》き留《と》めておきたいんよ」

和江は、瞬《まばた》きもせずに瞳を見つめた。

「近所の人達に、お化け屋敷《やしき》って言われてる家やねん」

「お化け屋敷」なんて言われている家を、わざわざ見に行きたいとも思わなかったが、瞳は気晴らしにちょっと付き合ってもいいかな、という気になった。

「うん。じゃあ、梅酒を取ってくるわ」

「ほんま？　突然、ごめんね」

言葉と裏腹に、和江の声は浮《う》き立っている。

「家に入る？」

瞳が声をかけると、和江は一礼をして、神妙《しんみょう》な様子で玄関《げんかん》を入った。

雨戸を閉め切った薄暗《うすぐら》い家は、どこかよそよそしい。台所に直行し、流し台の下を見る。瞳の記憶《きおく》通り、梅酒瓶《びん》が並んでいた。三つの瓶には、どれも半分ほど中身が入っている。

梅酒づくりは母の習慣になっていた。毎年、作ったものが貯《た》まるのである。

「梅酒、一つ持ってく?」

「ええの? 嬉《うれ》しいわ。瞳ちゃんの家に入るのは何十年ぶりやろ。おばさんはよく、ホットケーキを焼いてくれたね」

「そやったかな」

「ハチミツがたっぷりかかってて、めっちゃ美味《おい》しかったわ」

そんなことがあったような気もする。

しんとした家に、二人の声がやけに響《ひび》く。和江は柱にそっと手を触《ふ》れている。何かを考え込んでいるように見えた。

家族が忘れてしまっても、家の中で起きた出来事は、いつまでも壁や天井《てんじょう》が覚えているのだろうか。

そんなばかな、と瞳は首を横に振る。

「そしたら、行こか」

沈《しず》みそうな気持ちを早く吹《ふ》っ切りたかった。

梅酒の瓶を抱《かか》えて玄関を開けた。そこに、割烹着《かっぽうぎ》姿の須賀さんが立っていた。

「車が停《と》まってたから、誰かが来たんかなと思って。瞳ちゃん、寂しなったな」

涙《なみだ》ぐみながら、両手に持った青菜とキャベツを差し出す。日焼けした顔は、三年前と少しも変わらない。

コロナ禍《か》で家にこもるようになってから、京子《きょうこ》と須賀さんは、ひんぱんに電話をかけ合っていた。京子が亡くなる前日も、須賀さんから電話があったのである。

「母は須賀さんとのおしゃべりを、とても楽しみにしていたんです。本当にありがとうございました。よかったら、これ」

梅酒の瓶を見ると、須賀さんは、

「京子さんの梅酒は、ブランデーを使《つこ》てるから甘《あま》みが絶妙《ぜつみょう》やねん。ありがとう、思い出に浸《ひた》りながらチビチビやるわ」

と、顔をくしゃくしゃにして言った。

戸締《とじ》まりを確認《かくにん》して物置もきちんと閉め、瞳と和江はそれぞれの車で出発した。

和江のせっかちな運転に、瞳は少し緊張《きんちょう》しながらついていく。

高速を降り、国道らしい道を走る。特に変わった建物はない。と、思った時、古ぼけた壁に伸《の》び放題《ほうだい》の蔦《つた》が絡《から》まった、倉庫のような建物が見えた。

和江の車が建物の近くの空き地に停まった。瞳も近くに停車させる。

「ここが、その空き家?」

窓から声をかけたが、聞こえなかったのか、和江は車から降りて建物に近づいた。上を見たり、下を見たり、もじゃもじゃの蔦の葉を掻《か》き分けたり、調査に忙《いそが》しい。

「あっ！」

突然、大声を上げたので、後ろを歩いていた瞳は反射的に飛びのいた。蛇《へび》でも出たのかと思ったのだ。

「大久保《おおくぼ》医院って書いてあるわ」

葉とつるの間に、色褪《いろあ》せた看板が見えた。

「医療施設《いりょうしせつ》やったんかな？」

二人は壁沿いにそろそろと歩いた。大きめの看板が目に入った。

「café RUINS《カフェルーインズ》」とある。

「カフェ？　お店やったら、この葉っぱ、もっとなんとかせえへん？」

瞳の言葉に、和江はにやりとした。

「うーん、何かある。興味あるわ」

「OPEN」とペンキで書かれた札が下がっている、入り口らしい扉《とびら》に和江は手をかけた。

えっ、こんなとこに入るん？　壁かて上の方はトタンみたいやし、しかも錆《さ》びてるし。全体的にボロボロやけど、大丈夫《だいじょうぶ》かな。

瞳は気が進まない。ごく普通《ふつう》のカフェでくつろぎたかった。

けれど、扉を開けた瞬間《しゅんかん》、思ってもいなかった光景が目に飛び込んできたのである。

広いワンフロア。落ち着いた色調の床《ゆか》に、アンティーク風のソファやテーブル。高い天井を見上げると、磨《みが》かれたように美しい太い梁《はり》が通っている。

モダンなカウンターには、センスを感じさせるグラスやカップが並んでいた。

コーヒーの香りが漂《ただよ》い、何組かの客が、静かに食事をしたり、飲み物を口に運んだりしている。

和江は、入り口に置かれた消毒液を両手にすり込んで、キョロキョロと店内を見回す。

木の床を歩くのは心地《ここち》よかった。

「わあ、裸電球《はだかでんきゅう》がオシャレやな」

「ちょっと、あそこ見て。『調剤室《ちょうざいしつ》』やて」

マスク越《ご》しの囁《ささや》き声が、段々と大きくなる。

「いらっしゃいませ」

ダンガリーシャツを粋《いき》に着こなした五十代くらいの男性が、二人の様子を愉快《ゆかい》そうに眺《なが》めながら声をかけた。この店の主人らしい。

「あのー、ここは以前、空き家でしたよね。今よりもっと草ぼうぼうで、木がうっそうとしてて。かなりインパクトのある」

和江が急き込《せ》んで言った。

「ええ、そうですよ。私はここを通りかかるたびに気になっていたんです」

「私もなんです！　でも、まさか、こんなに変わっているとは思わなくて」

「面白《おもしろ》い建物でしょう。廃墟《はいきょ》のような外観やイメージを生かして、活用できないかなって、ずっと思ってました、仕事柄《がら》ね」

「仕事柄？」

「建築リノベーション会社をやってます。リフォーム業ですね。元々、お城とかお寺とか、古い建物に興味があるんですよ」

「あの空き家を、ここまできれいにするのは、大変だったでしょう。かなり強い思いがないと、できないですよね。あ、ごめんなさい、お聞きしたいことがたくさんあって」

「はい、何でもお答えしますよ」

主人は、そう言って微笑《ほほえ》んだ。

瞳は、さっきからメニューばかり見ていた。「スフレオムライス」というのが気になって仕方がない。ゆったりとした肘掛椅子《ひじかけいす》に腰をかけた途端《とたん》に、食欲が湧《わ》いてきたのだ。

二人はランチを注文して、後から話を聞くことにした。

運ばれてきた「スフレオムライス」のメレンゲ状の卵を崩《くず》すと、ふわりと湯気が上がった。熱々の料理を口に運びながら、こんな贅沢《ぜいたく》な時間は何日ぶりだろう、と瞳は思う。

地元の野菜をふんだんに使ったというサラダも、香りと味を楽しみながら食べた。

和江は、「幻《まぼろし》のタマゴサンド」と名付けられたサンドイッチを頬張《ほおば》り、

「うわ、美味しい。出すものにも、こだわりがあるみたいやね。器《うつわ》も、選び抜《ぬ》かれてる感じ」

と、興奮気味である。

「ここまで上手に活用されている空き家、初めて見るわ。周りの迷惑《めいわく》になっている空き家が多いのに」

瞳は、急に現実に引き戻《もど》された。実家はすでに空き家なのだ。これから、残された子ども達で、何とかしなければならない。

「うちの実家も、迷惑になったら大変や」

この建物は昭和二十六年ごろに診療所《しんりょうじょ》として建てられたのだと、カフェの主人は言った。

院長が亡くなった昭和四十四年ごろから空き家になり、その後、ある会社の倉庫となったが、床は壊《こわ》れ、雨漏《あまも》りもするので、そのうちに全く使われなくなったそうである。

「歴史のある建物をこのままにしておくのは、もったいないと思いましてね。所有者を探して話を聞いたら、その方も悩《なや》んでおられたんです。もしも、火事になったり、大風で屋根が飛んだりして近隣《きんりん》に迷惑をかけたら、賠償《ばいしょう》問題になりますからね」

所有者と何度も話し合い、建物を借りてプロジェクトを立ち上げ、「廃墟カフェ」をオープンすることにしたのである。

「廃墟とカフェって、ミスマッチですね」

「そこがコンセプトなんです。外観はできるだけ生かして、ギャップの大きさを楽しんでもらいたいんですよ。エコな工法を考えて、廃材《はいざい》をできるだけ出さないようにリノベーションしています」

地元で頑張《がんば》っている農家の方々を応援《おうえん》するため、食材は地産地消にこだわっていると言う。ここを拠点《きょてん》に様々な人が集まり、地域が活性化すれば嬉しい、と目を細めた。

天井は落ち、壁は崩れかけていたと言うが、熱意を持って問題を一つずつ解決していったからこそ、こうして、人々が楽しみ、くつろげる場所へと変わったのだろう。

和江は熱心に質問を続ける。瞳はゆっくりと店内を見て回った。

「診察室《しんさつ》」、「調剤室」といった病院特有の札《ふだ》が、当時の雰囲気を醸《かも》し出している。入り口近くには、アーティストの写真や絵が飾《かざ》られていた。

窓際《まどぎわ》のソファに高齢《こうれい》の女性が二人、並んで腰かけていた。藤色《ふじいろ》のブラウスを着た人の横顔が、どことなく京子を思わせる。

「ここには随分《ずいぶん》、お世話になりましてん」

ふいに、その人に声をかけられ、瞳は、どきりとした。

「お姉《ねえ》さん、この医院によう通ったなぁ」

「お姉さん」と呼ばれた人は、うん、うん、と言うように頷《うなず》いた。

「私らは戦争中に神戸から疎開《そかい》してきて、そのまま、家族でこの近所に住みつきましてん。今は気楽な姉妹《しまい》二人暮らしですわ」

ほほ、と笑ってティーカップを傾《かたむ》ける。

「このへんは昔は無医村でね。戦後、村が診療所を建てたんや。それが、ここの始まりですわ。村の人達は、どれだけ助かったか」

「そしたら、この医院で診察を受けたことがあるんですか？」

「そうや。体が弱かったからね。こうして長生きできたのも、院長先生のお陰《かげ》ですわ。

『お化け屋敷』なんて言われるようになって、私らも胸が痛かったわ。ここの店主さんが甦《よみがえ》らせてくれはって、ほんまに良かった。ここには、お世話になった人達の感謝の思いが残ってるんとちゃうやろか。私らも、ありがたいなぁ思って、時々、美味しいもんを食べに来るんですわ」

「仲が良くていいですね」

瞳が思わずそう言うと、

「若いころは、ようケンカしたけどな」

と、姉の方が初めて声を出し、妹はまた、ほほほと笑った。

和江が近づいてきた。

「良い話、たくさん聞いたわ。アーティスト達が交流する場にもなってるんやて。空き家の再生、興味あるわ。また来ようね」

写真撮影《さつえい》やスケッチも了解《りょうかい》を得たと言って、スケッチブックに「三田市四《よ》ツ辻《つじ》、廃墟カフェ・ルーインズ」と、メモっている。

会計を済ませて外に出ると、和江はポケットからスマホを出して、いろいろな角度から建物を撮《と》った。

問題がたくさんあるように思えても、目の前のことを順番に、真面目に片付けていけば、きっといつかは解決する。瞳は、そんな前向きな気持ちになっていた。

「瞳ちゃん、最近、絵を描《か》いてる？」

和江はスマホをポケットに戻《もど》した。

「中学卒業以来、全然」

「部活は楽しかったね。体育祭の時は、入場門と退場門を先生がベニヤ板で作って、私ら美術部員が絵を描いたよね」

「そうそう、最終下校時刻ギリギリまで、夢中で絵の具を塗《ぬ》りたくったね」

美術室の匂いが甦る。若いざわめき、笑い声、鉛筆《えんぴつ》が転がる音。それらが耳元に押《お》し寄せてきた。

「今度、ゆっくりうちに来てや。描き溜《た》めた絵を見てほしいな。私の嫁《よめ》っぷりも見せたるわ。あ、これは冗談《じょうだん》」

「ありがとう。家のことで教えてほしいこともあるし、よろしくお願いします」

「そしたら、またね」

「また、今度ね」

和江の車が見えなくなるまで何となく見送ってから、瞳はエンジンをかけた。

さあ、現実に戻ろう。大きく息を吐《は》き、窓を開けたままにして、草や木の香りを感じながら車を走らせた。

ＦＭラジオから、ピアノ曲が絶え間なく流れている。高速道路に乗ろうとした時、曲が変わった。聞き覚えのあるメロディだった。

口ずさもうとしたら、ふいに鼻の奥《おく》の方から温かいものがじわり、とやってきた。同時に、涙がぼろぼろと溢れ出た。

オーバー・ザ・レインボー。中学校の最終下校時刻を告げる曲だった。校舎にこの曲が響《ひび》き渡《わた》ると、生徒達は部活を終わらせ、帰り支度《じたく》を始める。そして、友達とさよならの言葉を交《か》わして家路を急ぐのだった。

さり気なく語りかけるように、ピアノの音は瞳のまわりを優しく舞《ま》った。

母が亡くなってから一度も泣いていなかったことに、瞳はその時、気がついた。

泣いたってええやん。大切な人が死んでしもたんやから。もう、会えへんのやから。

涙はいつまでも止まらなかった。

4　遺言書開封

深蒸し茶の清々《すがすが》しい香りが鼻孔《びこう》をくすぐる。口に含《ふく》むと、ほのかな甘《あま》みが広がって、心も体もほぐれるような気がした。

京子《きょうこ》は「新長田《しんながた》のお茶屋さん」と呼んでいる店から取り寄せた日本茶を、毎朝、丁寧《ていねい》に淹《い》れて飲んでいた。

今は、朝六時に遺影《いえい》に供え、瞳《ひとみ》も一緒《いっしょ》に味わうのが日課になっている。

「お母《かあ》さん、今日は姫路《ひめじ》に行ってくるね」

自分でも顔がこわばっているのが分かる。遺言《ゆいごん》書の検認《けんにん》が行われる日である。

きょうだいが気まずく別れてからしばらくして、真司《しんじ》と陽子《ようこ》の戸籍謄本《こせきとうほん》が瞳のもとに郵送されてきた。瞳は言われた通り書類を揃《そろ》えて、遺言書の検認の申し立てを済ませ、この日を迎《むか》えたのである。

京子は三年間、阪神間《はんしんかん》にある瞳のマンションで暮らしたが、住民票はもと居た住所から移していなかったから、京子の最後の住所地を管轄《かんかつ》するのは、神戸家庭裁判所姫路支部だった。

瞳は朝から落ち着かず、指定された時間のかなり前に現地に到着《とうちゃく》した。

真司はすでに裁判所のロビーにいた。上背《うわぜい》のある体にグレーのスーツがぴたりと決まっていて、遠くからでも分かる。

瞳を見つけると、軽く手を上げた。瞳の胸に緊張《きんちょう》が走る。

「姫路城《ひめじじょう》が見えたよ」

真司が呟《つぶや》いた。

思いがけない言葉に、瞳は目をぱちくりさせた。

そら、見えるやろ、とも言えず、動悸《どうき》を収めながら兄を見つめる。必要以上に兄にビびっている自分が嫌《いや》になる。何て気が小さいんやろ、私って。

まちを見下ろすように佇《たたず》む姫路城は、新幹線からも姫路駅の展望デッキからも、よく見える。大天守や城壁《じょうへき》が白漆喰《しっくい》で美しく塗《ぬ》られていることから、人々は親しみを込《こ》めて白鷺城《しらさぎじょう》と呼んできた。

木造建築物としての美的完成度の高さが世界的に類を見ないことや、門や石垣《いしがき》、堀《ほり》など建造物の保存性の良さなどが評価され、一九九三年に日本初の世界文化遺産に登録されている。

攻防《こうぼう》や反撃《はんげき》のための、巧妙《こうみょう》な仕掛《しか》けが潜《ひそ》む城に、真司はある時期、夢中になった。探検ノートまで作って、よく出かけたものだった。

「お兄《にい》ちゃん、好きやったね、姫路城」

やっと出た声が震《ふる》えている。

「久しぶりだから、大手前通《おおてまえどお》りをぶらっとしようと思ったけど、やめといた」

陽子が息を切らせて駆《か》け込んできた。時間は、まだたっぷりあるのに、

「ああ、しんど」

と、何度も言いながら急いで近づいてきて、瞳の全身を一瞥《いちべつ》した。

陽子は、いつ、どんな時もオシャレを忘れない。今日もシックなジャケットスーツ姿である。瞳の服装にダメ出しをするのが常だったが、今日は肩《かた》をすくめただけだ。

一か月前の言い合いが嘘《うそ》のように、二人とも落ち着いている。

大人やなぁ、と瞳は思う。けれど、あの日の、真司と陽子の刃物《はもの》のような言葉を、瞳はどうしても忘れられない。

やがて、三人は一室に案内された。

裁判官が、中立人である瞳から遺言書の封筒《ふうとう》を受け取り、いくつか質問をした。瞳が

答えた。遺言書が開封《かいふう》された。

真っ白い便箋《びんせん》に、きちんと整った文字。葉書《はがき》やメモで見慣れた母の筆跡《ひっせき》が、今は無性《むしょう》に懐《なつ》かしい。

瞳のマンションの部屋で、昔、自身の孫に贈《おく》った机に便箋を置き、ひと文字、ひと文字、確かめるようにペンを進めている母の姿が目に浮《う》かんだ。

遺言書には、自宅の土地と建物は売却《ばいきゃく》して現金化し、瞳に二分の一、真司と陽子にそれぞれ四分の一を相続させる、定期預金と普通《ふつう》預金は、合計金額を子ども達それぞれに三分の一ずつ、相続させる旨《むね》が書かれている。

子ども達に向けた短いメッセージが、付言事項《じこう》として添《そ》えられていた。

真司、陽子、瞳、三人には深く感謝している。夫亡《な》き後は皆《みな》に支えられたが、瞳には同居してもらって世話になったお陰《かげ》で、私は安心して晩年を過ごせた。このような遺言書を書いたことを理解し、今後もきょうだい仲良く、幸せになってほしい、とある。

不動産には地番が、預金は銀行名、支店名、口座番号が記されていた。署名や日付など遺言書としての形式に不備はなかった。

生前の京子の口ぶりから瞳は、母がほかのきょうだいよりも自分に、多少は多く相続させたいと考えていると感じていた。

正直、遺言書の内容にはさほどの驚《おどろ》きはなかったが、兄と姉の気持ちが気になって仕方がない。

その上、ある一文に心がざわついた。遺言執行者《しっこう》に瞳が指定されていたのだ。

私が、何もかもやらなあかんの？　どうすればいいんやろ。私なんかにできるやろか。

重い布が、頭上から落ちてきたような感覚に襲《おそ》われた。

きょうだい三人は押《お》し黙《だま》ったまま、身動きさえしなかった。兄と姉がどう思ったのか、瞳は早く聞きたい。

検認は終わった。検認済証明書の申請《しんせい》を済ませ、発行されるのを待つ間、それぞれが違《ちが》う方向を見つめてぼんやりしていた。

検認済証明書が発行され、瞳が返却《へんきゃく》された書類とともにファイルに入れていると、

「ちょっと、外で話さへん？」

無表情のまま、陽子が言った。

瞳も、マスクにこもった自分の吐息《といき》のせいか頭が痛かったので、早く外に出たかった。

裁判所を出て少し歩くと、公園があった。滑《すべ》り台やジャングルジムなど、カラフルな遊具がたくさん設置されている。コロナ禍《か》のせいか、一組の母子がひっそりとブランコを漕《こ》いでいるだけである。

瞳は自動販売《はんばい》機で、ブラックコーヒーと砂糖なしの紅茶と、カルピスウォーターを買い、公園のベンチに腰《こし》かけている真司と陽子に持っていく。二人は好みの飲み物を、当たり前のように受け取った。

「しかし、俺《おれ》は母さんを見くびってたな」

缶《かん》コーヒーを開けながら、真司が言った。

「まあ、突《つ》っ込みどころはいろいろあるけどさ。一応、ちゃんとした遺言書だったじゃないか。でも、誰《だれ》かにアドバイスしてもらってるのは間違《まちが》いないよ」

コーヒーを啜《すす》って、瞳を横目で見る。

「私は知らんよ。ほんまや、信じて」

「まあ、いいさ。ケンカするほどの分割《ぶんかつ》でもなかったな」

「分け方がどうのやないんよ。アンタを見てるとムカつくの。のんきな顔して、いつだってええとこを持ってくんやから」

陽子の鼻息は荒《あら》い。

「三年間、同居した言うても、お母さんの面倒《めんどう》をみたん？　逆に面倒みてもらってたんと違うん？　私、親と同居して苦労してる人、たくさん知ってる。徘徊《はいかい》してる親を必死で探したり、寝《ね》たきりの親を引き取って面倒をみたり。それは大変なんよ」

うん、確かに私は大変でもなかった、楽しかったわ、と瞳は思った。けど、今さらそんなこと言われても。

「私達はこんな遺言、なくたってケンカなんかせえへん。そやのに、お母さんは疑《うたご》うて、瞳だけに遺言書を託《たく》すなんて心外や」

陽子の言葉は止まらない。

「確かに私は苦労してへん。けど、お姉《ねえ》ちゃん、この三年間に何回、お母さんに電話した？　全然やないの」

「瞳がおるから、でけへんかったんや！」

意味が分からなかった。どういうことか。

「お母さんが実家におる時は、よう電話で楽しいにおしゃべりしてたんやで。けど、瞳が側にいたら、ゆっくり話されへん」

「はあ？　信じられへん」

瞳はマスクを外して横を向き、深呼吸した。カルピスウォーターを口に含み、冷静になろうとした。

「お母さんは、いつも言ってた。親に心配かけへんのが、一番の親孝行なんや、って」

「うん、言ってたね」

瞳は頷《うなず》く。陽子が続けた。

「私のことを一番親孝行や、って言うてた」

それは聞いていない。でも、母なら言いそうだ。人を誉《ほ》めたり、喜ばせたりするのが得意だったから。

「何で?って聞かへんの? あのね、私は自分で決めた目標に向かって、計画して、努力して歩いてる。親に迷惑《めいわく》をかけたことなんか一遍《いっぺん》もないからや。瞳は親に心配ばかりかけて、それでいて、ちゃっかり、もらうもんはもらうんやな」

公園には、子どもの笑い声が響《ひび》いていた。きょうだい三人、公園で遊んだことは何度もあった。大人になって集まって、子ども達が遊ぶ場所で争うなんて寂《さび》し過ぎる。

「心外なのは、俺だって同じだよ。それより、早く銀行に行かないか? 現金がどれくらいあるか知りたいよ。俺は時間がないんだ」

真司は東京から日帰りである。京子の通帳や家の権利書など、大事なものはM銀行姫路支店の貸金庫に入れてあることは、三人とも以前から知っていた。

銀行へは、瞳があらかじめ電話で事情を説明していた。手続きに必要な書類は、各自が持ってきているはずである。

三人は瞳の車に乗り込み、銀行へ向かった。

お姉ちゃんはいつの話をしてるんや。親には多少、心配をかけたかも分からんけど、大昔の話やないの。確かに私はお兄ちゃんやお姉ちゃんのように優秀《ゆうしゅう》やないことは百も承知や。けど、私はそこまで腹黒いか？

瞳は思いを口に出せず、モヤモヤしたまま運転を続ける。

「検認も済んでしもたし、どうすることもでけへんな」

不機嫌《ふきげん》が治まらない陽子に、真司は、

「言っとくけど、検認は内容の有効性を保証するものじゃないからね。あくまでも、相続人に遺言書の存在を知らせて、内容を保存して偽造《ぎぞう》を防ぐためのものだよ」

と、淡々《たんたん》と言う。

「けど、遺言書に書いてあることしか、でけへんのやろ」

「いや、相続人全員の同意があれば、変えることだってできるよ」

「そうなん？　すべてを三人で分けたら、簡単やし、すっきりするんと違う？　私達全員がそうしたかったら、できるんやね」

カッと頭に血が上り、瞳はハンドル操作を間違えそうになった。

そこまで食い下がるのか。そんなに言うなら、そうしたっていい。けど、母の思いを無視して勝手なことをしたなら、その後は二度と会わないだろう。陽子はもう、姉ではなくなり、真司も兄とは思えない。

銀行に着き、担当者に書類を渡《わた》して、貸金庫の解約手続きをした。真司も陽子も、何ごともなかったかのように、澄《す》ましている。

三人で貸金庫室に入り、京子が契約《けいやく》していたロッカー式の金庫を、カードで開けた。ボックスを引き出し、プライベートスペースで確認《かくにん》する。

書類はまとめて茶封筒に入っており、通帳は何冊か輪ゴムで束ねてあった。

瞳が定期預金の通帳を開く。約一千万円の預金が印字されていた。瞳は真司にそれを渡した。陽子が覗《のぞ》き込んでいる。

ほかの通帳は、使用済みのようである。

「瞳、大事なものばかりだぞ。失くすなよ」

瞳は、用意してきたエコバッグを広げた。

「カバンはないのか、カバンは」

「ない」

瞳は、つんとして書類や通帳をすべて、エコバッグに入れようとした。その時、ボックスの底に包装紙のようなものが見えた。

「何やろ、これ」

Ｔ百貨店の花柄《はながら》の包装紙を再利用して作った、Ａ４サイズくらいの封筒である。上の部分が折り曲げられているだけで、封はされていない。

「見てみろよ」

真司に促《うなが》されて、中に手を入れると紙のようなものに触《ふ》れた。引き出すと、真司の小学校時代の通知表である。

「何でこんなものが？」

真司は慌《あわ》てて引ったくる。陽子と瞳は同時に覗き込む。小学四年生の時のものだ。

「ああ、この時……」

真司は何かを思い出し、笑おうとしたが、すぐに複雑な表情になった。

「小学生のころ、俺は風邪《かぜ》をひいたり、お腹《なか》をこわしたり、よく体調を崩《くず》したんだ。母さんは、俺のために、野菜スープや、肉の煮込《にこ》みなんかを作ってくれたよ。けど、学校を休むことも多くてさ」

「覚えてる！　兄さん、子どものころはよく家で寝てたね。でも、成績は抜群《ばつぐん》やった」

「もしかして、一番成績の良かった学年？」

陽子と瞳がたたみかける。

「いや、そうじゃなくて。ここを見ろよ」

真司は、通知表の出欠日数の欄《らん》を指した。

「欠席数がゼロだろ。母さんは『真司、頑張《がんば》ったな、四年生は一日もお休みナシや。良かったな』って、すごく喜んだ。ぎゅっと抱《だ》きしめて、背中をさすってくれたんだ」

真司は不思議そうに、通知表を開いたり閉じたり、裏返したりしている。

「でも、何でこんなものが、こんなところに」

お兄ちゃん、なんにも分かってないなぁ。

瞳は兄を、まじまじと見た。

「親にとって、子どもが健康になるのは一番、嬉《うれ》しいことやんか」

口に出したのは陽子である。瞳も、思わず頷く。

「風邪が流行《はや》ってるわけでもないのに、なぜか俺だけが熱を出すんだよな。ひんぱんに体調を崩すけど、病院で検査をしても病気は見つからないし、どうしてなんだろうって、いつも、自分に腹を立ててたよ」

陽子の言葉に応えもせず、真司は記憶《きおく》を辿《たど》っている。

東京から越《こ》して来て、すぐに入学した地元の小学校に、真司はなかなか馴染《なじ》めなかったと母は言っていた。

「可哀想《かわいそう》に、カルチャーショックやな」

母の声が甦《よみがえ》る。

お兄ちゃんは、私達姉妹《しまい》よりずっと繊細《せんさい》で、いろんなことに敏感《びんかん》やったね。新しい環境《かんきょう》の中で、緊張したり不安を感じたりすることも多かったのかもしれない。慣れるのに時間がかかるタイプっていうのかな。それが体調にも響いたんやろか。

瞳は心の中で、兄ではなく母に語りかけていた。

「まあ、一日も休まなかったのは四年生だけで、その後は休むこともあったけどな。それでも、徐々《じょじょ》に丈夫《じょうぶ》になっていったんだ」

真司は通知表をひらひらさせながら言う。

お母さん、芯《しん》から安心したやろな。

「瞳、まだ何か入ってない？」

陽子に促されて我に返り、花柄の封筒を覗くとハンカチが一枚入っていた。

「えー、うっそぉ、懐かしい」

きれいに畳《たた》まれたハンカチを広げ、陽子は顔を近づけている。

小さな花束とイニシャルが刺繡《ししゅう》されていた。花はピンクのグラデーション、リボンはゴールドがかった黄色で、空色の「Y」は陽子の頭《かしら》文字《もじ》だろうか。

京子は手仕事全般《ぜんぱん》が好きだったが、フランス刺繡に夢中になった時期があった。

いつもはおしゃべりな母が、丸い刺繍枠《わく》をはめた布に向かい、黙って針を刺《さ》す姿は、どこか神聖な感じがした。

家族のハンカチやタオル、座布団《ざぶとん》カバー、テーブルクロス、のれんやカーテンに至るまで、母は可憐《かれん》な花やイニシャルを刺繍した。それらは、母の分身のようでもあった。

「瞳が五年生の時、盲腸《もうちょう》で入院したことがあったやろ」

陽子の目が笑っている。

「あの一週間は毎晩、お母さんと刺繍をしながら、いろんな話をしたわ。ひっつき虫の瞳がいないから、私の独《ひと》り占《じ》めや」

盲腸……。瞳は記憶を手繰《たぐ》り寄せる。

初めての手術が怖《こわ》くて不安だったことや、夜はなかなか眠《ねむ》れなかったことくらいしか覚えてないけど、お姉ちゃんは楽しく過ごしてたんやね。

「お母さんは刺繍糸をクッキーの空き缶に入れてたわ。蓋《ふた》を開けたら花畑みたいやった。同じピンクでも濃《こ》いのから薄《うす》いのまで、きれいに並んでるんよ。そこから色を選んで、二本取りにして」

一本の刺繍糸は六本の細い糸の束でできている。それをほどいて二本か三本を引き出し、より合わせて使うのである。

「この花びらは何色にしよか？　ここんとこはアウトラインステッチやな。サテンステッチは線がガタガタにならんよう、気ぃつけてな、って。ほんまに楽しい時間やった」

　これ、どこかで見たことがある、と瞳はハンカチを見つめた。

　そうや、この前、お母さんの持ち物を整理している時に、これとそっくりなのを見つけたんや。

「お母さんと一緒に、同じものを作ったんよ。だから、お揃いやねん」

　陽子の声は、少女のように柔《やわ》らかい。

　そんな大事なものなら、なぜ、家を出る時に持って行かなかったん？

　姉への問いかけは、そのまま自分の胸に飛び込んでくる。

　今だから、宝物に見えるのだ。もう戻《もど》れない遠い日の出来事が、小さな物語となってしまった今だからこそ。

　未来が輝《かがや》いていた二十代のころは、ハンカチなんて目にも留《と》まらなかったのだろう。

　母は、いつもそこにいた。思い出は溢《あふ》れるほどあった。大切にしようなんて、私だって意識したことはなかった。

「瞳のは、何やろ」

　ふいに、陽子が瞳の手から封筒を引ったくった。封筒は、もうぺったんこで、何かが入っているようには見えない。

兄の通知表、姉のハンカチ、一体、これにはどんな意味があるのか。母が子どもを愛《いと》しいと感じ、一番、嬉しかった日の象徴《しょうちょう》として保管したのだろうか。

それなら、母にとって私との一番の思い出は何だろう。どう考えても、瞳に思い当たることはなかった。

瞳は、慌てて奪《うば》い返そうとした。私だけ何もナシなんてね。そんなのキツ過ぎる。

陽子が、封筒の中にくっつくように入っていた、一枚の薄っぺらい紙を引き出した。ノートを切り取ったような、紙きれである。

「ふーん、瞳の絵やね。小学校の時に描《か》いたんかな。ふふふ、上手《うま》くはないのに、絵が好きやったもんね」

瞳は、きょとんとした。確かに自分が描いたような気はするが、思い出せない。絵と言うより落書きである。

小学校？　あっ、違う、違う。これは中学時代の雑記帳に描いたんや。鉛筆描《えんぴつが》きの、家族の集合写真のような絵だった。父と母、きょうだい三人、当時同居していた祖母も並んでいる。

それにしても雑過ぎる。それぞれの表情はニコニコマークのように均一で、皆、口を開けて盛大《せいだい》に笑っているのである。

「マンガか？」

真司が吹《ふ》き出した。兄が笑ったところを見るのは、久しぶりだった。

それにしても、母がこの絵をわざわざ保管していた意味が、さっぱり分からない。

真司が、ぶっきらぼうに通知表を瞳に差し出した。

「持って帰らへんの？」

「別に、必要ないだろ」

「私もいらない。瞳にあげるわ」

陽子もハンカチを瞳に押しつける。

どういうこと？　さっき、一瞬《いっしゅん》、感動してたんとちゃうん。

二人は、さっさと出入り口に向かっている。

「瞳、母さんの普通預金は瞳が管理してたんだろ？　出し入れは記録してるんだろうな」

前を歩いていた真司が急に振《ふ》り向いたので、瞳はぶつかりそうになった。

「もちろん。持ってきたけど、見る？」

「そうだな。車の中で見せてもらおうか」

車を駅の近くに移動させ、瞳は母から預かっていた二冊の通帳と出納帳《すいとう》をバッグから出した。

一冊は京子が亡くなる直前まで使っていた通帳、もう一冊は一年ほど前に繰越済《くりこし》みになったものである。

真司と陽子は後ろの座席で額を寄せ、ページをめくった。

「ふーん、宝塚《たからづか》歌劇に行ったんや」

「それが何か？　チケット代はお母さんの分だけ。私の分は自分で払《はら》いました。ついでに言うけど、交通費は二人分、こちらが出しました。（楽しかったわぁ）」

瞳の心の声が口に出た。最後の一言は胸にしまった。

「この一八〇万円の出金は、何だろう」

繰越済みの印が押された方の通帳を見ていた真司が言った。出金欄に印字された日にちを見ると、京子が瞳の家に来る一年ほど前である。

「うちに来る前のことは知らんわ。お母さんが自分で管理してたんやから」

「何やろね」

「金額が大きいから、気になるな」

妙《みょう》な沈黙《ちんもく》があった。

「お母さんは、きっと家計簿《かけいぼ》をつけていたから、実家を探せばあると思うわ。そこに書いてあるんと違う?」

瞳がそう言った後も、沈黙は続く。

「そんなの、あるかな」

「そうやねぇ」

どういう意味やねん。瞳は口を開くのも億劫《おっくう》になってきた。

「父《とう》さんが亡くなってから、母さんは額が大きい金を使う場合は必ず、俺に電話で相談してくれたよ。風呂《ふろ》場をリフォームする時とかね。でも、これは心当たりがないな」

「お母さんは、兄さんを一番、信頼《しんらい》してたからね。お父さんが亡くなって、相続についてみんなで話し合った時も、遺言なんかなかったけど、兄さんが仕切ってくれたから問題もなく、上手くいったんよね」

父名義の不動産は母の名義にし、預金は母が二分の一、あとの二分の一をきょうだい三人で分けたのだった。

兄と姉の会話を、瞳は黙って聞いていた。

「最初の相続は、もう一人の親がいるから何とか収まるけど、残った親が亡くなった時は、きょうだいはモメる。母さんは、そんなことを誰かに吹き込まれたに決まってるよ」

うんうん、と陽子が頷く。

「結局、俺は信用されてなかったってことだな。俺一人が得をしようなんて、考えたこともないのにさ。それに、言うほどの相続財産なんて、ないんだし」

知らない間に母が遺言を残したことに、真司はプライドを傷つけられたのかもしれない。気持ちをぶちまけたくても、自身の心が許さなかったのか。ほとばしり出たのは、悔《くや》しさに満ちた、唸《うな》るような声だった。

瞳は、振り向くこともできずに言った。

「お母さんは、まさか急に自分が死ぬなんて思ってなかったんよ。時間があったら、私達と、もっと話し合いたかったと思う。お母さんは子ども達を全員、信頼してたんやから。私だって……」

「そんなら、お母さんは遺言書を書く時点で、何で私らに相談しなかったんや！　瞳かて、私達を信頼してるって本気で思うなら」

陽子は運転席に顔を突っ込んできて、怒鳴《どな》り散《ち》らした。

「遺言書を破り捨てて、なかったことにできたやろが！」

「私に至らないことはいっぱいあるけど、お母さんのことは責めんといて」

「ほらほら、また良い子ぶる！」

真司は、通帳と出納帳を後ろから助手席にポイと放った。

「母さんは考えるより先に行動するような、そそっかしいところがあったからな。確かに、もうちょっと時間があれば、今までみたいにみんなで話し合っただろうよ。陽子、大した遺産でもないんだから、熱くなるのはみっともないぞ」

大した遺産でもないとは、どういうことか。親が残してくれた家やお金を、何だと思っているのか。

「やめて」

瞳のため息交じりの声に、兄と姉は顔を見合わせ、前のめりになった体を引いた。

真司は、車のドアを開けながら言った。

「これまで預かっていた金の収支は、誰が見ても分かるように整理しておけよ。結構な役目を仰《おお》せつかっちゃって、これから一番、大変な思いをするのは瞳だからな。ま、お手並み拝見といこうじゃないか」

じゃあ、また、とも言わずに車を降りる。

その後を追って陽子も車外へ出ると、二人は何か話しながら、姫路駅へと消えた。

「お母さん！」

瞳は声に出して呼びかけた。

私、家を売ります。お父さんとお母さんが建てた、あの家を売るよ。そうして、お母さんの遺言通りに分けて、すべてを終わらせるわ。終わらせてみせる！

瞳は、父の三回忌《かいき》で皆が集まった時のことを思い出していた。

母は、子ども達三人を見回して、

「この家に誰も住まんようになったら、どないする？　誰か、住みたい人はいるか？」

と、聞いたのである。

真司も陽子も、瞳も首を横に振った。

「そやろな、みんな、自分の家があるしな。ほんなら、その時は売ったらええな」

特にがっかりすることもなく、母は淡々とした様子で続けた。

「そないなった時は、鳥山《とりやま》さんに相談したら、ええようにしてくれはるわ」

鳥山不動産は、代々この地域で事業を営み、細かな世話までしてくれると、評判である。実家も、鳥山不動産に紹介してもらった、地元の工務店に頼んで建てたのである。

大工の棟梁《とうりょう》は、父の遠い親戚と聞いたことがあった。

実家を建てる時に世話になって以来、社長と父は気が合うのか、時々、一緒に釣《つ》りに出かけるほど、親しくしていた。

父が亡くなった後、鳥山社長が京子にこう言っているのを、瞳は聞いたことがある。

「このへんは田舎《いなか》やけど案外便利やから、家を買いたい人は結構いるんですよ。今も、売りに出るのを待ってるお客さんがいます。この家を売る気になったら、真っ先に言うてくださいね」

5　私達の実家

　事務机に肘《ひじ》をついてスマホをいじっている若者が、鳥山《とりやま》不動産のガラス戸越《ご》しに見える。

　瞳《ひとみ》はドアを引いた。

　姫路《ひめじ》駅で兄姉《きょうだい》と別れた翌週のことである。

　若者が顔を上げた。色白の肌《はだ》に茶色がかった髪《かみ》。黒いTシャツ姿で、リングの付いた細いペンダントが光っている。

「こんにちは。家の売買のことでお聞きしたいことがありまして」

「あ、はい」

「以前、郵便受けに、無料で家の査定をしてくださるっていうチラシが入っていたので、お願いしようかと。十年以上前ですけれど、両親が社長さんと親しくしていまして」

　瞳は実家の住所を告げた。

「祖父のことですかね。二年前に亡《な》くなりましたけど。父は今、外出中なんですが」

父と親しかった鳥山社長の、孫らしき若者はスマホを耳に当てた。

誰《だれ》かに報告し、指示を仰《あお》いでいるようだ。

「父《とう》さん？　お客さんやけど。査定の件で。えー？　うーん、分かった」

現在は、当時の社長の息子《むすこ》が後を継《つ》いでいるらしい。黒Tは、気の進まない仕事を言いつけられたような口ぶりである。

「よろしければ、今から、お家《うち》を拝見させていただきますが」

言葉は丁寧《ていねい》だが、にこりともしない。

事務所に鍵《かぎ》をかけ、軽自動車を出して瞳の車の後に続く。実家までは十分もかからない。

車から降りると、黒Tは黙《だま》って家の外観をスマホで写した。

「中も撮《と》りますか？」

瞳が玄関《げんかん》の鍵を開けようとすると、

「大丈夫《だいじょうぶ》です」

腕《うで》を伸《の》ばして掌《てのひら》をこちらに向けた。

大丈夫って、何が！　拒否《きょひ》してるん？　なんか、感じ悪い。

「後ほど、社長から電話します。こちらに、住所と連絡先《れんらく》を。築年数や広さも分かれば記入してください」

差し出された用紙に記入しながら、

「このへんは、中古物件の売買はどうなんでしょうか。あまりないですか？」

瞳は探《さぐ》りを入れてみたが、

「さあ。僕《ぼく》は留守番してるだけなんで」

素っ気ない。用紙を受け取ってさっさと帰ってしまった。

前日に、瞳はこの地域の中古住宅の売買情報をネット検索《けんさく》したが、築十年以下の新しい物件ばかりだったり、同じような広さでも価格が大きく違《ちが》っていたり、分からないことだらけだった。

だからこそ、鳥山不動産に期待していたのに、かえって不安が増しただけである。

この家、本当に売れるんやろか。誰に相談したらええんや。

そう思ったら、和江《かずえ》の顔が浮《う》かんだ。

「瞳ちゃん、近くにいるの？　来て、来て！　待ってるし～」

スマホから、和江の屈託《くったく》のない声が聞こえた。急に気が楽になる。

和江の嫁《とつ》ぎ先は住宅地から少し離《はな》れたところにあった。畑に囲まれた一軒家《いっけんや》である。

広々とした庭に柿《かき》や無花果《いちじく》の木が植えてあり、玄関の周りには、様々な大きさの植木鉢《うえきばち》が置かれている。

和江は、瞳を座敷《ざしき》に招き入れた。菓子《かし》や飲み物を運んでくると、座卓《ざたく》の前にどっしり座《すわ》って話を聞く体勢になった。

瞳は、母が遺言《ゆいごん》を残していたこと、家を売りたいことを、かなり端折《はしょ》って語った。

「あの家、売るんかぁ。何か寂《さび》しいな。鳥山不動産ね、私達が知ってる社長さんは面倒《めんどう》見《み》が良かったね。お年寄りから、『家のドアの取っ手が壊《こわ》れた』なんて言われたら、知り合いの業者に頼《たの》んでくれたり。まさに地域密着型や。瞳ちゃんのお父さんが亡くなったころはお客さんを結構、抱《かか》えてたんやろね」

和江は菓子を瞳に勧《すす》め、自分もぽりぽりと食べてお茶を啜《すす》った。木製の菓子皿に、丸形や三角形、棒状や星形のかりんとうが盛られている。

「時代は変わってるからね。家の情報かて、昔はチラシが一般《いっぱん》的やったけど、今は、動画配信サイトやバーチャル内覧の時代やし。一括《いっかつ》査定をしてくれるサイトもあるから、鳥山さんにこだわることもないと思うわ」

「そうか。私の頭は昔のままやったわ。知ってるところが安心かと思ってね。あ、これ、昔から大好きなんや」

瞳は、渦巻《うずまき》模様のかりんとうをつまみ、口に入れた。

このまちには、老舗《しにせ》製菓《せいか》会社の直販《ちょくはん》店があり、昔から変わらぬ美味《おい》しさが評判である。製造途中《とちゅう》で壊れた製品は、袋《ふくろ》に詰《つ》めて安く売っている。コロナの流行前は、かりんとうの詰め放題《ほうだい》のイベントが人気だった。

「家って、買いたい人と売りたい人の条件が合《お》うた時に決まるやん。焦《あせ》りは禁物やで。タイミングを待った方がいいんと違う？　今はコロナの影響《えいきょう》もあって、いろんな事業が滞《とどこお》ってるみたいやし。瞳ちゃんの実家なら、売れないはずないと思うよ、私は」

確かに、一旦《いったん》、落ち着いた方がいいのかもしれない。

かりんとうにマッチした、コクの深いお茶を味わいながら、瞳はそう思った。

「瞳ちゃんのお母《かあ》さんは、ちゃんと自分の意思を残さはったし、家もきれいにしてたやん。立派やと思うわ。相続した子どもも、家のことで努力してるんやから、合格や」

合格という言葉がおかしかったが、自分が少しは認められたような気分になる。

「中学の時、一学年上級で生徒会長してた子、覚えとう？」

「確か野球部だった？」

「そう。その人のお兄《にい》さんの話やねんけどな。小さな中古の一軒家に、一人暮らしして たんやけど、この前、病気で亡くなったんよ。独身で子どもはいないし、祖父母もご両親もすでに亡くなってるから、弟の生徒会長が相続人やねん」

きりっとした切れ長の目が印象的な人だった。

「お兄さんの家は、変わった形の土地に建ってて、売れそうもないから相続放棄《ほうき》したんやて。でもね、相続放棄しても、家や土地は次に管理する人が決まるまで、管理責任が残るって聞いて、悩《なや》んでたわ」

「えっ、そんなことってあるん？　相続放棄したのになんで、責任がなくならへんの？」

「民法で、そう定められてるらしいわ。その家は小学校の通学路に面しているから、誰かに迷惑《めいわく》をかけたら賠償《ばいしょう》せなあかんかも、解体することになったら費用を負担せなあかんかも、って頭を抱えてた」

和江は、お茶を注《つ》ぎ足《た》した。

「ところがね、この前、会った時に、『今年、民法が改正されたんや』って言うの。管理義務が変わって、相続した家に同居してへんかったら、管理義務を負うことはなくなるんやて。けど、施行《しこう》されるのは二〇二三年からやから、その人の場合はどうなるんやろ。不安はゼロではないな」

「聞いた」とか、「らしい」とかが多いけど、本当なのだろうか。

「相続放棄すれば、家に対する責任はなくなるかもしれへんけど、その家の処分やなんかの費用は、結局、誰かが負担することになるんやろ？」

瞳は、疑問を和江にぶつけた。

「そう、私もそれが言いたいんよ。いろんな事情があるにしろ、生活に役立ってくれた家を人に押《お》しつけたり、放置したり、ゴミみたいに扱《あつか》ったら家が可哀想《かわいそう》。家自身に責任はないんや！　責任を取らなあかんのは人間や」

「うん。家に責任はない！」

開け放った縁側《えんがわ》から、草むしりでもしているのだろうか、しゃがんで作業をしている小柄《こがら》な老女が見える。ゆっくり伸び上がって、こちらを向いた。

「お義母《かあ》さんも、お茶、どうぞ」

「ほな、呼ばれよか」

「中学の同級生」

瞳を軽く紹介《しょうかい》する。和江の姑《しゅうとめ》と思われる老女は縁側に座って、微笑《ほほえ》んだ。

「豆、持ってってもろたらどない？」

「うん、そうするわ」

初対面なのに、穏《おだ》やかな表情と言葉に触《ふ》れただけで、親しみを感じる。お茶を一杯《ぱい》だけ飲むと、すぐに作業に戻《もど》っていった。

「毎朝、四時に起きてご飯を炊《た》いてくれるんよ。自分らのものは自分で洗濯《せんたく》するし、元気やでぇ。煮豆《にまめ》やら、おかずを作って近所に配るのが趣味《しゅみ》やな。お義父《とう》さんはデイサービスに行ってる。娘《むすめ》は……」

和江は心もち声をひそめ、天井《てんじょう》を指差した。

「長女は二階で仕事してる。次女のさやかは、もうすぐ子どもが生まれるんよ」

「初孫やね、おめでとう」

「ありがとう。瞳ちゃんのとこは？」

「光《ひかる》は、結婚《けっこん》した後も幼稚園《ようちえん》の先生を続けてるわ。さやかちゃんは、東京やったっけ？」

「埼玉県やねん。そうそう、さやかの隣《となり》が、草ぼうぼうで、塀《へい》からは木の枝が飛び出ている迷惑な空き家やってん。困ってたら、市役所の人のお陰《かげ》で無事、解決したって。日本で初めて、空き家条例ができたところだけあって、熱心に空き家問題に取り組んでるんよ。空き家管理のことも、役立つ情報があると思うから、さやかに聞いておくね」

「和《かず》ちゃんは、ほんまに空き家のプロやね、頼《たよ》りにしてるわ。家が売れるまで、近所に迷惑がかからないようにせんとね。管理のことも、また、教えてね」

和江は思い出したように、隣の部屋から数冊のスケッチブックを抱えてきて、広げた。

どのページも家ばかりである。デッサンがしっかりしていて、細かいところまで鮮明《せんめい》に描《えが》かれている。ドアに空き家管理会社のステッカーが貼《は》られた家もある。まるで、空き家のカタログである。

帰り際《ぎわ》、和江は義母の煮豆と自家製の味噌《みそ》を瞳に手渡《てわた》しながら、囁《ささや》いた。

「瞳ちゃんのお兄さん、賢《かしこ》くてカッコ良くて、女の子達の憧《あこが》れやったね。そのお兄さんが、部活で遅《おそ》くなった瞳ちゃんを、学校の門まで迎《むか》えに来てたやろ。あんな素敵《すてき》なお兄さんに大事にされて、ええなぁって、すごーく、うらやましかったわ」

「そぉ？　私は恥《は》ずかしかったわ。彼氏《かれし》でもないのに」

いや、彼氏なんかいなかったし。いや、いたとしても、中学校の門に彼氏が迎えに来るなんて、もっと恥ずかしいかも。一人でクスッと笑うと、和江も笑った。目元にエクボができて、中学時代の顔になった。

和江と小一時間ほど話しただけで、張《は》り詰めていた気持ちがふっと緩《ゆる》んで、何とかなりそうな気がしてきた。

そうや、家を片付けよう。「体を動かせば、頭も冴《さ》える」って、聞いたことがある。

◇

和江の家から実家に戻り、玄関の鍵を開けようとした時である。

あれ？　私、鍵をかけ忘れたかな。それは、いつ？　鳥山不動産が来た時は、確か、玄関は開けなかったと思うけど。

鳥肌《とりはだ》が立ち、背中に冷《ひ》や汗《あせ》を感じる。扉《とびら》を数センチ開け、用心深く中を覗《のぞ》いた。

その時、階段を降りてくる足音が聞こえた。瞳は咄嗟《とっさ》に扉をガラッと開け、近くに立てかけてあった傘《かさ》を摑《つか》んだ。

「あら、瞳ちゃんだったの」

二階から降りてきたのは、真司《しんじ》の妻、小夜子《さよこ》だった。甲斐《かい》甲斐しいエプロン姿である。

「インスタントだけど、コーヒーがあるわ。飲む？」

さほど驚《おどろ》きもせずに言う。

「声がするから誰かと思ったら、瞳か」

真司が降りてきた。瞳を見ると一瞬《いっしゅん》、バツの悪そうな顔をしたが、すぐに、

「この家は、俺《おれ》の実家なんだから、いつ来たっていいだろう。俺のものも、まだあるかもしれないしな」

仕事が一段落したので有給を取って来たのだと、言い訳のように言った。

確かに、きょうだい全員が実家の鍵を持っているから、誰が来てもおかしくはない。

二階で探し出したのか、真司はオモチャの自動車を手にしていた。

台所では、小夜子が電気ポットで湯を沸《わ》かし、食器棚《しょっきだな》にしまってあったコーヒーカップを出して、洗っている。ペーパータオルで水分を拭《ふ》きとり、スティックのコーヒーを入れて、湯を注いだ。

手際《てぎわ》の良さと言い、立ち振《ふ》る舞《ま》いと言い、すべてが自然で、小夜子は何年も前からここに住んでいる主婦みたいだった。

この違和感《いわかん》は何だろう。

父の雅彦《まさひこ》が亡くなり、京子が一人になってから、真司はたまに実家に来ることがあっても、小夜子は滅多《めった》に顔を見せなかった。

それが、誰もいなくなった途端《とたん》、我が物顔で立ち働くとは。

小夜子のエプロンの胸元《むなもと》に、木の葉の刺繍《ししゅう》が施《ほどこ》されているのに気がついた。母のものだ。母のエプロンを着けているのだ。

「シンちゃん、お宝が見つかったの？」

小夜子がテーブルに置かれた車を見て、茶化《ちゃか》すように言った。コーヒーを飲んでいた真司が顔をほころばせた。

「トミカのフェアレディZだよ。結構、良い値段が付くんだってさ」

「二階は、長い間、閉め切っていたから、着物とかは大丈夫かしらね」

着物？　うちにあるものを勝手に触《さわ》らんといて！　たまらなく不愉快《ふゆかい》になった。

あんた、そら、小姑根性《こじゅうとこんじょう》やで。そんな声が聞こえたような気がした。

◇

コーヒーをぐっと飲み干し、瞳はカップをテーブルにドンと置いた。

瞳の乱暴な仕草を気にすることもなく、小夜子はゆったりとした口調で話し始めた。

「私は嫁《よめ》としてすべきことを、何もしてこなかったんじゃないかなって、本当に反省してるのよ。シンちゃんと結婚する時に、お義母さんに言われたことに従って、シンちゃんの健康を守ってきただけだから」

母は小夜子に何と言ったのだろう。

「シンちゃんのアレルギーや、合わない食べ物を教えてくれて、くれぐれもよろしくって。食事や健康についての勉強は面白《おもしろ》いし、料理も嫌《きら》いじゃないから、全然、苦にならなかったわ。ただ、私は手先が不器用だから、お義母さんみたいに刺繍や編み物みたいなことは全くできないのよね」

エプロンの胸元の刺繍に、そっと触れた。

「エプロンは何枚もいただいたわ。有難《ありがた》く使わせてもらってるの」

お母さんがプレゼントしたんや。もう、私ったら早とちりなんやから。

「せめて、片付けは手伝わせてもらおうと思って。古い物もたくさんあるから、大変でしょう。あ、お義母さんはきちんと整理していたから、それほどでもないのかな。だけど、人数が多い方が、はかどるわ」

「あ、ありがとう……」

案外、いい人かも。思わず、お礼を言ってしまった。

「一階はすっきりしてるけど、二階にはかなり、物があるぞ」

兄は、顔をしかめる。

「取り敢《あ》えず、雨戸を全部、開けるわ」

瞳は立ち上がり、一階の部屋の雨戸を次々と開けていった。草と土の匂《にお》いを含《ふく》んだ風が、さっと吹《ふ》き込《こ》んでくる。光の中で、埃《ほこり》の粒子《りゅうし》が踊《おど》り始めた。

押し入れを勢いよく開けた。布団《ふとん》がぎっしり収められている。下の方には何枚もの毛布。子ども達が孫を連れて帰省した時に使ったキャラクター模様の毛布の端《はし》が、はみ出ている。

押し入れの中の棚は、父が作ったものだ。電気毛布、贈答品《ぞうとう》のシーツ、タオル。その上に、いくつもの枕《まくら》が積んである。枕カバーは刺繍で縁取《ふちど》りされていた。見慣れたものだが、こうやって改めて目にすると、母が自分の存在を誇示《こじ》しているようにも思える。義母から刺繍付きの手製エプロンを渡され、自分の夫となる人の健康管理を託《たく》された時、小夜子さんはどんな気がしたのだろうか。嬉《うれ》しかっただろうか。私だったら、ちょっとプレッシャーやわ、と瞳は思う。

二階から、真司と小夜子の、はしゃぐような笑い声が聞こえてきた。何がそんなに面白いのか。私には面白いことなんか、なんもないわ。

「放置したら、家が可哀想」

そんな和江の言葉をふいに思い出した。

家の身になってみたら、と瞳は考えた。

真っ暗でしんとしていたら、息が詰まる。外の空気がいっぱい入って、笑い声が聞こえたら気持ちが良いに決まっている。

今は、ここに三人の人間がいる。思い出に浸《ひた》ったり、何かを発見したりしながら、片付けという仕事をしている。この家は今、呼吸している。心臓が拍動《はくどう》している。生きているのだ。落ち着かないのは自分だけで、家は喜んでいるのかもしれない。

押し入れの下段に、段ボールがいくつか積んであった。一つを動かそうとしたが、なかなかの重量である。

やっとの思いで引きずり出し、中を見ると、大小様々なノートが隙間《すきま》なく詰まっていた。背表紙に「家計簿《かけいぼ》」と記されている。

いつごろから、母は家計簿を付けていたのか。何十冊もある。色が変わりかけている表紙に、長い年月を感じた。

一冊を手に取る。米一四三〇円、豆腐《とうふ》二五円、鶏肉《とりにく》三百グラム二一〇円……。母の文字と数字が几帳面《きちょうめん》に並んでいる。見ると、昭和四十三年のものである。

あら、私が生まれた年やん。ぺたりと座り込んで、瞳は夢中でページをめくる。強化パン四五円。強化パンって、何やろ。

その日のメモ欄《らん》に、「ビタミン入りのパンを買ってみた」とあった。いつも家族の健康を考えていたお母さん、ありがとう。

何気なく顔を上げると、小夜子が立っていた。心臓が飛び出しそうになった。

「いつから、そこにいたんですか」

「あら、今、呼んだの聞こえなかった？」

さっきまで二階で兄と笑い合っていたのに、足音もなく瞳の側に来た小夜子を、少し気味悪く感じる。

見ていた家計簿を、隠《かく》す必要もないのに両手で覆《おお》った。

「二階の物を瞳ちゃんに見てもらおうと思って。それから、このノートね」

小夜子は新品のノートを広げ、

「台所のテーブルの上に置いといて、ここに来た人は名前と日付と、何をしたかをメモしておいたらどうかしら。この家に関しての情報を共有できるし、記録にもなるでしょう」

背筋を伸ばして言った。

「さすがやわ！　でも、何でそんなに張り切ってるんですか」

え？というように、小夜子は顔色を変えて、瞳を見つめた。

「別に、張り切ってなんかないけど」

「そう？　テキパキ動いてるからそう見えるんかな。私なんか、考え過ぎてぐずぐずして、ちっとも進みません」

どこかイキっている自分を感じながら、瞳は強い口調で言った。

手にした家計簿を段ボールに戻していると、足音が近づいてきて、真司が廊下《ろうか》からこちらを覗《のぞ》き込んだ。

「それ、家計簿か？　だったら、一八〇万のことが分かるんじゃないか？」

京子の通帳の出金欄に印字されていた、使い道の分からない金のことである。真司は、よほど気になるらしい。

お母さんが自分で管理していたお金だから、私に責任はない。偉《えら》そうに指図せんといて。心の中で兄に文句を言いつつ、瞳は段ボール箱の中を改めた。

二〇一七年の家計簿はすぐに見つかった。薔薇《ばら》の写真の表紙に見覚えがある。よく台所のテーブルに置かれていた。母の作った煮込《にこ》みうどんや瞳が買った弁当を、二人で食べた日は昨日《きのう》のようである。

「お兄ちゃんの名前が書いてあるわ」

真司が素早《すばや》く近づいてきて、家計簿を摑んだ。瞳は指に、ぐっと力を入れて離さない。

「雨漏《あまも》りの修理。真司に相談、ってメモ欄に書いてある。一七九万六千円だって。お兄ちゃん、ほんまに知らんの？」

思い切り上目づかいをして兄を凝視《ぎょうし》する。

「ああ、あれか！　思い出した。雨漏りするから屋根を修理したいって電話があったんだ。だから、俺がネットで三軒の業者から見積りを取って、一番安いところを母さんに伝えたんだよ。おかしいな、百万もかからないはずだったのにな」

「そういえば、足場を組んでた時があったわ。屋根は傷《いた》みがひどくて、壁《かべ》からも雨が染《し》み込んでたんやて。業者さんに勧められて、修理を追加したってお母さんが言ってた。もしかして、悪徳業者だったりして」

「いいえ、そんなこと、ないわよ！」

小夜子が、真司をかばうように、きっぱりと言った。

「この年は、兵庫県に台風が上陸してかなりの被害《ひがい》が出たのよ。きっと、それがきっかけで、あちこち不具合が出たんだわ、ほら」

素早くスマホで検索し、過去の気象情報の画面を見せて小鼻を膨《ふく》らませる。

真司と小夜子の慌《あわ》てようを見て、瞳は胸がすっとした。真司の名前をメモしてくれた母に感謝である。

「とにかく、一件落着ってことで。それじゃ、二階を見ようかな」

急に快活になって、瞳は滅多に足を踏《ふ》み入れない二階に上がった。階段も床《ゆか》もざらついている。掃除機《そうじき》をかけたのは、一体、何年前だろう。

三つの部屋は、ドアと窓が開け放たれていた。兄の使っていた部屋には、衣装《いしょう》ケースや段ボール箱が重なり、ベッドの上に昔の玩具《がんぐ》が並べられている。不用品らしい物は隅《すみ》にまとめてあった。

姉の部屋は、父が釣《つ》った魚の魚拓《ぎょたく》、旅行の土産《みやげ》品など、雑多なもので一杯《いっぱい》だ。瞳の部屋には和箪笥《わだんす》が置かれ、その横に座布団《ざぶとん》やアルバムが重ねてあった。瞳は結婚する時に、お気に入りのチェストと本棚《ほんだな》を新居に運んだ。その時、母が運送屋さんに頼んで、階下にあった和箪笥を瞳の空いた部屋に運んでもらったのである。箪笥の扉を開けると、たとう紙に包まれた着物が重なっている。何枚くらいあるのか。どんな着物がどれくらいあるかを確かめるには、まず部屋を掃除《そうじ》して、衣装敷《じき》の上で一枚ずつ着物を広げてみなくては。それをまた、畳《たた》むことを考えると、頭がくらくらした。

「うわー、これは時間がかかるわ」

瞳はため息をつく。

「大変だけど、早めに家の中を空っぽにしなきゃ駄目《だめ》よ。必要のない着物は、買取り業者に見積りしてもらうといいわ。家の内覧に来る人もいるし、急に売れることになったら、片付けに業者を入れないといけなくなって、余計なお金がかかっちゃうわよ」

いつの間に上がってきたのか、小夜子が腰《こし》に手を当てている。

足の裏のざらっとした感覚が、喉元《のどもと》までせり上がってきた。それ、あなたの着物？　余計なお金って、あなたのお金？　この家は、あなたの何？

突然《とつぜん》、ぱさりと音がして、踊り場に貼ってあった古いカレンダーが落ちた。M銀行でもらったルノワールの絵の一枚ものである。

なぜ、今落ちる？　風のせいや……。テープが古くて、はがれかかってたし。

瞳は、テープの跡《あと》が付いた壁を眺《なが》めた。この家に心と口があったら、何と言うだろう。

「どうでもええから、早よ何とかしてや～」

そんなところか。そやね！　頑張《がんば》るわ！

「着物のことは分からんから、お姉《ねえ》ちゃんに見てもらいます」

陽子《ようこ》の鬼《おに》のような顔が浮かんだが、瞳は元気よく答えて階段を下りた。

それから、瞳はコンビニまで車を走らせ、三人分の弁当とスープ、飲み物を買って戻った。遅めの昼食を済ませると、ゴミは袋にまとめて玄関に置いた。ほかの不用品と一緒《いっしょ》に、瞳の家に持ち帰って捨てるのである。

その後も、一階と二階に分かれて片付けを続けた。真司達は、今夜は姫路のホテルに泊《と》まり、明日、東京に帰ると言う。瞳は先に帰ることにした。朝早くに家を出てから、不動産会社や和江の家に行き、実家の片付けもしたため、クタクタだった。真司と小夜子が、瞳を見送るために玄関まで来た。

「戸締《とじ》まりは、絶対にきっちりしといてよ。何かあったら周りに迷惑がかかるんやから」

瞳は真司にそう言ってから、靴箱《くつばこ》の上にコルクボードを置いた。

「何だよ、それ」

真司が目を剝《む》いた。

「このボード、台所にあったんよ。学校のお知らせとか、牛乳の請求《せいきゅう》書とかを、よくピンで留《と》めてたねえ」

貸金庫の底に母が残した「記念品」を、コルクボードに広げて留めたのだ。真司の通知表、陽子のハンカチ、瞳の絵である。

「みっともないから、やめろよ。置くなら中に置け、中に！」

「おもしろくて、ええやんか」

瞳は譲《ゆず》らない。兄妹《きょうだい》のやり取りを聞いていた小夜子が、

「これ、アート？　魔除《まよ》けかしら？」

と言って口を押さえ、ククっと笑った。

6　相続人がいなくても

実家から戻《もど》った瞳《ひとみ》は、マンションの駐車場《ちゅうしゃ》に車を入れると、そのまま、川沿いの道に向かった。浜《はま》の方へ、ずんずん歩く。

この先の浜には、アジサシがいるはずだ。歩を進めるごとに、ほのかな潮の香りが近づいてくる。体から疲《つか》れが抜《ぬ》けていくような気がした。

散歩道から石の階段を下りて、砂浜に足を踏《ふ》み入れる。スニーカーが砂で汚《よご》れても、ちっとも気にならない。

やっぱり、私はここが好き。

両手を広げて大きく息を吸うと、生き返ったような気がした。実家のある地域は空が広くて山々は雄大《ゆうだい》で、畑では野菜が静かに息づいている。幼いころから、慣れ親しんできた風景だから、郷愁《きょうしゅう》は感じる。

けれど、気楽に自分らしく暮らせる場所と言ったらここしかない、と瞳は思う。

家にいると聞こえてくる、車が行き来する音も野鳥の声も、耳に心地《ここち》よいのだ。

「佐々木《ささき》さん、お久しぶり」

娘《むすめ》の幼稚園《ようちえん》時代のママ友、春木《はるき》さんから声をかけられた。孫の手を引いている。

「こんにちは。同じマンションに住んでいても、会わない時は会わへんねぇ」

「話したいことがあるんよ」

春木さんは眉《まゆ》をひそめ、真剣《しんけん》な顔で言う。

「峰《みね》さんが、この前、若い男の人と会ってたんよ。それが、すごく楽しそうでね」

「独身なんやから、ええんと違《ちが》う？」

峰さんは、同じマンションで暮らす八十歳《さい》前の女性である。京子《きょうこ》と気が合ったのか、よく一緒《いっしょ》に散歩をしていた。

「そうじゃなくって！」

春木さんは、じれったそうに言う。

「マンション内で、還付金詐欺《かんぷきんさぎ》に引っ掛《か》かった人がいたでしょ。峰さん、怪《あや》しい人に目をつけられてるんやないかしら？」

春木さんは三歳の孫を保育所まで迎《むか》えに行き、娘が仕事から帰ってくるまで、自宅で面倒《めんどう》をみているのである。今日は砂浜で遊ばせていたのだろう。男の子は砂だらけの掌《てのひら》を、得意そうに広げて見せた。

「きれいな貝殻《かいがら》やね」

「カニもおったで」

三人、連れ立ってマンションへ向かう。エントランスを入った時、春木さんが瞳の腕《うで》を肘《ひじ》で突《つ》いた。

ロビーの応接セットに二人が座《すわ》っていて、峰さんがこちらを向いている。背を向けている方は、スーツ姿の男性である。

「ね、峰さん、楽しそうやん？　男の人、シュッとしてて好青年やろ」

小声で言われたが、男性は後ろ姿だ。分かるわけがない。第一、他人に関わる余裕《よゆう》は、ないのである。

だけど、峰さんとなれば話は別かな、と瞳は思う。

母が亡《な》くなって数日後に、峰さんからの手紙が郵便受けに入っていて、京子への感謝とお悔《く》やみが丁寧《ていねい》に書かれていたのである。

コロナ禍《か》で伺《うかが》えないが、ご冥福《めいふく》を祈《いの》っている、とあった。その真心が心に染《し》みた。

京子より三、四歳下の峰さんは、実母と暮らしていたが、十年ほど前に見送ってからは一人暮らしだ。昭和五十年代の若いころは、東京の丸《まる》の内《うち》で企業《きぎょう》の社長秘書を務め、定年退職してからも、社員教育の講師として活躍《かつやく》したそうである。

瞳はこのことを、母から聞いていた。

峰さんとは、会えば会釈《えしゃく》する程度のお付き合いだった。瞳が言葉を交《か》わしたこともない峰さんと、京子はいつの間にか親しくなっていたのである。

京子がゴミを捨てに行って、そこで会った峰さんに話しかけたのがきっかけという。

「峰さんは信用できる人や」

母の言葉が甦《よみがえ》る。誰《だれ》かと知り合いになると、「あの人は親切な人や」「この人は優《やさ》しい人や」と、京子は良いところをすぐに見つけるのだった。そんな魔法《まほう》の言葉にかかると、瞳もそう思えてくる。

昭和五十年代といえば、秘書はほとんどが男性やった時代やのに、峰さんは大したもんやな。ほんまもんのキャリアウーマンや、と母はよく言っていた。

峰さんが危ない目に遭《あ》いそうになったら、母なら放っておかないだろう。

峰さんと男性が立ち上がった。男性がこちらに歩いてくる。

瞳は、さり気なさを装《よそお》いながら、彼《かれ》の全身と顔を一瞥《いちべつ》した。目が合った。会釈されたので返した。爽《さわ》やかである。

怪しい感じは全然しない。何か事務的な用事があったとしか思えない。

いやいや、こういう雰囲気《ふんいき》に中高年女性はコロッと騙《だま》されるんや。

峰さんには、手紙のお礼を電話で伝えていたが、こうして会ったのだから、もう一度感謝の言葉をかけようと思った。峰さんも、何か話したそうに瞳に近づいてくる。

春木さんが孫とエレベーターに乗り、瞳に目配せをすると扉《とびら》が閉まった。

「お寂《さび》しくなりましたね。私、枝川《えがわ》さんにはお世話になったのに、突然《とつぜん》のことだったので、何のお礼もできないままでした」

峰さんは頭を下げる。

「こちらこそ、毎日、せわしなくて」

「枝川さんは娘さんやお婿《むこ》さんに、とても良くしてもらっていると、おっしゃっていましたよ。それに……」

言い淀《よど》んでから、

「一度、佐々木さんとゆっくりお話をしたいと思っていました。まだ、コロナは落ち着きませんが、お散歩ならどうでしょう。お時間のある時にでも、よかったら」

瞳の目を見て言った。

峰さんから誘《さそ》われるとは思わなかった。鼻筋が通り、口元が引き締《し》まった顔立ちのせいか、どこか話しにくそうな感じがしていたのである。

「ありがとうございます。嬉《うれ》しいです」

瞳は声を弾《はず》ませた。

明くる日の午前十時にエレベーターホールで待ち合わせ、散歩する約束をした。

京子の言葉を峰さんから聞いて、体中が温かくなった。直接、母から優しく話しかけられたような気がしてくる。

自宅に帰り、実家から持ってきたゴミと家のゴミをまとめて、明日の早朝に出す準備をした。手を洗って水を飲む。

和江《かずえ》からもらった、容器に入った煮豆《にまめ》と味噌《みそ》をテーブルに置いた。椎茸《しいたけ》や人参《にんじん》と一緒に煮た大豆が、飴色《あめいろ》に光っている。小鉢《こばち》に移して一粒《つぶ》、つまむと、ほんのり甘《あま》い。

今夜は、このおかずに味噌汁《しる》とご飯だけでいい。素朴《そぼく》な食事は、疲れを癒《いや》してくれると思った。

ダイニングセットの椅子《いす》にだらりと座り、ご飯が炊《た》ける音をぼんやり聞いていたら、一郎《いちろう》が帰ってきた。

「峰さんから聞いたんやけどね」

一郎が着替《きか》えるのを待って、瞳は口を開く。

「峰さん?」

「お母《かあ》さんがね、一郎さんに感謝してる、って言ってたんやて」

「ほんまか？　そうかあ。ふーん」

一郎は照れを隠《かく》すように、壁《かべ》を見ている。

あれ、感謝してる、やったかな。まあええわ、そんな意味やった。

「僕《ぼく》も言いたかったけど、もう、言われへん」

「今日と同じ明日は来ないって、よう分かったね」

それから、不動産会社や和江の家に行ったこと、実家に兄達が来ていたことを話した。

「煮豆、もらったんよ。私は、これだけでいいけど。……お肉でも、焼こうか？」

「うん」

そやろね〜。瞳は椅子から立ち上がる。疲れのせいか体が重い。

こんな、当たり前のように繰《く》り返される時間が、これからも続くとは限らない。このひとときを大切にしないと。瞳は冷蔵庫を開けた。

翌日、峰さんと夙川《しゅくがわ》の畔《ほとり》を散歩した。

もうすぐ五月である。川を跨《また》ぐように渡《わた》したロープに、数匹《すうひき》の鯉《こい》のぼりが並んで風に吹《ふ》かれている。

阪急電車の線路の辺りから南へ向かって約一・七キロの間、こうした鯉のぼりの列が点在している。その数は、多い年には二百五十四ほどもあったという。

夙川の鯉のぼりは、阪神《はんしん》・淡路大震災《あわじだいしんさい》が起きた一九九五年に、被災《ひさい》した近隣《きんりん》の小学校の児童を慰《なぐさ》めようと、他県から贈《おく》られたことがきっかけとなっている。

毎年、「こどもの日」のシーズンに地元のグループや自治会などが飾《かざ》り付けると、瞳は聞いたことがあった。

「二年前になるかしら。お母様とも一緒に眺《なが》めましたよ。『家族がたくさんいて楽しそう』、って私が言ったら、『いたらいたで、悩《なや》みも多いですわ』って。私は鯉のぼりのことを言ったんですけどね」

もう、お母さんたら、そそっかしいんやから。瞳の頰《ほお》が熱くなる。

「私はずっと独り身で、それが自分に合ってると思うんです。でも、たまに、もし、自分に子どもが二、三人もいたらどうやったやろ、って思うこともありましてね」

水面に映った鯉のぼりが揺《ゆ》れている。

「わずらわしいことがあっても、案外、楽しいかもしれないな、って。そんな気持ち、誰にも話したことがなかったんです。それなのに、なぜか、枝川さんには自然にしゃべれたんですよね」

峰さんは目を細めた。

「枝川さんもね、『一人やったら自分の好きなことが存分にできて、ええなぁ、うらやましい』なんて。私がしてきた仕事を詳《くわ》しく聞いてくれて、驚《おどろ》いたり感心したりしてくれはりました。私も、『何人もいる子どもや孫達に、平等に愛情を注げるものなんですか？』なんて、ずけずけ聞いてしまったり。テレビ番組の話や、しょうもない愚痴《ぐち》も、枝川さんとなら楽しくおしゃべりできましたねぇ」

愚痴を嫌《きら》っていた母が、珍《めずら》しく、

「愚痴を言ったりぼやいたりできる相手がおるのは、幸せなことかもしれへんな」

と言っていたのを思い出した。

「テレビ番組の話から、先々の話になって、生前整理や相続のことも話したんです」

瞳は思わず立ち止まる。

「ベンチで休みましょうか」

木製のベンチに並んで腰《こし》かけた。古びているが、座り心地が良かった。

「立ち入ったことをお話しするのは、どうかと思ったのですが」

峰さんは、京子が亡くなってから、瞳の様子があまりにも変わってしまったので、心配していたと言う。瞳の暗く沈《しず》んだ表情や、うつむいて歩く姿を見るのは辛《つら》い、と。

「枝川さんからお聞きしたことを、お伝えした方がいいのではないかと思いましてね。

お母様は、子どもや孫達を同じように愛している、とおっしゃってました。『数字にしたら〇・一ミリの狂《くる》いもない』って。佐々木さん、あ、瞳さんとお呼びしてもいいですか?」

〇・一ミリって……。瞳は、峰さんの言葉に驚きながら、頷《うなず》いた。

「瞳さんは失敗も多くて、よく周りに心配をかけたけれど、そんな瞳さんがいたから、家族は笑ったり、助け合ったり、リラックスできたって。ぼんやりしていて頼《たよ》りなく見えるけれど、心のきれいな子で、いざという時に一番、信頼《しんらい》できる家族の要《かなめ》やって言われてました」

失敗が多くてぼんやりしてる? 家族の要? 誉《ほ》められているのか?

「本当は、子ども達みんなと話したいけれど、それぞれが忙《いそが》しくて、難しいし、自分もいつどうなるか分からない。遺言《ゆいごん》書を書こうと思っている、って。それでね、一緒に図書館に行って、相続の勉強をしたんです。私も、人ごとではないのでね」

やはり、京子は子ども達全員と話したかったのだ。

考え込《こ》んでいる瞳に、はっとして、

「私、何か失礼なことを……、言ったかもしれませんね。ごめんなさい、正確に伝えなければと思って」

峰さんは、おろおろしている。そんな姿に、急に親しみが湧《わ》いてくる。

「いえ、お話ししてくださって、ありがとうございました。元気が出ました」

両親がいなくなった今、要なんて言われても気が重い。それでも、自分に与《あた》えられた仕事を正直に、誠実に行おうと瞳は思った。

「その後、コロナが蔓延《まんえん》して、お会いできなくなったので、気にかかっていました」

峰さんは、京子にどこまで聞いていたのだろう。気にはなったが、ここまで話してもらったら、もう十分という気もした。

しばらく沈黙《ちんもく》が続いた。

コサギが一羽《わ》、川辺に佇《たたず》んでいる。

瞳は、峰さんのことをもっと知りたかった。けれど、不躾《ぶしつけ》になってはいけない。躊躇《ちゅうちょ》していると、峰さんの方から、

「私はね、相続人がいないんですよ」

と、さり気なく言った。

「そうなんですか」

後の言葉が続かない。

「両親もきょうだいもおりませんのでね。従姉《いとこ》はいますが、いとこは、法定相続人では

ないですしね」

胸がドキンとした。

隙《すき》がなく、賢《かしこ》い印象の峰さんが、京子の娘というだけで、プライベートなことを語ろうとしているのが瞳には意外だった。

話はどう続くか分からないが、無防備過ぎるのではないだろうか。聞きたいけれど、聞いてはいけないような気がした。

「財産は、このマンションと預金だけで、ささやかなものです。でも、私が死んだ後、周りに迷惑《めいわく》をかけると思うと心苦しくて。

それに、今は元気ですけど、体調を崩《くず》すかもしれない、物忘れするようになって困るかもしれない、と考え始めたら心配がどんどん、膨《ふく》らんできましてね」

自分の言葉を嚙《か》みしめるように語る。

「でも、そんな心配はなくなりました」

峰さんの口調が、ふんわりと軽くなった。

並んで腰かけているので表情は見えないが、微笑《ほほえ》んでいるようだ。

「私が入院した時や、介護認定《かいごにんてい》が必要になった時にどうするか、それから、私の死後の財産のこと、そういったことをみんな、信頼できる方に相談することができましたから」

「信頼できる方に……ですか。それは、良かったですね」

一抹《いちまつ》の疑いを抱《いだ》きながら、瞳は呟《つぶや》く。

「ええ。古い友人に紹介《しょうかい》していただいた方。何でも聞けるから、気が楽になったんですよ。枝川さんにも報告したかったのですが、会えなかったのでね」

「もしかしたら、昨日《きのう》、ロビーで会われていた方ですか？」

峰さんの顔を覗《のぞ》き込むと、頰《ほお》がほんのり染まっている。三日月のように目が細くなった。

「ええ、そうなんです」

ここに春木さんがいたら、

「ほら、ね？」

と、目配せするに違いない。

「もし、峰さんが入院されるとなったら、お手伝いしていただけるんですか？　昨日、いらした男性に」

「そう。病院の手続きや支払《しはら》い、そのほかのお金の管理もお願いしています。五十嵐《いがらし》さんっていうんですよ」

「お金の管理も……」

「先日、契約《けいやく》が無事、済みました」

「えっ、もう、契約しちゃったんですか？」

声が裏返った。峰さんは、瞳の反応に驚いたように目を見張る。

「あのね、瞳さん」

ゆっくりと語り始めた。

「任意後見制度って、ご存じかしら？」

「は、はあ、聞いたことはあるような」

「私も具体的なことは、あまり知らなかったんですけどね。昨年、同じ職場で働いていた友人から、久々に電話をもらいまして」

峰さんの友人は、脳溢血《のういっけつ》で倒《たお》れた父親を介護した時の経験から、自分は子ども達に同じ苦労をかけたくないと語ったそうである。

「介護でお金が必要になっても、お父様の通帳からお金を引き出せなかったんですって。その後、介護施設《しせつ》に入所されたんですけど、空き家になったお父様のお家《うち》も、処分も何もできなかったんですって」

峰さんは顔を曇《くも》らせ、ため息をついた。峰さんが、年老いた母親と、よく連れ立って出かけていた姿を瞳は思い出した。ほほえましい光景だったが、当事者にしか分からない苦労があったのかもしれない。

瞳は、静かに言葉を待った。

「それでね、ご自分は任意後見制度を利用して、息子《むすこ》さんに後見人になってもらう手続きをされたんです。独身の私を思い出して、良かったら、とてもお世話になった行政書士を紹介しますよ、って言われましてね」

「その方が、五十嵐さんですか？」

峰さんは頷いて、瞳に目を向けた。

「五十嵐さんは私に、何が不安で、何を解決したいのかを、時間をかけて聞いてくださったんです。五十嵐さんは、私が言葉に詰《つ》まったり、上手《うま》く伝えられなくなったりしても、優しく待ってくれるんですよ。そして、私の希望に沿った方法を提案してくれました。五十嵐さんは……」

その上で、大事な契約を交わしたのだろう。

本人の意思で決めたのなら、他人の私が心配する筋合いではない。きっと、きちんとした契約なのだ。瞳は、そう思おうとしたが、任意後見制度がどういうものか、よく分からないから何となくすっきりしない。

それに、なぜ、峰さんがわざわざ自分に言うのかも分からない。

「私、何の知識もなくて恥《は》ずかしいです。差支《さしつか》えなければ、どういった契約をされたのかもう少し、教えていただけませんか？」

「ああ、契約のことですね。いいですよ」

峰さんは、一瞬《いっしゅん》、つまらなそうな顔をしたが、すぐに姿勢を整えた。

「五十嵐さんにお願いして、生前事務委任契約と、任意後見契約、死後事務委任契約を公証役場で結びました」

一旦《いったん》、耳に入ったが、その用語は、すぐに頭から消えていった。今、この場で説明されたとしても、理解できるかどうか自信がない。

自分から「教えていただけませんか？」なんて言ったことを、瞳はひどく後悔《こうかい》した。

「生前事務委任っていうのは、介護や入院などの重要な手続きを、五十嵐さんを代理人としてやっていただくことです。任意後見は私の判断能力が低下した時に、年金の受け取りや不動産の取引や、お金の管理をしてもらうことなんです。

死後事務委任は言葉の通り、私の死後の事務的な手続きをお任せすることです。遺言書も作って、私が残した物は五十嵐さんに処分していただくことにしました」

死後、という言葉がずしんと胸に響《ひび》いた。これなら、確かに今後は安心に違いない。但《ただ》し、五十嵐さんが信頼できる人ならば、である。考え過ぎやろか。

「つまり、事務の任意契約っていうのは」

瞳が言いかけた時、こちらを向いた峰さんの眉間《みけん》に皺《しわ》が寄った。

「任意契約ではなくて、委任契約。委任状のイニンです」

イニン？　さっき、ニンイって聞こえたけど。あ、それは任意後見のことか。

すぐに、峰さんの表情が柔《やわ》らかくなった。

「普段《ふだん》、聞き慣れない言葉ですものね。私も、なかなか分からなくて、何度も五十嵐さんにお聞きしましたよ。

重要なことを任せられる人がいない場合、判断能力を失ったら、誰がその人のお金の管理をすることになるかも聞きました。

その時は、いろんな手続きを踏んだ後で、法定後見人が管理するようですね。誰が法定後見人になるかは、家庭裁判所の審判《しんぱん》で決められるんですって。そうなる前に、あらかじめ自分で後見人を決めておくのが、任意後見の契約なんです」

つまり、五十嵐さんは峰さんの後見人になったのだろう。多分。

「五十嵐さんは、時々、こちらの様子を聞いてくださるんですよ。私、息子ができたみたいで、何だか嬉しいの。私の人生に強い味方ができたんですもの」

瞳は峰さんの横顔を見つめた。峰さんは、誇《ほこ》りに満ちた顔つきをしていた。案外、負けん気が強い人かもしれないと、ふと思った。

峰さんは首を傾《かし》げ、瞳の視線を捉《とら》えた。

「私、年齢《ねんれい》と共に、少しずつ自分の中に蓄積《ちくせき》されていたものが消えていくみたいな気がしていました。喪失《そうしつ》感っていうんでしょうか。父や母と死に別れて、思い出さえ、時が経《た》つにつれて薄《うす》れてきて。友達とのお付き合いも段々、少なくなってきますしね。若いころは思いもしなかったけれど、年齢と共に感じることなんですよ」

京子がよく言っていた言葉。

「あんたも年を取ったら分かる」

瞳は聞き飽《あ》きてうんざりしたものだった。峰さんも、そんな風に言いたいのだろうか。

「でもね、失うばかりじゃないって、分かったんです」

峰さんは両手をぎゅっと握《にぎ》り締《し》めた。

「いつだって、新しいご縁《えん》は身近にある。こちらがその気になれば、ね。それを教わったと思っています」

「母にですか？」

「この年になって何でも話せる人ができるなんて、思ってもみませんでしたから」

峰さんは、こちらを向いて、また目を細くした。

「私は無意識に心を閉ざしていたのかもしれません。でも、心を開いたら光が射《さ》し込んで来たようで。そのきっかけを作ってくださったのが、そうね、枝川さんです。五十嵐さんのこと、枝川さんに紹介したかったわ」

確かに、お母さんは気楽に誰とでもしゃべるからなぁ。けど、お母さんのこと、美化し過ぎやないか？　それに、私は娘であって母とは違うし。

「その人がどう生きてきたかは、空気で分かるものですね。年を取るのも悪くないですよ。相手がどういう人か、雰囲気で分かってくるんですから」

お母さんのことやない、五十嵐さんのことを言ってるんや。瞳は突然、気がついた。

峰さんは目を細めて空を見上げていた。

◇

夕食後、瞳は久しぶりに京子が作った梅酒を味わった。一郎は、球磨焼酎《くまじょうちゅう》をチビチビ飲みながら、スマホを熱心に見ている。

「判断能力が不十分になったからって、すぐに任意後見人が動くわけでもないらしいで。ほら、ここに書いてある」

瞳は、峰さんと話したことを一郎に語ったのだ。まだ腑《ふ》に落ちないことを呟いていたら、一郎は法務省のホームページを検索《けんさく》し始めたのである。

「任意後見受任者が、家庭裁判所に任意後見監督《かんとく》人の選任を申し立てて、家裁が任意後見監督人を選任してから、任意後見受任者は任意後見人になるんや」

「ふーん、任意後見受任者って、誰?」

まろやかさが増してるわぁ、この梅酒、と思いながら瞳が聞いた。

「峰さんの場合、行政書士の五十嵐さんって人やろな」

「そしたら、任意後見人は?」

「だから、五十嵐さんやろ」

「任意後見監督人って何?」

「それはな、ちょっと待ってや」

一郎はスマホ画面をじっと見つめる。

「あんな、任意後見人が、契約通りに適正な対応をしているかどうかを監督する人や」

「五十嵐さんには監督する人が付いてるってことやね。なら、まあ、ええか」

「ええも何も」

笑いながら、グラスに焼酎を注《つ》ぎ足《た》す。

「けど、説明が不十分なまま、必要のない契約まで勧《すす》められる場合もあるらしいで。本当に必要なことはケースバイケースやからな。良心的に契約を結ぼうと思ったら、かなりの手間がかかるやろな」

「そうやねえ。五十嵐さんは時間をかけて、どんな質問にも答えてくれたって言うから、きっと、本当に信用できる人なんやわ」

「費用は双方《そうほう》の話し合いで決める、と書いてある。峰さんは、自分のことは心配ご無用、って誰かに言いたかったのかもしれへんな」

「そんな言い方せんといて。ちょっと寂しいわ」

峰さんは、自慢したかったのかもしれへん。息子みたいな人が自分の重要なことを引き受けてくれる、自分は一人やない、ってことを。本当はお母さんに聞いてもらいたかったんやろな。

「相談されたって、結局は力になられへん」

「まあ、そうやね。私が心配したり、ちょっかいを出す必要はないね」

今一つ、理解できなかったことが解決して良かった、と瞳は思う。

峰さんに契約のことを詳しく聞いても教えてくれたとは思うが、理解するのに時間がかかって、峰さんを苛立《いらだ》たせてしまうのが怖《こわ》かった。

一郎には気楽に聞ける。何度、同じことを聞いても文句を言わないし、言われたとしても、瞳は二倍にして言い返せるからである。

グラスの底に沈んでいた梅の実を、口に運んで噛みしめると、何十年も前の光景が目の前に広がった。

中学三年の時である。真司《しんじ》が瞳の横に貼《は》り付くようにして、勉強を教えている。

「こんなことも分からないのかよ！」

真司は瞳に鉛筆《えんぴつ》を投げつけた。

高校受験の当日、瞳は熱を出した。もうろうとした状態で試験に臨《のぞ》んだ。不合格だった。瞳の第一希望で、その高校にどうしても行きたかった。二次募集《ぼしゅう》があったのは幸いであった。

今度は失敗できない。緊張《きんちょう》した。家中が、ピリピリした雰囲気になった。

家族には心配をかけたと思う。真司は、懸命《けんめい》に勉強を教えてくれた。乱暴だが、真剣だった。瞳は、兄の必死の形相が忘れられない。

けれど、兄にお礼を言ったかどうか、瞳は思い出せないのである。

「私は失敗が多くて周りに心配をかけたって、お母さんが峰さんに話したらしいけど、確かにその通りや。高校入試の時は冷《ひ》や汗《あせ》もんやったし。合格したら、家族みんなが大喜びしてくれたな」

一郎は、ニヤニヤしながらグラスを傾《かたむ》けている。

「僕がお義母《かあ》さんから聞いたのは、東京から引っ越《こ》して来た時のことやな。子ども達は新しい環境《かんきょう》に興奮してはしゃぎ回るし、大人は大人で、片付けやら近所への気遣《きづか》いやらでクタクタになるしで、今にも夫婦喧嘩《ふうふげんか》が始まりそうになった時、瞳が縁側《えんがわ》から落ちたって。

皆《みな》が瞳を取り囲んで、血が出てるところを押《お》さえたり、たんこぶを冷やしたり、大騒《おおさわ》ぎになったんやてな。お義母さんは一気に気が引き締まったって言うてはったわ」

「また、その話。恥ずかしいわ」

思い出を語るひとときに心が満たされ、瞳はここ数日のストレスが和《やわ》らいだ気がした。

気持ちを落ち着けて、まずは実家を片付けよう。きょうだいとはぎくしゃくしたままだが気を使い過ぎるのは、もう、よそう。

それにしても、鳥山《とりやま》不動産からはウンともスンとも言ってこない。どうなっているのか。

「休みの日に、片付け手伝おうか？」

「ほんと？　助かる！」

一人で頑張《がんば》ろうとすると息が切れる。甘えられる時は、甘えよう。

つけっ放しのテレビに目をやると、神戸《こうべ》と播磨《はりま》地方のニュースを伝えていた。

「火事や。空き家が燃えてるって！」

まさか……。瞳は思わずテレビに近づいた。

次の瞬間《しゅんかん》、見慣れた風景が画面に大きく映し出された。

7　よかった帳

「どこ？　どこが火事なん？」

瞳《ひとみ》はテレビに向かって叫《さけ》んだ。画面はすぐに切り替《か》わり、他のニュースを伝えている。

実家のある町名を、確かに聞いたと思った。

「うちやったら……。どうしよう」

「まさか。その時は知らせがあるやろ」

「誰《だれ》が知らせてくれるん？　須賀《すが》さん？　もし、うちが火事になって須賀さんの家に燃え移ったりしたら……。ああ、どうしよう」

煙《けむり》の向こうに、見たことのある景色が映っていた気がしてならない。

「まあ、落ち着いて」

「近所の大きな木が映ってた」

「木なんか、どこにでもあるやんか」

瞳の実家の裏に、一本だけ植わっている桜の木があった。

満開の桜の下で、ままごとをしたり、落ち葉を集めて遊んだ記憶《きおく》がある。テレビに映っていたのは、あの木のような気がするのだ。

突然《とつぜん》、固定電話が鳴った。瞳は受話器に飛びついた。須賀さんに違《ちが》いない。

「火事ですってね、びっくりよね！」

須賀さんの声ではなかった。

「さっき、茜《あかね》さんから電話をもらったのよ」

兄の妻、小夜子《さよこ》である。なぜ、東京の小夜子さんが？　茜さんって誰？

瞳は口元が震《ふる》えて、声も出せない。

「あ、大丈夫《だいじょうぶ》よ、もう火は消えたそうだから。それに、ボヤ程度だったらしいわ」

「大丈夫やないですよ。うちから火が出たなんて」

「え？　違うわよ、火事は裏の何とかさんっていう家。あら、何も聞いてないの？　茜さんから連絡《れんらく》、来なかった？」

瞳はリビングの床《ゆか》に座《すわ》り込《こ》んで、大きく息を吸い込み、吸った時の倍の時間をかけて吐《は》いた。こうすると自律神経が整って落ち着くと、京子《きょうこ》から教わったのだ。

よく聞いてみると、茜というのは須賀さんのお嫁《よめ》さんの名前で、実家の片付けの際に挨拶《あいさつ》に行き、親しくなったようである。

「瞳ちゃんより私の方が話しやすいのかな。お互《たが》い、嫁っていう立場だし、自然と話もはずむのよね。お土産《みやげ》のカヌレ、とっても喜んでくれたわ。ウフフ」

銀座に本店を構える、有名フランス菓子《がし》店のカヌレだという。

「瞳ちゃんが帰った後、菜園で作ったっていう苺《いちご》を持ってきてくれたのよ。上がってもらって、おしゃべりしながら食べたの。とっても甘《あま》くてね。茜さんと、いろ～んな話をして、楽しかったわ」

そんなことより、肝心《かんじん》なことを聞きたい。

「火事は裏の足立《あだち》さんの家やったんですか？　あの家、空き家やないと思いますけど」

瞳は、苛立《いらだ》ちを堪《こら》えて言った。あんな人気店のカヌレなんか、食べたことないわ。そう思うと、余計、腹が立つ。

「う〜ん、どうなのかな。近いんだから、今から行ってみれば？」

近くなんかない。気楽に言わんといて。

「無理です」

「保険には入ってるんだろうな！」

急に低い声になった。真司《しんじ》である。「一心同体」という言葉が脳裏《のうり》をよぎる。まさに、兄夫婦《ふうふ》のことを指すのではないか。

「家の保険？　いやぁ、分からへん。お母《かあ》さんとそんな話、したことないし」

「銀行の貸金庫にいろんな書類が入っていたじゃないか。その中に、保険証書はなかったか？　書類関係は整理したんだろうな。空き家だって火事になったり、台風で屋根が飛ぶこともあるんだぞ。近所に迷惑《めいわく》をかけたら、どうするんだよ」

眉《まゆ》を寄せた憎々《にくにく》し気な顔が浮《う》かぶ。すべての責任は瞳にある、そう言いたいのか。

「そうそう、空き家はね」

またすぐに、小夜子に代わった。

「保険に入っていても、空き家になると対象から外れる場合があるわよ。大体、空き家を対象にした保険は少ないと思うわ。調べてみたら？　何があるか分からないから、管理をどこかに頼《たの》んだ方がいいかもね」

保険に管理。一体、いくら掛《かか》るのだろう。

電話を切った後、瞳はこめかみを両手の指でグリグリ押《お》し回した。

落ち込んだ時の仕草と知っている一郎《いちろう》は、妻を横目で見ながら酒瓶《さかびん》を棚《たな》に戻《もど》す。

「実家やなくて、良かったな」

何が良かったんよ、と瞳は言いたかったが、ぐっと飲み込んだ。

「ま、ものは考えようやからね。うちやったら大変やったわ」

夫に当たっても仕方がない。少しは成長したのかしらん。ああ、それにしてもムシャクシャする。

時計を見ると、午後十時をとうに過ぎていた。和江《かずえ》と話したかったが、電話をかけるには遅《おそ》過ぎる。

スマホをポシェットに入れたままにしていたことを思い出した。取り出すと、和江から着信が三回も入っている。

峰《みね》さんと散歩をする前に、スマホを消音設定にしたのを、瞳は忘れていたのだ。

「足立宅が火事」「消し止めた」「ボヤ程度らしい」「実家は被害《ひがい》なし」

和江は、順を追い、次々とLINE《ライン》も入れてくれていた。

「足立さんちが空き家とは！」の次に、「知らなんだ」と続き、「自分の情報不足に衝撃《しょうげき》」。

そこでLINEは終わっている。

電報のような文に、クスッと笑った。和江にお礼のLINEを入れたら、やっと、力が抜《ぬ》けた。

「明日は、行かなあかんな」

体の内側から、そんな声が聞こえる。

実家が、私を離《はな》さない。何やかんやと用事を作って、気持ちを家に向けさせる。あの家への温かい思いが、段々と息苦しさに変わっていく。家の主が亡《な》くなったんやから、用事はたくさんあって当たり前。考え過ぎたら、あかん。

瞳は、気分を変えたくてリビングのガラス戸を開けた。暗がりの中で街路樹の葉が揺《ゆ》れ、キョケキョキョ、と甲高《かんだか》い声が聞こえた。

「夜更《よふ》けでも、鳥は鳴くんやな」

一郎が感心したように言った。

「ホトトギスかな」

「鳥にも残業があるんか。ご苦労さん」

「お疲《つか》れさま」

瞳も、そっと呟《つぶや》いた。

◇

翌日、実家に車を置くと、瞳は真っ先に足立さんの家の様子を見に行った。

低い門が中途半端《ちゅうとはんぱ》に開いていて、玄関《げんかん》にはめ込まれた曇《くも》りガラスが、ガムテープで無造作に補修されている。一階にある窓の周りが、黒く焦《こ》げていた。二階は雨戸が閉まっていて、人の気配はない。

実家に戻る前に、須賀さんを訪ねた。

これまで、いかに須賀さんに世話になったかを思い起こすと、昨夜は眠《ねむ》れなかったのである。

須賀さんの親切を、当然のように受け取ってはいなかったか。きちんとお礼をしたことが、一度でもあっただろうか。

自分は非常識で傲慢《ごうまん》だった。黒い煙が、それを教えてくれたと瞳は思った。

須賀家の開けっ放しの門を入り、玄関のチャイムを押そうとしたら、おばさんがスコップやバケツを持ってドアを開けたので、ぶつかりそうになった。

「あら、瞳ちゃん、どないしたん？　足立さんの火事のこと、聞いたんか？　心配せんでも大丈夫やったで。それにしても、大変やな。誰もおらん家に通うのはしんどいやろ」

おじさんもお嫁さんも出かけていて、一人だと言い、今からトマトの苗《なえ》を植えようと思っていた、と話を続ける。

お礼を言うきっかけを失いそうになって、瞳は、

「おばさん！」

と、大きめの声で話しかけた。

「今まで、本当にお世話になっていたのに、甘えてばかりですみませんでした！」

瞳は、実家の近くに昔からある和菓子《わがし》店で買った、鶯餅《うぐいすもち》の包みを差し出した。

「そんな顔して、どないしたん」

須賀さんは不思議そうに言ったが、すぐに何かを察したように微笑《ほほえ》んだ。

「この店、懐《なつ》かしいわ。最近、買い物に行かへんねん。いただくわ、ありがとうな。けど、そないに気ぃ使わんでええんやで」

和菓子の包みを眺《なが》め、一旦《いったん》、家の中に置きに行ってから、すぐに出てきた。

「ちょっと、手ぇ貸してくれへん？　まだ、こんなに小さいけどな、二か月もしたら実がなるんやで」

顎《あご》をしゃくって、玄関の外に置かれた苗木《なえぎ》箱を示す。それを庭の一角にある菜園に運ぶのを、瞳は手伝った。

須賀さんは、菜園の土にスコップで穴を掘《ほ》る。

「間隔《かんかく》を空けて同じように掘るねん。やってみる？」

瞳は頷《うなず》いて、受け取ったスコップを土に挿《さ》し込んだ。土は耕されていて柔《やわ》らかかったが、手ごたえを感じた。

　いくつか穴を掘るうちに、汗《あせ》がじんわりと滲《にじ》んでくる。

「京子さんとは長い付き合いやったから、寂《さび》しいけどな、ま、すぐにあっちで会えるし。その日を楽しみにしてるわ。瞳ちゃんは、まだまだ、会えへんで」

　須賀さんは、空を仰《あお》いで笑ってから、苗のポットを一つ手に取った。

　一本の苗の茎《くき》を指の間に優《やさ》しく挟《はさ》み、ポットごとひっくり返す。しゃがみ込んで背を丸め、掘った穴にゆっくりと入れた。

「あの世で会《お》うたら、瞳ちゃんが一生懸命《いっしょうけんめい》、やってくれてるで、って言うとくな」

　軽く土をかぶせる須賀さんの太い指を見つめるだけで、瞳は何も言えない。

「瞳ちゃんが一番、お母さんに似てるんと違うやろか。京子さんも、いつも一生懸命やったわ。お父《とう》さんにも子ども達にも、よう尽《つ》くしてたわ」

　お父さん、という言葉に、瞳は父の穏《おだ》やかな表情を思い出す。

「何があっても、いっつも明るうて。ほんまに、偉《えら》いわ。お父さんは優しいから、結構、苦労もあったやろけどな」

　優しいから苦労を？　どういうことだろう。両親は仲が良かったから、母が苦労したというイメージはなかった。

「父が母に苦労をかけてました?」

「ああ、いやいや……。お父さんにとっては故郷やからな。このへんには、気心の知れた人もぎょうさんおるし。けど、京子さんはどやろな。それに、お父さんは情が深《ふこ》うて、親切な人やったから……」

トマトの苗が、きれいに並んだ。じょうろで、静かに水をやる。

「重い実で倒《たお》れんように、こうしてな」

苗の横に支柱を立てていると、嫁の茜さんが帰ってきた。車から降ろした二つのエコバッグは、ぱんぱんである。

「お義母《かあ》さん! そんなん、私がするわ。人に手伝ってもろたりして」

「いえ、私が勝手に。あの、すみません。家のことで、いつもご心配をかけて」

茜さんは、荷物を持って玄関に向かい、

「足立さんの火事は、すぐに消えたから連絡しなかったんですよ」

大声で言った。買ったものを冷蔵庫に入れてくる、と言い残して家に入った。

「これくらい、させてもらわなんだら体がなまってまう。その棒、持っててくれへんか」

おばさんは、支柱を立てるのに余念がない。立てた支柱とマス目状になるよう、横に交差させた棒をテープで結ぶのだ。

茜さんがなかなか出てこないので、瞳は須賀さんに言われるまま、手伝った。

やがて、トレーニングウェアに着替《きが》えた茜さんが、腕《うで》まくりをしながら近づいてきた。

「こんくらいの長さでええかな」

「あっちゃん、もうちょっと、短《みじこ》うてもええわ」

あっちゃんと呼ばれた茜さんは、手際良《てぎわよ》く紐《ひも》を切っていく。支柱に苗を結んで、固定するために使うようだ。

「足立さんちは、おじいさんが亡くなってから、息子《むすこ》さん一家が住んでたんやけど、離《り》婚《こん》しはったんやて。奥《おく》さんと子ども達が出ていった後は、息子さんが一人で住んでたらしいですわ。全然、知らんかったけど」

茜さんは、作業を続けながら言った。

「そうらしいな。この辺は、昔から住んでる人が多いけど、最近は、いつの間にか別の人が住んでたり、空き家になってたり」

おばさんが相槌《あいづち》を打つ。

「その息子さんが入院しはって、もう一年くらい経《た》つって聞きました」

「まだ五十代やのにな、脳溢血《のういっけつ》か何かやろか」

「高校生達が鍵《かぎ》を壊《こわ》して入って、溜《た》まり場になってたらしいです。電気も水道もそのままやし。タバコの火の不始末が原因みたいやわ」

初めて瞳の顔を見て、茜さんは言った。

「縁《えん》の下には、猫《ねこ》が棲《す》みついてたんですよ。高校生達が、餌《えさ》をやってたみたいやね」

いつだったか、実家の物置に猫用の段ボールが置かれていたことを、瞳は思い出した。

あの時に入ってきた人達かもしれないと考えると、ぞっとする。

「空き家の管理をしてくれる会社を探して、お願いしてみます」

「そうやねぇ。空き家管理ってピンキリらしいから、よう調べた方がいいですよ。結構、費用が掛るところもあるっていうし」

茜さんは手を休めて、首を傾《かし》げた。

「この辺も多なったなぁ、空き家。三軒《げん》に一軒が空き家になる時代が来るんやて。そもそも、国に責任があるんとちゃうやろか！」

国の責任と言われても、今、瞳の頭の中は、次に自分が何をすべきかで、いっぱいなのである。

「住宅不足時代の政策が、家が余ってる今も変わってないんとちゃうやろか。個人の力ではどうしようもないこともあるし」

茜さんが怒《おこ》ったように言うと、

「そうそう、何とかしたくても、気力や体力やお金がなくなったら、どうもならん」

と、おばさんが合いの手を入れる。

「そんな時に、必ず売れる、そのためにも、しっかりした管理が必要や、なんて言われたら、誰かてその気になるやろ」

おばさんは急いで付け加え、ちらりと茜さんを見た。

茜さんは肩《かた》をすくめただけである。瞳は、続きが聞きたくてたまらない。

「何かあったんですか？　空き家管理のこと、教えてもらいたいんです」

「気ぃつけた方がええって、それだけの話です」

茜さんは、素っ気ない。

◇

「張本人が帰ってきよったで。アハハ」

おばさんは体を揺すって笑いながら、門を指差した。

痩《や》せぎすで背の高い、須賀さんのおじさんが、軽く手を上げた。

「瞳ちゃん、来とったん。体操教室も俳句の会もコロナで休みやから、行くとこあらへん」

「こんにちは。お散歩ですか？」

趣味《しゅみ》が多く、出歩くのが好きな須賀さんのおじさんは、時間を持て余しているらしい。

近所をぶらぶら歩いていた、と伸《の》びをしながら言った。

「空き家管理の話をしてたとこや」

おばさんは夫に言い、

「今の話な、九州の島にある、この人の実家のこと」

おじさんは、おもむろに嫌《いや》な顔をして首を振《ふ》った。

「もう、ええやんか、思い出しとうもない」

「瞳ちゃんの今後の勉強のためや」

おばさんは、にやりとして、

「離島《りとう》にあった実家、すぐ近くは海やし、昔は夏休みになると子ども達が行くのを楽しみにしてたんや。けど、じいちゃん、ばあちゃんが亡くなってからは空き家になっててん。子ども達も大きなって、誰も行かなくなったんや。辺鄙《へんぴ》なところで、家も古くて売れそうもないし困ってたら、ある時、不動産屋から電話がかかってきてな。『島暮らし』ちゅうのが、今、流行《はや》りで、良い金額で売れるって」

「へえ、良かったですね」

「ええかいな！」

話を渋《しぶ》っていたおじさんが身を乗り出し、目を三角にして、きっぱりと言った。

「自分らに任せてくれたら、きちんと管理する、そうしたらすぐにでも売れると、こう言うんや。その後、会社の立派なパンフレットを送ってきてな」

家は須賀さんが思っていたよりも、かなり高い査定金額を提示されたという。

「へえ、こんな金額で売れるんか、世の中、変わったんやなって思ったわ」

おじさんの声と同時に、

「甘いわ」

という小さな、低い声が瞳には聞こえた。

うつむいてトマトの苗を整えている茜さんが、土に向かって呟いたのである。

須賀さん夫婦の話は続いた。

管理費、宣伝費などで、月一万五千円掛ると言われたそうだ。

「年金暮らしの身には、安うはないな」

「けど、あの家がそこそこで売れるんなら、高《たこ》うもない。払《はら》えん金額でもないし」

妻の言葉を振り切るように、おじさんは言った。

「すぐ売れるって言うから、四、五か月で済むと思ったんや」

実際に、おじさんの実家の前に不動産会社名入りの「売物件」の看板が立てられた写真が送られてきたという。

ところが、一向に売却《ばいきゃく》の話はなく、須賀さんのおじさんの通帳からは毎月、管理費が引き落とされ続けたのである。

話を聞いた須賀さんの息子、つまり茜さんの夫が不動産会社に問い合わせたが、いつも担当者は席を外していたという。

銀行に行って、空き家管理費の引き落としを解除した。それでも、何の連絡もない。

「お義父《とう》さんに万一のことがあったら、次はこっちが空き家の苦労をせなあかん」

茜さんはまた、ぼそっと言った。

「それは困りますよね」

つられて瞳も囁《ささや》く。

息子さんが現地に行って確かめたところ、家の庭は除草した形跡《けいせき》もなく、管理されてもおらず、看板だけが立ったままだったそうだ。

「その会社は、管理もせずに管理費を稼《かせ》ぐ悪徳業者やった。周りにも、その会社の看板が立てられてる空き家が結構、あったんや」

おばさんが顔をしかめると、おじさんはバツが悪そうに目をそらせた。

「歩いたら喉《のど》、渇《かわ》いたわ。お茶、淹《い》れてんか」

「はいはい」

おばさんは、後片付けもせずにおじさんと家に入ってしまった。

瞳が茜さんを手伝おうとすると、

「いいんですよ、慣れとうし」

と言いながら、じょうろや余った紐を片付け、竹ぼうきで辺りを軽く掃《は》いた。

その家がどうなったのか、ぜひ、聞いておきたかったので、瞳はおばさんが使い捨てた軍手を拾ったりして、手伝う振りをした。

「それで、結局、その家は……」

「何とか、売れたんですよ。タダみたいな金額でしたけど、手放せただけでも、みんな大喜びですわ」

潮風が香る田舎《いなか》の家。子ども達の笑い声、庭先に干した水着、かき氷。祖父、祖母がこの時とばかりに立ち働き、新鮮《しんせん》な魚を捌《さば》いたり、野菜を煮《に》たりしている。

活気に満ちていたその家が、時とともに朽《く》ちてゆき、干《ひ》からびて見向きもされなくなる。あの時、笑顔《えがお》を輝《かがや》かせた家族の重荷になって、ひっそりと佇《たたず》んでいる。

想像の世界に迷い込むと、どこにでもありそうな光景が、瞳には見えてくる。

それでも、誰かが買ってくれたのなら、まだ良い方なのだ。

「良かったですね」

ぎこちなく言って、実家に行こうとすると、

「捨てるもんはわかるようにして物置に入れといてくれたら、ゴミの日に一緒《いっしょ》に出しときますわ」

思いがけない言葉をかけられた。

「えっ？」

「ぎょうさん出るやろ、ゴミ。車に積んで帰るのは大変やし、切りがないしな」

「でも、ご迷惑じゃ」

「ええねん。それより、足立さんちの火事のことやけど」

おばさんが庭にいないのを確かめると、茜さんは親し気な口調になった。何度も瞬《まばた》きをして、言葉を選んでいるようだった。

「小夜子さんから、家に何かあったら、一番先に知らせてくれって言われたんよ。だんなさんは長男やし、この家の責任者やからって。でも、足立さんちの火事は、連絡するまでもなかったんや。すぐに消えたし、余所《よそ》の家のことやし。けど、何て言うか、無《む》

性《しょう》に小夜子さんに電話をしとなってん」

瞳の頭は混乱した。

「お義姉《ねえ》さんが、一番に知らせろって？」

「そう。きょうだいの取り決めとちゃうの？」

茜さんは、真顔で頷く。

「特に決めてるわけやないんですけど。こっちは連絡をいただく方やから、どっちにしても有難《ありがた》いです。すみませんね」

「ふーん、連絡するくらいなら、別にどっちでもええけど」

「それで、小夜子さんに知らせてくれたんですね？」

「ううん、ちょっと、ドキッとさせとなっただけなんや。高級なお土産をいただいたんで、お返しにうちの苺を持ってったら、片付けなんかそっちのけで、だんなさんと楽しそうにしてるやろ。ええなぁ、お気楽で。同じ嫁でもこっちとは大違《おおちが》いやな、って思ったら、うらやましくなってん」

茜さんは瞳に同意を求めるような目を向けて、大きくため息をついた。

「お義父さんもお義母さんも、優しいし、ようしてくれはるで。けど、私がどこかでコロナに感染《かんせん》して、お義父さん達にうつしたら大変や。そやから、遊びにも行かれへん。

そんなイライラもあってな」

悪戯《いたずら》っぽく光る目元が、むしろ可愛《かわい》い。

いやいや、そんなん、小夜子さんには通じません。そんなことでドキッとする小夜子さんやないんです。それどころか、うきうきしているみたいでしたわ！

「意地悪やろ、私」

言いたい気持ちは山々だったが、言ったところで空《むな》しいだけである。

それより、ゴミを捨ててくれるなんて、ラッキーだ。俄然《がぜん》、やる気が出てきた。

瞳は茜さんにお礼を言い、晴れやかな気分で実家へ向かった。

実家の台所のテーブルにはノートが置いてあった。家に関する情報の共有と記録のために、ノートを置こうと提案したのは、小夜子である。

開くと、ここに来た日時と、真司と二階を片付けたこと、帰った時間が記されている。

瞳は、今日の日付を書いてノートを閉じ、自宅から持ってきたバッグの中から、火災保険の契約《けいやく》書を出した。

実家は、火災保険に加入していた。契約者は家の所有者だった京子である。

書類を読むと、住宅物件を対象にしている保険なので、空き家は要件を満たしておらず、対象外とある。

所有者が亡くなるなど、要件の変更《へんこう》があれば、速《すみ》やかに連絡をする必要があったのだ。

瞳は保険会社に電話をかけて事情を話したが、結局、実家は対象外で解約となった。

調べてみると、空き家でも要件によっては加入できる保険もあるが、契約の引受け基準は保険会社によって異なる。今から加入するのは、なかなか難しそうである。

小夜子さんの言う通りやったわ。

瞳は、ノートに「火災保険、空き家は対象外。解約」と書き込んで、ふうっと息をついた。落ち込んでいる暇《ひま》はない。悩《なや》むより考えろ、考えたら行動や！

よっしゃ、台所から片付けるか。

立ち上がって食器棚《だな》を眺めると、大小の皿や器が隙間《すきま》なく詰《つ》め込まれている。軽い眩暈《めまい》を感じて、瞳は力なく椅子《いす》に腰《こし》を落ろした。

食器棚の引き出しには、ここは食堂か？　というくらいの量の割《わ》り箸《ばし》が、ぎっしり入っていた。

割り箸の上に、小さなメモ帳が乗っていた。表紙にはマジックで、「よかった帳」と書かれている。パラパラめくってみた。

日付はなく、「咳《せき》が止まってよかった」「晴れてよかった」「〇〇さんと会えてよかった」と、日々の小さな「よかったこと」が一、二行、書かれていた。

お母さんらしいな。目の前に京子がいて、微笑んでいるようである。

「無事に帰ってきてよかった」

これは、お父さんの出張の日かな。

「やっと、出て行って、ほんとによかった。」

誰が出て行ったのだろう。案外、子どもの誰かが独立して、家を出た時かもしれない。

いや、そうだろうか。筆圧がいやに強く、この文だけに句読点が付いている。

ふと、須賀さんのおばさんが言った、父は情が深い、母は苦労をした、という言葉が甦《よみがえ》った。この家にいてほしくない人が、いたのだろうか。

なぜか、見てはいけないものを見てしまったような気がして、「よかったこと」だけが書かれているはずのノートを、瞳は割り箸の下に押し込んだ。

◇

全国的にコロナの流行は収まらず、兵庫県では四月下旬《げじゅん》から約二か月、緊急《きんきゅう》事態宣言が続き、その後は六月下旬から約三週間、「まん延防止等重点措置《そち》」がとられた。

二〇二一年七月二十三日、開催《かいさい》日程より一年延期されて、東京オリンピック競技大会が開幕した。緊急事態宣言下であったが、十七日間にわたって開催され、八月二十四日から九月五日には、東京パラリンピックが行われた。

その間も、瞳は実家に通った。毎週、日曜には一郎も来て、片付けを手伝った。

「本棚の本は、まとめて紐で縛《しば》ってくれる?」

「オッケー」

Tシャツ、短パン姿の一郎は、本棚のガラス扉《とびら》を開ける。

本を取り出して畳《たたみ》に置きながら、

「これは処分してええんか?」

「これは?」

と、いちいち聞いてくる。

料理の本、子育ての本、釣《つ》りの本。夏目漱石《なつめそうせき》の小説は、誰が読んだのだろう。下の方には、古い百科事典が他人行儀《ぎょうぎ》に並んでいる。

「必要な本と、そうやない本の判断は、僕《ぼく》にはでけへんわ」

確かに。そもそも、この家にあるものを自分一人の判断で処分してもいいのだろうか。

きょうだいの気持ちがずれたまま、勝手にことを進めたら、後々問題が起きそうな気がして、瞳は憂《ゆう》うつになった。

8　空き家管理の話

和江《かずえ》から電話が来たのは、九月も終わろうとしているころだった。次女が出産したので、初孫をひと目、見に行きたいと言う。

「前に言ったやろ？　日本で初めて空き家条例ができた市やねん。さやかが隣《となり》の空き家のことで困った時に、相談に乗ってくれた人にも会《お》うて、いろいろ、聞きたいんよ。管理のことも聞けると思うで。一緒《いっしょ》に行かへん？」

一緒に？　和江の次女、さやかが住んでいるのは埼玉県なのである。

和江は行く気、満々である。

けれど、瞳《ひとみ》には遠くに行ってまで空き家管理の話を聞く時間はない。やるべきことが山積みなのである。

数日前に、鳥山《とりやま》不動産の社長が瞳の実家を訪ねて来た。彼《かれ》は、連絡《れんらく》が遅《おそ》くなったことを詫《わ》び、部屋を一つ一つ見て回った。

内部の写真を数枚撮《と》った後で、「今のところ、この辺りの家を購入《こうにゅう》したいというお客さんはいないが、急いで売りたいなら自社で買い取ることもできる」と言った。提示されたのは、かなり安い金額である。瞳は即座《そくざ》に断ろうとした。

しかし、鳥山社長は「買い取り」を、ぐいぐい勧《すす》める。強く勧められると、ますます気が進まなくなる。断るのが下手《へた》な自分が、もどかしかった。

「和《かず》ちゃん、行きたいのは山々やけど、忙《いそが》しくてね。空き家管理のことを聞いたら、教えてくれる？」

「ごめん、時間もお金も掛《かか》るのに、気軽に誘《さそ》ったりして。私、スケッチしてるうちに空き家はたくさんの問題を抱《かか》えてるんやなぁって実感したんよ。いい情報があったら教えるね。けど、気が変わったら電話ちょうだい」

謝《あやま》りながらも、瞳と一緒に行くことを諦《あきら》めていない口ぶりだ。

瞳は母の遺言《ゆいごん》を抱《だ》きしめるようにして、必死で実家を片付けてきた。だが、何が進んだのか全く見えてこない。

姉の陽子《ようこ》とは連絡が取れなくなってしまった。電話に全く出ないのである。

乱暴な口のきき方ではあるが、相続や実家の始末に関して助言を与《あた》えてくれるのは真司《しんじ》だけだった。

物ごとを整理して、問題解決に向けて計画的に進めていく能力は、きょうだいの中で真司が一番だと認めないわけにはいかない。

意地を張るのはやめて、真司に相談しながら速《すみ》やかに相続を終わらせたい。それが、瞳の素直《すなお》な気持ちだった。

ところが、真司は前からケータイは出ないし、忙しいのか家の電話も最近は小夜子《さよこ》としか繋《つな》がらないのである。

頭の中に、何度か行ったことのある、東京の真司の家が浮《う》かんだ。池袋《いけぶくろ》から西武《せいぶ》線で数十分の駅が最寄《もよ》り駅だったと思う。

その時、思い出した。和江の娘《むすめ》、さやかの家は埼玉県だが、最寄り駅は西武線沿線と聞いたことがあったのだ。

近いかも？　行ってみようか！

一郎《いちろう》に相談すると、

「ええやんか、行ってきたら」

あっさり、承諾《しょうだく》した。一郎も、いつ終わるとも分からないまま、毎週、瞳の実家の片付けに行くことに疲《つか》れてきたようである。

夜に真司の家に電話をした。やはり、小夜子が出た。事情を話すと、

「あら、そうなの。日にちが決まったら教えてちょうだい」

抑揚《よくよう》のない声で、事務的に言われた。

十月の日曜日、和江と瞳は新幹線で東京へ向かった。

さやかの住むまちは、埼玉県の南西部にあった。東京に近いベッドタウンとして、昭和四十年代から人口が急増し、今も人気が高い地域だ。自然にも恵《めぐ》まれていて、市内には宮崎駿《みやざきはやお》監督《かんとく》の映画「となりのトトロ」のモデル地が点在している。

降りる駅は、池袋から西武線の急行で二十分ほどのところだった。

「お母《かあ》さん、久しぶり！　光《ひかる》ちゃんのおばちゃんも、遠いところありがとう」

生後二か月の赤ん坊《ぼう》を抱いたさやかは、子ども時代と変わらない笑顔《えがお》を見せた。

「さやかちゃん、おめでとう。赤ちゃん、ほんまに可愛《かわい》いね！」

さやかが子どものころ、瞳は光を連れて遊びに行ったことがあった。

招き入れられた部屋の様子を一瞥《いちべつ》しただけで、初めての育児に悪戦苦闘《あくせんくとう》していることが見てとれる。

初孫を抱いた和江は、今までに瞳が見たことのない表情をしていた。命の塊《かたまり》を両腕《りょううで》で包み込《こ》んでいるようで、厳粛《げんしゅく》ささえ感じる。

やがて、赤ん坊は窮屈《きゅうくつ》そうに身をよじり、足をばたつかせた。

「はいはい、抱き方が悪いんやね。もう、ええわ。気ぃ済んだ」

和江は、あっさりと孫を娘に渡《わた》した。

「もうすぐ、栗田《くりた》さんが来はるから、二階でゆっくりしててね」

栗田さんは、さやかの近隣《きんりん》の空き家の、トラブル解決に動いてくれた人である。さやかの出産後も、時々、様子を見に来て、さり気なく手助けをしてくれるという。

高校時代にテニス部だったさやかは、近所の人達に呼びかけて、休日にテニスを楽しんでいた。栗田さんはその仲間で、年は二十近く上だが、テニスの腕前《うでまえ》はさやか以上だそうだ。

栗田さんが訪《おとず》れるや、和江は身を乗り出し、

「さやかがお世話になって、ありがとうございます。私、なぜか空き家が気になるタイプで困ってるくらいで。今日も、栗田さんに会うのを楽しみにしていたんです」

早口で言った。

栗田さんは、ショートカットが似合う、スポーツウーマンといった感じの人だった。

「困ることなんてないですよ。こちらこそ、さやかさんとは楽しくお付き合いさせてもらってます。空き家管理のことを知りたいんですね？　さやかさんから聞いてますよ」

笑いながら言う。

「このへんには、空き家の百円管理っていうのがあるんですって？　さやかから聞いてびっくりしました。たった百円で管理してくれるって、本当ですか？」

和江が勢いづいて尋《たず》ねる。

「ええ、そうです。その前に市の空き家対策のことからお話ししてもいいですか？」

瞳は、せっかちな和江をたしなめるように目配せをした。

「二〇一〇年に、『空き家等の適正管理に関する条例』が施行《しこう》されまして……」

「ここは全国で初めて、空き家の条例が作られた市ですよね！」

和江は、口を挟《はさ》まずにはいられないらしい。

「はい。それまでは、空き家から木の枝が出て危ないとかの苦情が寄せられたら、その都度、役所で対応していたんです。私は市役所に勤めていていろいろなケースに立ち会いましたが、法的な位置づけがないと難しいと実感していました。そういうこともあって、関係する部署の方も交え、皆《みな》で協議しながら条例を作ることになったんです」

「市役所にお勤めなんですか。それじゃ遠慮《えんりょ》なく聞けそう」

和江は大きな声で言い、瞳は咳払《せきばら》いをした。

「管理されていない空き家は、火災や犯罪を誘発《ゆうはつ》することもあるんです。だから、条例には警察や消防などの機関との連携《れんけい》も盛り込まれています。で、お待たせしました、空き家管理の話ですね」

栗田さんは和江の態度につられたように、茶目《ちゃめ》っ気たっぷりに目を見開いた。

「空き家の悩《なや》みを抱えていても、どこに相談していいか分からないことって、多いでしょう。『利活用等ワンストップ相談事業』というのを進めていて、市が選定した事業者が、相談内容に応じて具体的な提案や情報を提供しているんですよ」

「空き家管理で困っていたら、アドバイスをいただけるんですか？」

今度は瞳が身を乗り出す番だった。

この市だけの取り組みだとしても、興味を引かれたのだ。

「市が事業協定した相談事業者の一つのＮＰＯ法人が、空き家管理サービス・活用相談をしていて、その中に『百円管理サービス』というのがあるんです。

契約《けいやく》した空き家には、そのＮＰＯ法人を管理者とする看板が設置されます。そして、月一回、建物を外から目視点検して、写真付きの報告が所有者にメールで送られてきます。初期費用は掛りますが、月額百円です。

このエリアが中心ですけど、今は全国展開されていますよ。すべての地域が対象ではありませんけどね」

「百円って……。どうして、そんな低価格でできるんですか？」

思わず聞いた瞳に、「放置空き家をゼロに」という理念に共感する全国の事業者の協力があってこそなのだと、栗田さんは答えた。

「百円管理サービス」の目的は、あくまでも管理者がいることを周知させることによる防犯対策だという。建物の劣化《れっか》を遅《おく》らせる目的の管理サービスもあり、月一回の巡回《じゅんかい》は、月額四千円で提供されているそうだ。

金額も魅力的《みりょくてき》だが、行政と連携していることで安心感があると瞳は思った。知識がない者にとって、ゼロから良い業者を探すのは大変なのである。

全国展開しているなら、実家の地域が対象になっているかどうか後で調べてみよう。

瞳の前途《ぜんと》に光が射《さ》してきた。

「実は、私の実家も空き家なんです。つい、親切なお隣《となり》さんに甘《あま》えてばかりで。こんなことじゃ、駄目《だめ》ですねぇ」

瞳が身を縮めると、栗田さんは、

「全然、駄目じゃないですよ！」

即座に言った。

「ご近所付き合いは、とても大切ですよ。入院しますとか、長く留守しますので何かあったらここに連絡ください、とか一声かけたり、お互《たが》い、自分にできる小さなことをするだけでいいんです。そんな繋がりがあったからこそ解決できた空き家問題は、この地域でもたくさんありますよ」

瞳と和江は大きく頷《うなず》いた。

赤ちゃんがやっと寝《ね》たと言って、さやかが飲み物と茶菓子《ちゃがし》を持って上がってきた。

栗田さんは空き家について、現代の社会問題から自身が体験したことまで、気さくに話してくれた。和江は満足そうである。瞳も来た甲斐《かい》があったと思った。

話は尽《つ》きなかったが、瞳にはもう一つの目的がある。今日のお礼を言って、さやかの家を辞した。

9　兄と義姉

　さあ、次は兄に会うのだ。気持ちを切り替《か》えるために深呼吸をする。

　先ほど降りた駅から各駅停車に乗り、三駅目で降りた。ここからバスに乗るのである。バスターミナルで、行き先と時間を確認《かくにん》した。次のバスまで十五分もある。

　そうや、お兄《にい》ちゃんの家に行くバスは本数が少ないんやった。待つしかない。

　やっと来たバスに乗り、降りるところを間違《まちが》えないよう、瞳《ひとみ》は次に停《と》まる停留所を知らせる電光掲示板《けいじばん》の表示が変わるのを見つめていた。

　降りたバス停から美容院やカフェが並ぶ通りを抜《ぬ》けて住宅街に出る。そこからしばらく歩くと、真司の家が見えてきた。

「電話をくれたら車で迎《むか》えに行ったのに」

　小夜子は無愛想に言った。

　時間が掛《かか》っても、バスの方が気楽である。

玄関《げんかん》を入ると、廊下《ろうか》から襖《ふすま》を開け放った二間続きの六畳間《じょう》が見えた。片隅《かたすみ》に座卓《ざたく》が置かれているだけで、すっきりしている。

「整理されている家は、広々してますね」

お世辞ではなく、本当にそう思った。

「そうよ、不便だけど広い土地を買ったんだもの。シンちゃんのご両親といつでも一緒《いっしょ》に暮らせるようにね。言ったはずよ、便利なところは諦《あきら》めて、ここを買ったって。忘れちゃったの？」

その言葉で、瞳は思い出した。兄が親のことを考えて家を建てたことを。

「お義父《とう》さんもお義母《かあ》さんも、喜んでくれたんだけどね。やっぱり、東京に来たいとは思わなかったんでしょうね、結局のところ」

小夜子は、瞳をリビングに案内しながら淡々《たんたん》とした調子で語る。

「遠いところ疲《つか》れたでしょう。今、コーヒーを淹《い》れるわ。あ、お土産《みやげ》ありがとう」

瞳が新大阪駅で買ったスイーツを、サイドテーブルに無造作に置いた。

「あの～、お兄ちゃんは日曜も仕事ですか？」

真司《しんじ》に会いに行くと言ったはずなのに、兄は姿を見せない。家はしんとしていて、ほかに誰《だれ》かがいる気配はなかった。

「ひと休みしたいかなと思って。じゃあ、今から行きましょうか」

行くって、どこに？　真司はどこにいるのだろうか。

はっとして小夜子の顔を見た。青白く、表情のない顔。嫌《いや》な予感がした。

「入院してるのよ」

瞳が口を開く前に小夜子が言った。

「入院？　何の病気ですか？　怪我《けが》したんですか？　お兄ちゃんは大丈夫《だいじょうぶ》なんですか？」

瞳は声を張り上げた。

「胃潰瘍《いかいよう》の手術をしたの。コロナ対策で面会は家族一人しかできないわ。それも十分程度ですからね。さ、行きましょう」

小引き出しから車のキーを取る。

本当に胃潰瘍？　いつ手術をしたの？　私は何も聞いていないけど！

小夜子に言葉をぶつけたかった。押《お》し黙《だま》ったまま運転をする小夜子の横顔は、悲しみに沈《しず》んでいるように見える。

東京の大学に合格した時の兄の笑顔《えがお》が、浮《う》かんで、消えた。

五、六分ほど車を走らせると、総合病院が見えてきた。
「私はここで待ってる。面会の予約はしてあるから、受付に行けば分かるわ」

駐車場《ちゅうしゃじょう》に車を停《と》め、小夜子は前を向いたまま言った。

気が急《せ》いて、時々、つまずきそうになりながら、瞳は病院の入り口に向かった。受付で熱を測り、手を丁寧《ていねい》に消毒して、指示された通りに進む。

静まり返った廊下を、お年寄りが歩行器を頼《たよ》りに歩いていた。壊《こわ》れものを抱《かか》えるように背を丸め、一歩、また一歩と足を踏《ふ》みしめている。

病人の心身の痛みが伝わってくるようで、瞳は目を背《そむ》けて通り過ぎた。

「瞳か？」

呻《うめ》くような声に、飛び上がりそうになった。

たった今、すれ違《ちが》った老人が、じっとこちらを見ている。白いものが交じって灰色に見える髪《かみ》、マスクの間から覗《のぞ》く、落ちくぼんだ目。

お兄ちゃん？

まさか。真司はまだ五十七歳《さい》のはずだ。射《い》すくめるような目が、瞬《まばた》きもせずに真っすぐ見つめてくる。

「お前……」

やはり、真司である。

「老《ふ》けたな」

第一声が、それか。

「面会室はこっちだよ」

ナースステーションで面会許可証を見せると、看護師さんが隣《となり》のドアを開けてくれた。

パイプ椅子《いす》が三脚《きゃく》置かれた陰気《いんき》な部屋である。

看護師さんは窓を開けながら、面会時間は十分程度だと念を押した。

真司は椅子に腰《こし》かけて、ふうっと息を吐《は》く。

「どうしたんだ？　家が売れたのか？」

「手術したなんて、さっき聞いてびっくりしたわ。大丈夫なん？」

「俺《おれ》のことはいいから、用件を話せよ。時間がないんだから」

瞳は慌《あわ》てて、鳥山《とりやま》不動産、空き家管理、保険のことなどを話した。

「鳥山不動産？　媒介契約《ばいかいけいやく》したのか？」

「何、それ?」

「家を売るんだろ? 『買ってくれる人を探してください』『はい、探して売買の仲介《ちゅうかい》をします』っていう契約を、まず不動産会社と結ぶんだよ。鳥山は駄目《だめ》だな。ほかを当たれ。ああ、疲れた」

「どうやって、探すん?」

骨ばった真司の首を見ていると、不安が増してくる。

「ネットを見れば、不動産査定のサイトだって何だってあるだろう!」

「ネット……」

「お前は、何時代に生きてるんだよ! 運営しているサイトをよく調べて、こっちの連《れん》絡《らく》先と希望を送ったら無料査定してくれる。地域の不動産会社を紹介《しょうかい》してくれるサイトもあったはずだ。

不動産会社を決めたら媒介契約を結ぶ。複数に頼《たの》む一般《いっぱん》媒介より、専任媒介がいいだろうな。一社だけに依頼《いらい》する契約だよ。その方が、熱心に探してくれると思うし。そんなこと、自分で調べろよ」

真司の顔に赤みがさした。怒《おこ》っているのかもしれない。

いつものお兄ちゃんに戻《もど》った。ああ、良かった、本当に良かった。

「お前なぁ、俺達が相続した遺産総額が、相続税が発生しない額だからって、のんびりしてる場合じゃないんだぞ。実家の固定資産税も瞳が払《はら》ってるんだろ。それから、家の片付けに行く経費だって掛ってるよな。そういうのを精算して、母《かあ》さんが残した預金から引いていったら、金なんかどんどん減るよ。

家が売れたって、大した金額ではないだろうし、そっちの方も税金が掛る。時間は、あっという間に過ぎていくんだぞ」

真司は顔をしかめ、胃のあたりをさすった。

「うん、うん、分かった。痛むの？」

「だから、俺のことはいいって」

うつむいて、大きく息を吐く。

「お兄ちゃんは、お父《とう》さんやお母さんのことを考えて家を建てたんよね。私、忘れてた」

「家？　ああ、実家の方に帰る気は全くないからな。それしか、できなかった」

「自分が帰るんやなしに、親を呼び寄せる」

「だけど、親と一緒に住むことだけが親孝行かと言えば、違うよなぁ。もっとほかにも方法はあったかもしれない。自分が親になって初めて分かることもある。後悔《こうかい》してることだって、あるんだ」

「そんなに東京が好きなん？　私、お兄ちゃんが大学に合格した時の顔、はっきり覚えてる。心の底から安心して、重い荷物を捨てたみたいな、晴れ晴れとした顔やった」

「俺は、こっちの方が気楽なんだ。小さいころに過ごしただけなんだけど、生きやすいって言うのかな」

徐々《じょじょ》に、穏《おだ》やかな口調になってくる。

東京の社宅から実家に引っ越《こ》した時、真司はなかなか新しい環境《かんきょう》に馴染《なじ》めなかった。病気がちで、小学校もよく休んだ。京子《きょうこ》がそう言っていたのを思い出す。

成長した真司は望み通りの環境を選び、それでも、親への恩を忘れぬよう、自分を戒《いまし》めながら生きてきたのか。

真司は椅子の背にもたれ、目を閉じた。瞼《まぶた》に細かい皺《しわ》ができている。

似ている、と思った。

花に囲まれた京子の顔、二度と目を開かない京子の顔に。

白髪《しらが》が増え、やせ細った真司が、頼りなく痛々しい。

お願いやから、お母さんのように突然《とつぜん》去るなんて、やめてや。

治れ、治れ、早く治れ！　瞳は真司を見つめながら、呪文《じゅもん》のように心で唱えた。

念じれば念じるほど、不吉《ふきつ》な考えは頭にこびりついて、確実にそうなるとしか思えなくなる。

「もらうもんをもらうまで、死ねないよ」

真司が、ぱちりと目を開けた。

「えらいこっちゃなぁ」

京子が、そう言って目を開けた日が、昨日《きのう》のように甦《よみがえ》る。

「お兄ちゃん、死ぬなんて言わんとって」

声が震《ふる》えた。嫌だ、嫌だ、お兄ちゃんがいなくなるなんて、考えられない。

「死ねないって、言ってんだよ」

部屋は、しんとなった。時間は容赦《ようしゃ》なく流れる。真司はため息をついた。

「そうか、小夜子は来ないのか」

突然、義姉《ぎし》の名前が出たので気が抜けた。かける言葉が見つからない。

ドアがノックされた。時間である。

「お兄ちゃん、早く元気になってね」

見納めかもしれない。そんなことを考える自分にぞっとしながら、真司の顔を見た。

「ああ。とにかく、さっさと進めてくれよ。今日と同じ明日は、来ないんだからな。陽《よう》子《こ》からも小夜子に連絡《れんらく》があったらしいよ。あいつも大変そうだ」

「は？　お姉《ねえ》ちゃんから？」

真司は返事もせずに、部屋を出て行った。

一体、どういうこと？　聞いてない。瞳は小夜子に早く問《と》い質《ただ》したくて、前のめりになりながら廊下を進んだ。

運転席の小夜子は、眼鏡《めがね》を外してハンカチを顔に当てていた。

「結構、元気だったでしょ？　シンちゃん。眼鏡にマスクって、本当にうっとうしいわね、すぐに曇《くも》るんだから」

瞳は黙《だま》ったまま、助手席に座《すわ》った。

「お腹《なか》すいたんじゃない？」

腕時計《うでどけい》を見ると、五時半を指していた。

新幹線の中で、和江《かずえ》と幕の内弁当を食べてから、さやかの家でお茶を飲んだきりだったことを思い出した。急に空腹を覚え、お腹がぐーっと鳴った。

「一旦《いったん》、帰ってから、お寿司屋《すしや》さんに行きましょう。御馳走《ごちそう》するわ。テイクアウトもできるけど、久しぶりにお店で食べたいし」

食べ物に弱い自分が情けない。陽子からの連絡が何だったのか、聞きそこなった。

「ひばり寿司」は、真司の家から歩いて数分の、商店街の中にあった。客の好みを聞いて握《にぎ》ってくれるから、高齢者《こうれいしゃ》にも家族連れにも人気があるそうだ。

自粛《じしゅく》を求められていた酒類の提供が緩和《かんわ》され、午後七時までなら出せると言われた。

小夜子はビールを注文し、二つのグラスに注いだ。

普段《ふだん》はあまり飲まない瞳も、グラスを傾《かたむ》けた。渇《かわ》いた喉《のど》に染《し》み渡《わた》る。

「シンちゃんは毎晩、遅《おそ》くまで働いて、疲労困憊《ひろうこんぱい》だった上にコロナ禍《か》でしょう。心労も重なってね。病気の原因は、それだけじゃないんでしょうけど、持病が悪化したの」

「いつごろ、退院できるんですか？」

「来週にはできると思うわ。でもね、無理はできないし、私がさせない」

マグロの握りを頬張《ほおば》りながら言う。瞳も目の前の寿司に、顔がほころんだ。

「遠慮《えんりょ》なく、いただきます」

口に入れると、甘《あま》エビがとろけるようだった。あなご、中トロ、烏賊《いか》。次々と胃袋《いぶくろ》に収まっていく。

「ここへは、シンちゃんとよく来るのよ」

「兄が痩《や》せたんで驚《おどろ》きました。心配やわ」

おじいさんみたいだった、なんてとても言えない。

「体重が七キロも落ちたんですもの。でも、大丈夫、私が付いてるから。必ず元に戻る」

「自信があるんですね」

瞳は、グラスのビールを飲み干した。

「そう決めてるから。私が決めたら、必ずそうなるのよ、いつだって」

小夜子も飲み干し、二本目のビールを注文した。自分のグラスにドボドボ注いでから、テーブルの中央に置かれた透明《とうめい》の衝立《ついたて》をずらして、瞳にも注ぐ。

七時にはここを出よう、と瞳は思った。

ここから東京駅まで一時間以上掛るから、それくらいに出た方が良い。自宅に着くのは夜中近くになるが、一郎《いちろう》に言えば迎えに来てくれるだろう。

「Nホールディングスの大規模な人員整理の話は知ってるでしょう。経営が厳しいのよ、ニュースで見たと思うけど。定年まであと二年半。その後、六十五歳まで働けるんだけどね。無理なら、辞《や》めてもらったっていいの。シンちゃんの体の方が大事だから」

大きく開けた口に、エンガワが吸い込《こ》まれていった。

日本を代表するような大企業《だいきぎょう》に真司の就職が決まった時、両親は大喜びをした。

「大阪にも大きな拠点《きょてん》があるし、な」

父の言葉が忘れられない。息子《むすこ》が関西に帰ってくることを、どこかで期待したのかもしれない。

真司が機械の仕組みに興味を持ち始めたころ、父はよく、真司を連れて科学館や、工作機械の博物館に出かけていった。その時の嬉しそうな父の顔が浮かんだ。

咀嚼《そしゃく》していた寿司を、小夜子はごくりと飲み込んだ。

「そんなこともあってね……」

プラスチックの衝立に遮《さえぎ》られて、聞き取りにくい。

お姉ちゃんの話も聞かなあかんわ。ちらりと時計を見る。瞳は、小夜子のおしゃべりが途切《とぎ》れる瞬間《しゅんかん》を待った。

「だからね！」

小夜子の顔が、近づき、

「早く家を売って、お金を分けてほしいの」

吐息《といき》で衝立が曇った。

「はい、そのつもりですけど」

瞳は動じることもなく、冷静に言った。妙《みょう》に頭が冴《さ》えている。

「そうね、そうよね。でも、いざ実家を売るとなると大変よね。私達も協力するから、頑張《がんば》ってね。酢《す》の物、頼もうか」

「いえ、私は、もう」

「ここの長芋《ながいも》の酢の物、美味《おい》しいのよ〜」

顎《あご》を上げて、口をもぐもぐさせる小夜子の仕草が、何かの動物に似ている。笑いそうになったが、堪《こら》えた。

「兄とお義姉《ねえ》さんって、いつも仲が良いですね。今日も、小夜子は来ないのか〜なんて、寂《さび》しそうに言ってましたわ」

「あらそう？　そう言ってた？」

小夜子は、満足そうに顎をしゃくった。

「兄のどこが、そんなに好きなんですか」

「聞きたい？」

成り行き上、頷《うなず》くしかない。

「私はね、どこにいても、しっくりこないっていうか、居場所がないっていうか、そう感じてたの。子どものころからそうだったかな。人としゃべっててもちぐはぐで、私は面白《おもしろ》いことを言ってるつもりはないのに、周りから笑われて、傷ついたりね」

グラスを手に取ったが、空になっているのに気づいてテーブルに戻した。

「でも、大学でシンちゃんと出会った時、この人とだけは分かり合える、って直感したの。絶対に離《はな》さないって決めたのよ！」

決めたことは必ずその通りになる、という先ほどの言葉が実感を伴《ともな》って迫《せま》る。

「シンちゃんも同類みたいに見えたわ。あなた達きょうだいでも全然、似てないのね」

「あの、姉から連絡があったんですか？」

「そうそう。いつも、陽子さんから美容液を三割引で買ってるけど、キャンペーンで半額になるから、まとめて買ったらどうかって話」

いつも三割引？　私には一割引で売りつけるのに。

「何でやねん」

小さく呟《つぶや》いただけなのに、店の大将も客達も振《ふ》り返った。

瞳は、急に家に帰りたくなった。力が抜けた。今日の用事は終わったと思った。

お姉ちゃんからの電話って、そんな話やったんか。

陽子から勧《すす》められるまま、定期的に買っていた美容液はとっくに切れているが、そんなことを話題にする気にもなれない。

「ご馳走様《ちそうさま》でした。お寿司、とっても美味しかったです」

瞳は頭を下げた。運ばれてきた濃《こ》いお茶を、二人は黙って啜《すす》った。

小夜子が会計に立ち、瞳も席を離れようとした時である。

瞳はよろめいてテーブルの角に体をぶつけた。その拍子《ひょうし》につんのめって、前に倒《たお》れた。

床《ゆか》と椅子が擦《こす》れる大きな音がした。膝《ひざ》を強く打った。驚いて駆《か》け寄った店員に、瞳は笑いながら、大丈夫だと伝えた。恥《は》ずかしいし痛いのに、自分の姿に笑いが込み上げてくる。

「大丈夫?」

小夜子は、四つん這《ば》いになっている瞳をちらりと見た。

何やってんやろ、私。

小夜子は会計を済ませ、財布《さいふ》をバッグにしまった。

「酔《よ》ったの? 帰れる?」

「ちょっとつまずいただけです。全然、大丈夫、大丈夫」

よろよろと立ち上がる。

「ありがとうございました、お気をつけて!」

大将の元気な声に送られて店を出た。外に置かれたベンチに、取り敢《あ》えず座った。

「日帰りって言ってたけど、うちに泊《と》まる?」

「いえ、新幹線は、まだまだあるし」

「そう? コロナで最終運転が繰《く》り上げになってるけどね、JRも西武も」

「え?」

「調べてないの？　もちろん、まだ間に合うけど、泊まっちゃえば？　気を使う人もいないわよ、私一人だから」

一人と言われても、その人に一番、気を使うのである。大学を卒業した息子がいたはずだが、どうしているのだろうか。

「食事は済んでるし、あとはシャワーでもして寝《ね》るだけだし。こっちはＯＫよ」

「いや、でも……」

言葉と裏腹に、転んだ時に打った膝が、動くことを拒否《きょひ》しているように疼《うず》く。ベンチから立ち上がるのさえ、億劫《おっくう》になってきた。

「じゃあ、あの、お言葉に甘えます」

途中《とちゅう》、スーパーに寄って、下着とスウェットの上下とプチプラのメイク用品を買った。

一郎に電話をしてわけを話すと、心配そうな口調で了解《りょうかい》したが、切る寸前に笑われたような気がした。

私、ほんまに何やってんねん。余計な出費やわ。突然、泊まることになって、お義姉さんも迷惑《めいわく》に決まってる。

小夜子の後ろを、瞳は片足を軽く引きずりながら歩いた。

◇

兄達の家は昼間とは印象が違った。鍵《かぎ》を開けた扉《とびら》の向こうに、真っ暗な空間が果てしなく広がっているように見える。ポプリだろうか、ほのかにハーブの香りがした。

小夜子が玄関脇《わき》のスイッチを押すと、廊下が明るくなった。

リビングはアイボリーの壁紙《かべがみ》とブラウン系の家具が調和して、落ち着いた雰囲気《ふんいき》である。

装飾品《そうしょくひん》があまりないせいか、ここで家族がくつろいでいる光景が浮かんでこない。

小夜子は、サイドテーブルの上のお土産に目をやり、

「そうそう、お茶を淹れて、いただきましょう」

思い出したように言った。

お客さんのように座ったままでいいのか、キッチンで手伝った方がいいのか、ちょっと迷ったが、

「手伝います」

と言って、小夜子の後ろから、カウンターキッチンに向かった。

「そう？　じゃあ、お湯を沸《わ》かしてくれる？」

先にキッチンに入った小夜子は、湯飲み茶碗《ぢゃわん》をトレーの上に並べ、お土産の包装を解いた。箱には大阪名物の饅頭《まんじゅう》が並んでいる。

瞳は、カウンターに置かれた電気ケトルに水を入れて、スイッチを押した。

饅頭を一つ手に取った小夜子は、セロファンを剝《は》がして、ぱくりとかぶりついた。

「美味しいね。私、白あん大好きなの」

立ったまま頰張る小夜子を見て、瞳はあっけにとられた。

「あら、お行儀《ぎょうぎ》悪かったかしら。いつもの癖《くせ》が出ちゃった」

小夜子は眼鏡を外してカウンターに置いた。目の周りに、そばかすが散っている。違う人みたいだ。

「そんなに見ないでよ。ご飯だって、一人の時はこうして食べるんだから。あ、椅子には座るけどね」

小さな丸椅子を指す。

「調理台で？」

「そうよ。すぐに片付けられるし、テレビも見られるし、合理的でしょ」

確かに、カウンター越しにリビングのテレビがよく見える。

小夜子は、ストッカーから茶筒《ちゃづつ》を出した。

「お義母さんの梅酒も、まだあるわよ」

琥珀色《こはくいろ》の液体が入った瓶《びん》を瞳に見せる。突然、母が顔を出したような気がした。

「瞳ちゃんと同居するまでは、毎年、送ってくれたから」

「母が？　宅配便で？」

「そう。瓶にプチプチをいっぱい巻いてね」

嬉《うれ》しそうでもなく、かといって迷惑そうでもない口ぶりである。

「私もシンちゃんも甘いお酒は飲まないけど、魚の煮《に》つけに使うと美味しいのよ。飲むとしたら、誠《まこと》と友達くらいかしらね」

お母さん、お兄ちゃんもお義姉さんも、梅酒は飲まへんのやて。知ってた？

「あの、誠くんは？」

キッチンに並んで立っていると、聞きにくいことも、なぜかすんなり口にできる。

「中野の古い一戸建てで、友達と住んでる。シェアハウスっていうんだって。この家だって立派にシェアできると思うけどね。子どもって、ホントに親の思い通りにならないよね。あの子、親と反対の性質を持って生まれてきたとしか思えないわ」

「反対の性質？」

瞳は茶筒を開け、茶葉を急須《きゅうす》に入れた。

「私ね、小学生の時、学校で飼育していたジュウシマツの世話をするグループに入っていたの。水浴び用の水を取り換《か》えたり、餌《えさ》を確認したり、元気のない鳥がいたら先生に報告したりするのよ。楽しかったわ」

小夜子に、小鳥好きというイメージはなかったが、黙って聞いた。

「ある朝、一羽《わ》が死んでいたのよ。前日まで、特に変わりはなかったのに」

湯が沸き、瞳は二つの湯飲み茶碗に注いだ。

「一緒に世話をしていた女の子は、すごくショックを受けたみたい。泣き出して何もできなくなったの。でも、私は……」

湯が冷めるのを待つ。

「私だって、初めてのことだから衝撃《しょうげき》を受けたわよ。でも、死んだ小鳥がどういう状態になっているのか知りたかった。どうしても触《さわ》ってみたかったの。それで、鳥かごの中に落ちていた小鳥の羽根や足に、そっと触《ふ》れてみた。冷たくて、硬《かた》かったわ」

何の話を始める気だろう。瞳は少し緊張《きんちょう》しながら、茶碗の湯を急須に移した。

「子ども達が集まってきて、先生も来て。私のことを気味悪そうに見るのよ。それから、みんながよそよそしくなったの。『涙《なみだ》も流さず、死んだ鳥を平気で触ってた子』って、烙印《らくいん》を押されたのかもね」

瞳は、急須をゆっくり傾けた。爽《さわ》やかな香りが立ち昇《のぼ》る。しばらく、沈黙《ちんもく》が続いた。

「小鳥が一羽いなくなったら、私だって寂しいわよ。だけど、涙は出なかったの。その時のことがいつまでも心に引っかかっててね。誰にも話せなかった。親にもね」

小夜子は、トレーに饅頭を入れた皿と湯飲み茶碗を乗せ、ダイニングテーブルの方に移動した。瞳も後に続く。

「学生時代に、思い切ってシンちゃんに言ってみたの、そのことを。そうしたら、『うん、分かる』って。『俺だって、そうするかもな』って!」

「ほんまに気が合うんやねぇ」

うっかり、ため口で呟いてしまった。

「胸のつかえが取れたからかな、そのまま、忘れてたんだけど」

小夜子は、気にも留《と》めずに続ける。

「金魚が死んで、誠が泣いた時に思い出したのよ。小学二年生くらいの時かな、夏祭りの金魚すくいでとった小さな金魚がすぐに死んで、庭に埋《う》めたんだけどね。誠はいつまでもメソメソしてるの。金魚に捧《ささ》げる歌なんか作って、毎日、歌ってるの。『天国で仲間達と幸せに暮らしてるかい?』みたいな歌」

幼い誠が頬を染め、神妙《しんみょう》に歌う姿が目に浮かぶ。愛《いと》おしさが込み上げてくる。

小夜子はにこりともせず、お茶を一口啜って二つ目の饅頭を手に取った。

「それは、ほんの一例で一事が万事《ばんじ》、ことごとく感じ方が違うのよ、息子とは。私もシンちゃんも、学校みたいな集団の中では居心地《いごこち》があんまり良くなくて、一人の方が落ち着くんだけど、誠はすぐに友達ができて、みんなで楽しめるタイプなの」

饅頭をじっと見て、テーブルに置き、

「親子って、何だかね」

と、小夜子はため息交じりに呟いた。

誠くん、金魚に捧げる歌、私も聴《き》きたかったわ。

誠くん、梅酒、美味しかった？　友達と飲んでくれたんやて？　おばあちゃんは、きっと喜んでるわ。

「金魚かて、ご縁《えん》があって、まこっちゃんのとこへ来たんやで。ご縁があれば、いつかまた、会えるんやで」

母の声を耳の奥で感じた。もう何年も会っていない誠も、すぐそばにいるようである。

「この家だって……」

小夜子は、包みを剝がした。

「お義父さんとお義母さんは、本当はどう思ってたのかな。こっちが良かれと思って決めただけで、話し合ったわけでもないし」

そう言うアナタはどうなんや、と瞳は思う。

「お義姉さんは、本当に両親と一緒に住んでもいいと思ったんですか？　母から、好きでもない梅酒や、刺繍《ししゅう》したものなんか送りつけられて、嫌やなかったんですか？」

ぼんやりしていた瞳がしゃべり始めたので驚いたのか、小夜子は目を見開いた。

「ご両親がいなかったら、シンちゃんはこの世に存在しないのよ！　そんな大事な人を絶対に不幸にさせないわ、私がいる以上。そう決めたのよ」

言葉の一つが、神経にちくりと触れた。

「不幸？」

「ええと、その、つまりね。ご両親には不自由させない、シンちゃんを愛する人は、この私が大切にするってこと」

小夜子は菓子《かし》の甘みを確かめるように、ゆっくりと咀嚼する。

「言葉選びが下手《へた》ね、私」

「お兄ちゃんは、幸せ者やわ」

自分が淹れたお茶は、結構、渋《しぶ》かった。

小夜子は、一階の和室に床《とこ》を延べてくれた。両親が住むかもしれなかった、二間続きの部屋である。

瞳はシャワーを浴びて、買ったばかりのスウェットを着た。

ガラス戸を開けると、小ぶりの赤いダリアが庭を彩《いろど》っている。戸を閉めて、布団《ふとん》にもぐりこむ。小夜子はリビングか寝室《しんしつ》にいるのだろうが、どこかに消えてしまったのではないかと錯覚《さっかく》するほど、静かである。

瞳は、両親がこの家で暮らしている様子を想像してみた。

社交的な父は、公民館の講座や地域のイベントに参加して友人の輪を広げ、母は庭の手入れに精を出すに違いない。誠は、祖父母の話し相手になり、時には一緒に出かけるかもしれない。賑《にぎ》やかになった家で、真司も小夜子も、普段と変わらない生活を送っている。

想像できなくもないことが不思議だった。

「お父さんが長生きしてたら、お母さんと一緒にここで暮らしてたかもね」

「どやろなぁ」

「お兄ちゃん達、夫婦喧嘩《ふうふげんか》もしなさそうやし、穏やかな生活が送れたんとちゃうやろか」

「そやろか。分からへんで、夫婦っちゅうもんは。親子関係かて」

「そらまあ、そやけど……」

「しょうもな！　架空《かくう》のことを考えたかて、しゃあないわ」

「ほんまや。現実に戻るわ」

母との会話を終え、瞳は眠《ねむ》りに落ちた。

翌朝、コーヒーとトーストの朝食を済ませると、小夜子が最寄《もよ》り駅まで送ってくれた。

「東京駅でしか売っていない、美味しいスイーツがあるのよ。メープル味のカステラ。二口くらいで食べられるミニサイズなの。今は、通販《つうはん》もあるかもしれないけどね」

食べてみたいけど、あの広い東京駅で探し出せるやろか。

「そのお店は中央通路エリアにあるわ」

「絶対、買います！」

「そうそう、陽子さんから連絡があるかもしれないわよ」

「美容液のことですよね」

「それだけじゃなくて、何だか大変そうなの。いろいろあって、引っ越すらしいわよ」

引っ越す？　家の一室を改装して美容サロンにしたのに？　いろいろあって大変そうって、どういうことやろ。

小夜子に聞こうとした時、車が駅に着いた。

「私も詳《くわ》しくは知らないの。陽子さんに直接、聞いてね。じゃあ、さよなら」

瞳は、その言葉に急かされるように降りる。膝がズキンと痛み、昨夜、転んだことを思い出した。

車は、あっという間に走り去った。

10　母の鏡台

車が見えなくなると、瞳《ひとみ》は一仕事終えたような解放感を味わった。

実際は、何ひとつ終えてなどいないが、後は、のんびり帰るだけだと思うと、ワクワクしてきた。東京駅をぶらぶらして都会の空気を吸って、スイーツを買って……。

電話をして姉の「いろいろ」を聞くのも面倒《めんどう》である。

余計なことを考えずに、今、自分がやるべきことを一つずつ終わらせていこう。今、楽しめることを楽しみながら。

東京駅は、思ったほど混雑していなかった。

そうや、駅舎の写真を撮《と》っておこう。丸《まる》の内《うち》方面の改札を出ると、ドーム型の天井《てんじょう》の華《はな》やかさに目を奪《うば》われた。上を向いて立ち尽《つ》くしていたら、

「最初に造られた時のものが、復元されているんですよ」

耳元で誰《だれ》かが囁《ささや》いた。小ぶりのリュックを背負った年配の女性である。傍《かたわ》らの男性が、

「創建は確か、大正《たいしょう》三年だったね」

そう言って、女性と頷《うなず》き合う。マスクで顔は分からないが、目元が微笑《ほほえ》んでいた。

「大正時代……」

瞳は、レリーフが施《ほどこ》されている天井にスマホを向けた。写真を撮り終えると、二人の姿は、もうなかった。

駅の外に出て、赤レンガの駅舎をバックに自撮りをする。

ちょっとした旅行気分である。もっと見どころがあるかもしれない。スマホで検索《けんさく》すると、「『日本で初めて公共の場に飾《かざ》られたステンドグラス』が駅構内に設置されている」とある。

改札を入り、スマホ画面で案内された通りに八重洲《やえす》口方面に向かう。

しばらく歩くと、通路の壁面《へきめん》いっぱいに、色彩《しきさい》豊かなステンドグラスを見つけた。その大きさ、煌《きら》びやかさに圧倒《あっとう》された。

こんな素敵《すてき》な芸術品が、駅みたいな身近なところにあるなんて、ええなぁ。瞳は通行人の邪魔《じゃま》にならぬよう、素早《すばや》く写真を撮った。

その後は、土産《みやげ》物店や雑貨店が並ぶ通路を、買い物をしながら歩いた。

新幹線に乗り込《こ》み、窓際《まどぎわ》の席に座《すわ》る。背もたれに身を預け、アナウンスを聞きながら出発を待つ。そんな時間も心地《ここち》よい。

母が亡《な》くなってから、気持ちがいつも忙《いそが》しかった。何かを楽しむ余裕《よゆう》なんてなかったわ、と瞳は思う。

ほんの少し日常から離《はな》れるだけでリフレッシュできることを、瞳は初めて知った。

お兄《にい》ちゃんの病気は心配やけど、あのお義姉《ねえ》さんがいれば大丈夫《だいじょうぶ》やわ。

「自分がこうと決めたことは、必ず、その通りになる」って言ってたし。「何を根拠《こんきょ》に？」と、最初は思ったが、今はその言葉を心強く思うのである。

新幹線は定刻に新大阪駅に到着した。

晴れやかな気持ちのまま自宅マンションに着き、瞳はリビングに向かった。レモンティーを淹《い》れて、買ったばかりのメープル味のカステラを味わおう。行動するのは、それからでいい。

リビングのドアを開けた。

「え？　何で？」

思わず、高い声が出た。

「え？　ああ、お帰り」

一郎《いちろう》がリビングにいたのだ。自分の家なのだから、何の不思議もないが、瞳が出かける時にはなかったパソコンデスクが置かれ、そこで一郎が仕事をしていたのである。

ちょっとぉ、何でやねん！と言いたいところだが、言葉を飲み込んで、説明を待った。

「ええやろ、これ。折り畳《たた》み式や。結構、安かったで」

デスクをさすりながら、一郎が言う。

「何で、ここに置くん？」

「今日から、当分、仕事はリモートや。ここの方が明るいし、仕事がしやすい」

てことは、当分、家にいるんやね？　自分の家やもんね。全然、ええよ、うん。

けど、広くもないリビングの真ん中にデスクを置くって、どうよ。部屋のバランス、悪いと思わん？　ソファでくつろぐ時、邪魔なんですけど〜。

声に出さなかったのは、小夜子《さよこ》の顔がちらついたからである。

お義姉さんなら、こんな時でも、

「シンちゃんの仕事がはかどるなら、好きなようにしたらいいわ」

なんて言うのやろか。

小夜子は、真司《しんじ》を絶対に離さないと言った。そんな気持ちを夫に持ったことがあるやろか、と瞳は一郎を見つめながら思う。

「膝《ひざ》は大丈夫なんか？」

「その机、夜は折り畳むの？」

夫婦《ふうふ》が同時に言ったので、言葉がかぶった。二人は顔を見合わせる。

「仕事が一段落したら、デスクは片付ける。しばらくは、このままでええやろ？」

「まあ、仕事なら、仕方ないしね。膝、うん、大丈夫」

疲《つか》れが押《お》し寄せてきた。東京土産のスイーツで、気分を上げよう。

瞳が、キッチンで紅茶の準備をしていると、

「僕《ぼく》は、コーヒーでええわ」

一郎の声が聞こえた。瞳は返事もせずに、紅茶とコーヒーを淹れた。

冷蔵庫にレモンがあったと思ったが、探してもなかった。何だか、がっかりした。

「うん、これ、うまいな」

一郎は、メープル味のカステラを、味わう風でもなく、パクパク食べている。たった一日、留守にしただけなのに、リビングのカーテンも床《ゆか》も埃《ほこり》っぽく感じた。

カステラを流し込むようにコーヒーを飲んでいた一郎が口を開いた。

「コロナで業績が悪化してな……」

それは瞳も知っていた。一郎は、食品会社の業務用部門に勤めている。コロナ禍《か》で外食する人が減り続けると同時に、商品の売り上げも落ちているのだ。

給料は少しずつ下がっていた。リモートで仕事をする日は、残業手当も出ない。

そういえば、最近、家計簿《かけいぼ》にレシートを挟《はさ》んだままで集計してないな。けど、無駄遣《むだづか》いもしていないし、何とかなるやろ。

「瞳はパートに復帰できるん」

「え？　私の仕事？　今、それを言う？」

空き家になった実家を何とかしようと四苦八苦しているのに、この上、仕事があったらどうなるのだろう。

そんなこと、夫から言われたくなかった。いくつものことを同時に進めるのは、苦手中の苦手なのだ。

「頑張《がんば》って、やりくりしてるやないの」

紅茶にむせながら、瞳は抗議《こうぎ》する。

「ああ、別に、すぐに働いてほしいわけやないんや。ちょっと、聞いてみただけや」

コーヒーカップをデスクに置き、一郎は、パソコンをいじり始めた。

「金なんか、どんどん減るよ」

兄にそう言われたことを思い出す。小夜子も、「早く家を売ってお金を分けてほしい」と言っていた。

だから、急いで実家を売ろうとしてるんやないの。今、動こうとしてたんやないの！　でも、何で私だけが頑張らなあかんのやろ。

瞳は、カップとお菓子《かし》を持ってリビングを出ると、母が使っていた洋室に行った。同じ家の一室というより、別の家に来たみたいに、空気がひんやりとしていた。

冷めかけた紅茶を口に運んだ時、ポケットの中でスマホが震《ふる》えた。瞳は、反射的に受信ボタンを押した。

「兄さんに会《お》うたんやて？　どやった？　瞳が東京に行くなんて知らんかったわ」

陽子《ようこ》の高い声が耳をつんざいた。

情報、早っ。小夜子さんたら、もうお姉《ねえ》ちゃんに伝えたんや。

「一晩、泊《と》まったんやて？　そしたら、こっちの事情も聞いたんやね？」

「いやいや、お姉ちゃん、落ち着いて。私、何度もお姉ちゃんに電話したのに、いっこも出てくれへんかったやないの」

「いろんなところから電話が掛《かか》ってきて、瞳からの電話に出る気にならなかったんよ。兄さん、入院してるんやろ。大丈夫なん？」

「げっそりしてた」

「ええっ？　小夜子さんは大丈夫って言ってたけど」

そんなら、私に聞かんといて。

「だったら、大丈夫なんとちゃう？　小夜子さんが、『良くなる』って決めたら、必ず良くなるらしいから」

「どういうこと？　あの人、マイペースっていうか自分中心っていうか、立派やねぇ」

陽子は結局、小夜子を誉《ほ》めているのか。

「確かに立派。見習いたいくらい」

瞳は、本心からそう言った。

「兄さんの知恵《ちえ》を借りたくて電話したんやけど、繋《つな》がらんでね。家に電話したら、小夜子さんが出たんよ」

そうそう、私も同じ、と瞳は大きく頷いた。

「入院してるっていうから驚《おどろ》いたわ。それで、仕方なしに小夜子さんに話したんよ、こっちのこと」

「美容液が半額って？」

一瞬《いっしゅん》、沈黙《ちんもく》があった。

「ああ、それな。瞳も欲《ほ》しい？」

「いらない」

余計なお金は使わない。さっき、そう決めた。スーパーで売っているので十分だ。

「それだけとちゃうやろ？　小夜子さん、何か言うてなかった？」

「詳《くわ》しくは知らないって」

「はぁ？　結構、詳しく話したんやけどね。あの人、ふんふんって、いかにも聞いてるようで、聞いてるそばから忘れるんよ。聞く気がないねん。関係ないわ、ってなもんや。自分の興味のあることしか耳に入らへんねん」

「引っ越《こ》すらしい、って言うてた」

「あら、ポイントは摑《つか》んでるやん」

姉の話を聞いたら、ストレスが倍増する。

そもそも、自分に関係があるのか、ないのか。ないなら、小夜子さんではないが聞く気になれない。

「引っ越すと決まったわけやないねん。でも、そうなりそう。事情があってね。今日、瞳に電話したのは、その話とちゃうねん。兄さんの様子が聞きたかっただけや」

鼻息荒《あら》く、まくしたてていた姉の声が低くなった。

「瞳に話したかて、しゃあないしな。兄さんなら、冷静で的確なアドバイスをくれるような気がしてね。やっぱり、一番、頼《たよ》りになるのは、兄さんやな」

「そしたら、お兄ちゃんが退院するのを待って相談したら、ええやん」

「相談しても、どうもならんわ、きっと。ええなぁ、瞳は気楽で」

気楽か……。瞳は腹を立てる気にもならない。悩《なや》みながらも、どこかで気楽な自分を自覚している。いつも、母の京子《きょうこ》を近くに感じているせいかもしれない。

「地獄《じごく》の中にも、おもろいことはあるんやで。それを見つけられたらほんまもんや」

母がそう言った時、瞳は自分との同居を地獄と言われたようで、情けなかった。地獄なんて言い方も大袈裟《おおげさ》で嫌《いや》だった。

母の言おうとしていたことが、今なら分かる気がする。日々の生活の中に、小さな地獄は転がっている。わずかな心の隙間《すきま》に、地獄が芽生えることだってある。けれど、もがいたりジタバタしても、ふっと笑える瞬間《しゅんかん》は、確かにあるのだ。

陽子は、なかなか電話を切らなかった。

「この家で暮らして、何年経《た》つんやろ」

瞳の方から切ろうと思った時、姉は、ぽつんと言った。

瞳は何度か、姉のところに遊びに行ったことがある。陽子が結婚《けっこん》して住んだ家は大阪北部にあり、ＪＲの駅からバスで二十分近くかかる一戸建てだった。

結婚当初は、空き地が多く、民家は少なかったが、やがて、宅地開発で集合住宅や民家が建ち、大型商業施設《しせつ》が建設されると、活気のある地域になっていった。陽子は結婚した翌年に女の子を産んだ。瞳は出産祝いを持って、その家を初めて訪《おとず》れたのである。

「まあまあ、ようこそいらっしゃいました」

玄関《げんかん》で、にこやかに迎《むか》えてくれたのは、高齢《こうれい》の女性だった。

「さあ、どうぞ」

日曜日だったので、陽子の義父が赤子のいる部屋に案内してくれた。

陽子夫婦は、夫の父親と、その母親つまり夫の祖母が暮らす家で、同居していたのだ。

「結婚してすぐからやから、三十年くらいとちゃうん？」

「そやね。今度、相続登記が義務付けられるやろ？　何で、今まで義務付けられてなかったんやろなぁ。この家、良平《りょうへい》の名義やなかったんや」

陽子の住む家が夫の名義であろうとなかろうと、知ったこっちゃない。

余所《よそ》の家なんかに、興味を持っている暇《ひま》はない。

スマホを耳に当てているだけで、瞳は話を理解する気にもならなかった。

虫の音のように、陽子の声が遠くの方から聞こえてくる。

「それでね、家のことを考えていたら、あれから一度も実家に行ってないなぁって思って。私が育った家やろ。じっくり、見ておきたいんや。来週の火曜なら時間が取れるから、行くわ！」

「行ったら、ええやん」

家の名義どころか、姉の陽子そのものに対して、すっかり関心を失っていることに、瞳は気づいた。

幼いころ、陽子がカチューシャに花柄《はながら》の端切《はぎ》れを巻き、ボタンで飾りをつけてプレゼントしてくれたことを、思い出した。きょうだいは、いつから他人になるのだろう。

「家の鍵《かぎ》は、それぞれが持ってるんだから、行きたい時に行ったらええやん。台所のテーブルにノートが置いてあるから、日付と、何をしたかを書いといてね」

「ノート？　抜《ぬ》かりがないな」

「小夜子さんのアイデアや」

「瞳に考えつくわけ、ないか。アハハ。で、何時にする？」

「は？」

「は、やないやろ、聞いてなかったんか！　うちの車は良平が使《つこ》てるって言うたやろ。取り敢《あ》えず、瞳の最寄《もよ》り駅に行くから、車で迎えに来て。あの家は遠いし、不便やし、車やないと行かれへん。十時でええわ。待ってるからね」

電話は切れた。

瞳は、冷えた紅茶を飲み干すと、ベッドに勢いよく倒《たお》れ込んだ。

◇

翌週の火曜日は、朝から雨が落ちてきそうな曇天《どんてん》だった。

陽子は、「助かるわ」の一言もなく、助手席に乗り込んだ。

コンシーラーでも隠《かく》しきれない目の下のクマを、瞳は素早く見つけた。陽子は、かなり疲れているようだ。

「あれから、家は片付いた？　いろんなもんを勝手に処分してるんやろ？　ええで。私は大した思い出もないし、何もいらんから」

「勝手にって何？　片付けるのは私しかいないやんか。なかなか進まへんわ。お母《かあ》さんの着物を、どうしようかと思ってね。私は、着ぃひんけど」

「売ったらええやん。私もいらん」

「そう。なら、そうするわ」

会話は続かない。

黙《だま》り込んだ陽子に顔を向けると、マスクを顎《あご》まで下げて眠《ねむ》っていた。形の良い唇《くちびる》が薄《うす》く開いて、優《やさ》しい顔になっている。

「お姉ちゃん、着いたよ！」

実家に車を停《と》めても目を覚まさない陽子に、瞳は大声で呼びかけた。陽子は、だるそうにドアを開け、ふらつきながら車を降りた。

家の中は、かすかにカビの匂《にお》いがした。二週間前に来た時とは、また違《ちが》う匂いだ。

雨戸を開ける。光が射《さ》し込んだ。

陽子は、つま先立ちで家の中を歩いている。

「そこまで汚《きたな》くないわ」

素っ気ない言葉が口をつく。

「この家で、みんなが育ったんやね」

陽子は柱や壁《かべ》に触《ふ》れながら、寝起《ねお》きの鼻声で言った。

「でも、何や、余所の家みたい」

陽子の独り言には答えず、瞳は前回の片付けを再開させた。簞笥《たんす》を開けて中の衣類を出し、束ねて紐《ひも》で縛《しば》る。

陽子は、ぶつぶつ言いながら家の中を歩き回っていたが、急に足音が消え、静かになった。

壊《こわ》れた柱時計が鐘《かね》を一つ鳴らした。作業の手を止め、瞳は部屋を覗《のぞ》いて回った。陽子は母の鏡台の前に立っていた。鏡に映る自分と向き合っている。

「思い出なんてないと思ってたけど、やっぱりあるわ」

陽子の顔がゆがむ。

次の瞬間、スローモーションのような動きで膝を折り、その場にへたりこんだ。

「私が中学生くらいの時やったかな。お母さんが塞《ふさ》ぎ込んでたことがあったやろ」

「お母さんが？　そやったかな、いつも明るかったやん」

「瞳は、子どもやったから分からなかったんよ、きっと。暗い顔をして、お父《とう》さんともあんまり口をきかなくなって。私は、すごく心配してた。お母さん、大丈夫やろか、どないしょうって」

瞳には心当たりがなかった。父と口喧嘩《くちげんか》をして、不機嫌《ふきげん》そうな母を見たことはあったが、記憶《きおく》の中に、塞ぎ込んでいる母は存在しない。

陽子は、鏡台ににじり寄ると、引き出しを順に開けていった。

「みんな、空っぽや……」

「片付けた時に、中のものはみんな捨てたんよ。悪かった？」

中には、使いかけのクリームや化粧品《けしょうひん》の試供品、古いブラシやヘアピンが入っていた。瞳は引き出しを無造作に引き抜《ぬ》き、可燃ゴミと不燃ゴミに分けることだけを考えて、中身を捨てたのである。

陽子の姿を見ていたら、姉の私物を無断で処分したような罪悪感に襲《おそ》われた。自分がひどく理不尽《りふじん》なことをしたような気がした。

陽子は首を横に振《ふ》っただけだった。

「お母さんは、二、三日、暗い顔をしてた。ある時、私が学校から帰ったら、この鏡台の前に座ってたんよ。私は不安になってん。どこかに行ってしまうんやないかって」

「何で、そんな風に思ったん？　お母さんは、髪《かみ》の毛を梳《と》かしたり、顔にクリーム塗《ぬ》ったりしてたやん、いつも、鏡の前で」

瞳は、陽子の後ろに立った。

「クリームを塗っておしまいやったやろ。普段《ふだん》はスッピンやったから」

埃で曇《くも》った鏡の中から、陽子が瞳を見た。

「けどな、その時、お母さんは化粧《けしょう》をしてたんや」

陽子は鏡に息を吹《ふ》きかけると、ポケットからハンカチを出して静かに拭《ふ》いた。

「じぃっと見ていたら、お母さんは笑って私の髪を撫《な》でたんよ。その笑顔《えがお》は、ほんまもんやった。心の底からほっとしたわ」

母の笑顔に、ほんまもんと偽《にせ》もんがあると言うんか。そんなはずはない。笑う時はいつだって、晴れ晴れとした、ほんまもんの笑顔やった。

「それから、こう言ったんよ。『心の中は、顔の相に表れるんや。反対に、相を変えたら内側が変わるかもしれへん。人間、人相が悪かったらあかん。幸運がやって来いひん。姿かたちは大事や。ああ、化粧をすると気分がええな。しゃっきりしたわ』って」

ぼんやりしている瞳に、陽子は苛立《いらだ》ったように言葉をぶつけた。

「もう！　全然、通じないな、あんたには」

思い切りため息をついて、陽子は瞳を睨《にら》んだ。

「お母さんは、薄化粧《うすげしょう》しただけで、すごくきれいになったわ。お父さんは気づかなかったかもしれへん。けど、私には分かった。お母さんは、何かを悟《さと》ったんやって」

私は気づかなかった。というか、全然覚えていない。お父さんは、どうだったのだろう。

母と姉の心が通じ合った瞬間かもしれない。私には、さっぱり分からんけど。当たり前だ。姉は姉、私は私なのだから。

そう自分を励《はげ》ましてみたが、落ち込んでいく気持ちを、瞳はどうすることもできない。

母は、何をそんなに悩んでいたのか。

鏡の中に京子の面影《おもかげ》を探した。陽子の整った顔と、自分の途方《とほう》に暮れた顔が映っているだけである。

「子どもには、どないしても分からんことがあるんや」

そう呟《つぶや》きながら、二人の後ろを父が通り過ぎたような気がした。

「私が美容の道を志したのも、このことがきっかけなんや。外見がきれいになったら、気持ちも変わる。人を幸せにできる仕事や。今は、男も女も美容に関心を持つ時代になって、ほんまに嬉《うれ》しいわ」

人を幸せに？　散々、きつい言葉でののしったくせに。顔がきれいなら、心もきれいなんか。聞いてあきれるわ。いつも、自分本位に動いて周りを振り回してるやん！

「大好きな仕事やけど、この先、続けられるやろかって、弱気になっててん。けど、この鏡台を見てお母さんのことを思い出したら、何か、やれるような気がしてきたわ」

鼻にかかった声がクリアになった。

「そんなに思い入れがあるなら、この鏡台、運んだら？　お姉ちゃんの家に。誰も文句は言わへんよ」

「思い入れなんか、ないわ。鏡台みたいなモノにも、この家にも。それに、うちもどうなるか分からへんしな」
そう言えば、名義がどうとか言うてたな。

11　後悔先に立たず

陽子《ようこ》は、体をねじって部屋を見回した。

「ここは親の家や。お父《とう》さんとお母《かあ》さんの家。ほかの誰《だれ》の物でもないって気がする。私が今、住んでる家かて、そうや。親の家や。何も考えんと、当たり前のように住んでたけどね」

「両親が亡《な》くなったら、子どもが住んだかて、ええやん。ここみたいに誰も住む者がいないより、ずっとええわ」

「家の持ち主は、はっきりさせとかな、あかんかった。今までは、持ち主が亡くなった後、名義変更《へんこう》しなくても問題にならなかったんよ。何十年もそのままになってる空き家がたくさんあるのは、そのせいかもしれへんな」

陽子は縁側《えんがわ》に出て、隣近所《となりきんじょ》の家々を見るともなしに見ながら言った。

「空き家は困るけど、お姉《ねえ》ちゃんは実際に住んでるんやから」

「あの家、良平《りょうへい》のおばあちゃんの名義やねん」

「お義兄《にい》さんの？　でも、お義兄さんは一人っ子やから問題ないんと違《ちが》うの？」

きょうだいがいないから、うちみたいにケンカになることもない、と瞳《ひとみ》は思った。

「親と違うで、おばあちゃん、祖母や。そうそう、おばあちゃんがよう作ってくれたもんを、持ってきたんやった」

陽子は、玄関《げんかん》に置きっ放しにしていたバッグを急いで取りに行き、中から布の包みを出した。包みを解くと、小さなおにぎりがいくつも出てきた。

「ご飯に具を混ぜて、ラップでギュッとしただけやけど、きれいやろ」

焼き鮭《じゃけ》をほぐしたものと、きざんだ紫蘇《しそ》の葉、ごま、錦糸卵《きんしたまご》を、炊《た》きたてのご飯に混ぜたと言う。

一つずつラップでまとめて、上の部分でねじってあった。ピンク、緑、黄色の具がカラフルだ。

「年末とか忙《いそが》しい時には、これをたくさん作っておいて、家族が好きな時に食べるんよ。今日の鮭は瓶《びん》づめやけどね。食べようか」

意外だった。陽子がとっても優《やさ》しい姉に見えてきた。

「きれいやね！　お茶、淹《い》れるわ」

二人は台所に移動した。

「美味《おい》しいわ！」

瞳は頬張《ほおば》りながら、思い切りの笑顔《えがお》で言った。

「相変わらず、食欲旺盛《おうせい》やね」

あきれたように、陽子が言う。

来る途中《とちゅう》で昼食を買おうと思ったが、陽子が寝《ね》てるから買いそびれたのだ。こんなに美味しいものを持ってきてくれるなんて、思ってもみなかった。

「いけるやろ？　私が初めて出産した時、おばあちゃんがこれを作ってくれてん。赤ちゃんの面倒《めんどう》も見てくれて、助かったわ。八十も半ばやったけど、とっても元気でね」

少しかじったおにぎりをテーブルに置いて、陽子は言った。

陽子の夫・良平の母親は体が弱かった。結婚《けっこん》が決まったころは入院中だったが、息子《むすこ》の結婚を喜び、見届けて亡くなったという。

新婚夫婦《しんこんふうふ》は、良平の父と祖母が住む家で同居することになった。

「友達からは、『同居なんて大変やね〜』なんて言われたけど、おばあちゃんにもお義《と》父《う》さんにも大事にされて、甘《あま》やかされてたくらいや。お義父さんも、家事を普通《ふつう》にするような人やったし、大変なことなんか、なかったわ。美容関係の勉強を続けられたのも、子どもらを見てもらえたからや」

陽子が結婚した四年後の一九九五年に、阪神《はんしん》・淡路大震災《あわじだいしんさい》が起きた。

陽子の住む大阪北部も大きな被害《ひがい》を受け、一時は停電や断水も発生した。家は一部が壊《こわ》れ、修理が必要になった。

一家は、しばらく不自由な暮らしを強《し》いられたが、近隣《きんりん》とも協力して苦しい時期を乗り切ったのだ。

良平の祖母は、愚痴《ぐち》も不安も決して口にせず、凛《りん》として家族を励《はげ》まし続けたという。

震災《しんさい》の翌年、祖母は亡くなった。

「おばあちゃんが、いかに大きい存在だったか、改めて感じたわ。ほんまに寂《さび》しいて」

良平の祖母には三人の子がいた。良平の父・善之《よしゆき》と、その兄と姉である。

「良平が子どものころは、毎年、お正月になると、お義父さんのきょうだい達が、家族揃《そろ》って挨拶《あいさつ》に来たんやて」

「ふうん、そうなんや」

「伯父《おじ》さんや伯母《おば》さんにお年玉をもらったり、いとこ達と遊んだりできるから、良平は楽しみにしてたらしいわ」

瞳は良平に初めて会った時、陽子より二つ三つ、年下かと思った。彼《かれ》が童顔だったからかもしれない。実際は同い年で、「良平」「陽子」と呼び合っていたが、瞳の目には、夫婦というより姉と弟のように見えた。

結婚式《けっこんしき》で馴《な》れ初《そ》めを聞いて納得《なっとく》した。良平が陽子に一目ぼれし、猛《もう》アタックの末に結婚が決まったというのだ。

披露宴《ひろうえん》の間、良平は花嫁《はなよめ》を優しい眼差《まなざ》しで見つめていた。

陽子は、微笑《ほほえ》みながらも、絶え間なく料理を口に運び、ワインを飲んでいた。

「良平は、『この先もずっと、お前達はこの家で暮らしたらええんやで』って、おばあちゃんからもお義父さんからも言われてたらしいわ。私は何も知らんと、当然のように暮らしてた。有難《ありがた》いとも、出ていきたいとも思わへんかったな」

こんな嫁《よめ》を、お義兄さんのおばあさんやお父さんは、どう思っていたのだろう。みんな、お姉ちゃんに気を使ってたんやろか。

おばあさんが亡くなった時に、伯父さんと伯母さんが、家の相続のことを、一言も二言も、三言も四言も言ったんやろな。

それで、話がつかなくて、名義変更できないまま、住み続けるしかなかったんやろな、きっと。

瞳は、自分の想像に満足して頷《うなず》いた。陽子はゆっくり首を横に振《ふ》った。

「あの家を相続することは誰からも反対されなかったし、何の問題もなかったんよ」

祖母が亡くなった時、善之ときょうだいは話し合って、金品は分けたという。土地と家を善之が相続することは、伯父も伯母も納得の上だった。

母親の面倒を最後までみた善之と、その子の良平夫婦には心から感謝していると、二人は話したそうである。

「家をお義父さんが引き継《つ》ぐことは、ずっと前から決まってたんやて」

「なら、心配すること、ないやん」

瞳は、三つ目のおにぎりに手を伸《の》ばしながら言った。

「そう。その時に名義変更の手続きをしてたら、今ごろ悩《なや》むことなんてなかったわけ」

陽子は瞳の食べっぷりにつられたように、食べかけのおにぎりを口に入れた。

「何で、手続きしなかったん？」

「何でって……。知らんわ！　これはお義父さんがすることやし、私も良平も考えてなかったし」

不機嫌《ふきげん》そうに口を動かしながら、

「ただね、おばあちゃんが亡くなったのは震災の翌年だったから、家の修繕《しゅうぜん》やら何やらで、バタバタしていたことは確か」

陽子は、思い出すように遠くを見つめた。

「忙しくて、忘れてたんかな」

「忘れたわけでもないやろけど」

とにかく、相続登記をしないまま、月日が経《た》ってしまったのである。

善之は持病の肝臓疾患《かんぞうしっかん》が原因で、良平の祖母が亡くなってから十年後の二〇〇六年に、永眠《えいみん》した。

「お義父さんが亡くなった時も、良平は家の名義変更をしなかったんよ。相続登記は義務やなかったし、期限もなかったからね」

そういえば、いつか和江《かずえ》が、

「空き家が増えたのは、持ち主不明の土地や家が多くなったからやと思うわ。けど、二〇二四年から、相続登記が義務化されて、期限内に済ませなかったら、過料っていうお金を払《はら》わなあかんようになるんよ。空き家問題、多少は解決するかもね」

そんな風に言っていたのを思い出した。

瞳をじっと見つめる陽子に、そんなに睨《にら》まんとって、と言いたかったが面倒になって、食べることに集中した。

「せっかく、話がついていたのに、それを証明するものは何もないし、今はもう、お義父さんも、伯父さんも伯母さんも、この世にいない」

そうか！　そうなったら、亡くなった伯父さんと伯母さんの代わりに、その子ども達が相続人になるんや。

良平のいとこ達である。

「伯父さんと伯母さんが元気な間やったら、相続登記は問題なくできたと思うわ。けど、今となったら、全然違《ちご》うてくるんよね」

良平が家を相続することを、いとこ達が、あるいは、いとこの中の誰かが同意してくれないのだろう。

うわ〜、ややこしい。でも、私のせいやない。考えたくもない。

瞳は知らん顔で聞いていたが、心の片隅《かたすみ》に良平への同情心が、小さなあぶくのように湧《わ》くのを感じていた。

穏《おだ》やかで人の良さそうな良平。陽子の尻《しり》に敷《し》かれているに違いない。その上、いとこからの仕打ち。辛《つら》かろう……。

「良平のいとこ達は全員、あの家は良平が相続して当然だって言ってくれてるんよね。経緯《けいい》は親から聞いているらしくて、納得してくれてる」

「は？　どういうこと？　みんなが同意してるなら、問題ないやん」

瞳はテーブルに身を乗り出した。陽子の話の意味が、全く分からない。

「そう思うやろ？　ところが！」

陽子は上を向いて大きく息を吸った。そのまま動かなくなったので、息が止まったのかと、瞳は本気で思った。

「相続人はもう一人、いるんよ。その人が同意してくれへん」

吐息《といき》と共に一気に言った。

「誰？　その人」

瞳は、恐《おそ》る恐る聞いた。

「伯母さんの旦那《だんな》さん」

「え？　相続人は、伯母さんの子ども達だけと違うん？」

「伯母さんが亡くなったのは、おばあちゃんが亡くなった後やから、子ども達と配偶者《はいぐうしゃ》やねん。伯父さんの方は奥《おく》さんも亡くなってるから、相続人は子どもらだけやけど」

「ふぅん……。その人、生きて……、いや、お元気なんやね？」

「九十二歳《さい》や！　こんなことに反対するくらいやから、元気なんやろね。まったく、何を考えてるんだか。自分の妻の実家を、何やと思うてんやろ！　ガンコじいさん一人のために、前に進まれへん」

陽子は、両手を握《にぎ》り締《し》め、瞳に、棘《とげ》のある視線を向ける。敵を見据《みす》えるように。

瞳は、胸にかすかな痛みを感じた。それが、じわじわと体中に広がっていく。

陽子との感覚の違い、違和感《いわかん》。おにぎりの味さえ、消えそうだ。

「な、そう思うやろ？」

陽子がたたみかける。

「何や、家が泣いてるような気がする」

心で呟《つぶや》いたはずなのに、声に出てしまった。陽子が目を剝《む》いた。

「ほんまにズレてるな、あんたは。そのファンタジーな頭、何とかならへん？　何、家を擬人化《ぎじんか》してんねん。これは人間の話や」

テーブルを、どんと叩《たた》く。

「その家があったから、毎日、安心して暮らせてたんやろ？　雨風から家族を守ってくれた家やん」

瞳は、ぼそりと言った。

確かに、相続登記は義務でなかったし、手続きが面倒だったかもしれない。

けれど、家に感謝する気持ちがあれば、きちんと手続きを済ますことはできたはずだ。

同意してくれない人だけが悪者なのか。

「瞳に話したのが間違いやったわ。分かるわけないもんな。もう、ええわ」

陽子は、ぷいと横を向くと、テーブルに置いてあったノートに目を留《と》めた。乱暴にめくり始める。

「毎回、同じようなことばかり書いてあるな。ちっとも進んでへん。効率、悪いこと」

「そうそう、書かなあかんことがあったんや」

瞳は姉からノートを奪《うば》って、ペンを取った。

「火災保険に加入、っと」

保険会社名を記した。

「はぁ？　空き家やで。何で、今さら保険やねん。さっさと売ったら、しまいやん！余計なお金かけたら、残るもんも残らへん」

「いや、もう、手続きしたから。周りに迷惑《めいわく》かけたら、あかんからね。保険料もそれほどでもないし。専門的なところに相談して決めたから、大丈夫《だいじょうぶ》」

「保険屋に騙《だま》されてるんと違う？」

「ちゃうわ。さ、続きを片付けよ」

瞳は立ち上がった。

その後も、二人の気が合うはずもなく、ちぐはぐな会話が続いた。

京子《きょうこ》の着物を見た陽子は、

「きれいやなぁ。これ値打ちもんやで。処分するなんて、ようそんなこと考えたな」

と瞳に批難の目を向けた。

「お姉ちゃんかて、着ないから処分してって、言うたやないの。欲《ほ》しいなら、みんな持ってて」

「だから、家がどうなるか分からんって言うてるやろが！　どこに置くんよ」

一事が万事《ばんじ》で、瞳が処分しようと思うものは陽子が反対し、残そうとすると、捨てろと言った。

お姉ちゃんの側にいたら、ストレスが溜《た》まるばかりや。

瞳の胸は爆発《ばくはつ》しそうである。

「そんなこんなで、うちは今、大変なんや。そやから、こっちの片を早くつけたいんよ。分かるやろ？」

陽子は、押《お》し入れから引っ張り出したアルバムを眺《なが》めながら言った。

「まさか、これ、捨てる気やないやろね！」

「保留にしとく。ああ、保留ばっかりや」

何をしたというわけでもないのに、夕方に実家を出た時は二人とも、ぐったりしていた。

「ああ、疲《つか》れた。家まで送って」

「はいはい」

さっさと送り届けて、一人になりたかった。

「やっぱり、あの家には住めんようになるのかな。泣きたいのは家やなくて私の方や」

高速を降りると、思いのほか道が混んでいた。瞳は車の速度を緩《ゆる》める。

カーナビの誘導《ゆうどう》のまま進むと、飲食店が建ち並ぶ道にさしかかった。

「うわー、この道、通るんか。嫌《いや》やわ」

陽子が顔を伏《ふ》せた。わけが分からない。

しばらくして、顔を上げた陽子が叫《さけ》んだ。

「ああ、もう！　見たくもないのに！」

「何よ、びっくりした」

「今、通ったやろ、偏屈《へんくつ》じいさんの店」

「え？」

「『利々屋《りりや》』や。うどん屋の」

陽子が吐《は》き捨《す》てるように言う。

バックミラーを見たが、分からなかった。運転中なので、振《ふ》り向くこともできない。

「利々屋」は、古くから地域の人々に親しまれているうどん店で、大阪本店のほかに、神戸《こうべ》にも一店舗《てんぽ》を構えていた。

とうに亡くなった創業者は、戦後、屋台から身を起こした苦労人として知られていた。職を失った若者に商売を教えて一人立ちさせたり、事情があって親と暮らせない子どもを引き取って生活したこともあるという。

地域のテレビ局の取材を受けて、来し方をユーモアたっぷりに語り、昭和五十年代にCM出演したこともあって、関西では、ちょっと有名なおじいさんだった。

瞳は、子どものころにテレビで見たことしかなかったが、インパクトが強かったので覚えている。丸くて柔和《にゅうわ》な顔をした人である。

「店の名前からして、やらしいやろ。利益の利が二つやで。欲深いのがまる分かりや！」

いや～、店の名前には、思い入れがあると聞いたことがあったような。

「まさか、伯母さんの旦那さんって」

「そやから、利々屋の二代目って言うたやろ」

「うそーっ。初めて聞いたわ！」

「今は子ども達に経営を任せてるから、隠居《いんきょ》の身や。どうせ、暇《ひま》を持て余してるんやろ」

利々屋のうどんは、コシの強さがちょうど良い。硬《かた》過ぎず、柔《やわ》らか過ぎず。瞳は、よく友達と神戸店に行った。月見うどんに、野菜サラダうどん……。うどん定食も安くてボリュームがあり人気だった。けれど、やっぱり、上品な甘みの肉うどんが最高である。

そういえば、しばらく行っていない。急に、肉うどんが食べたくなってきた。

喉《のど》がごくりと鳴りそうになったのを、咳払《せきばら》いでごまかした。

さっきの道沿いに店があるんやな。夕食にはちょっと早いけど、食べて帰ろっと。

一郎《いちろう》さんには、テイクアウトの天ぷらうどんでも買っていこう。瞳の頭の中は、利々屋のうどんで一杯《いっぱい》である。

「人情味があった先代とは、大違《おおちが》いらしいわ。面白《おもしろ》みも愛嬌《あいきょう》もないんやて」

手強《てごわ》いやろなぁ。自業自得《じごうじとく》や。

ぶつぶつ言っている陽子を自宅まで送り届けると、瞳は利々屋へ向かった。

店の駐車場《ちゅうしゃ》に車を停《と》めてエンジンを切った時、隣《となり》の車のドアが開いた。

12　同意しない人

降りてきたのは、スーツ姿の一郎《いちろう》だった。

一郎は、店の入り口へ向かっていく。後ろ姿がいつもと違《ちが》う。背筋を伸《の》ばし、歩き方も別人みたいだ。

どうしてここに？

うどんを食べるために決まっている。

けど、今朝はリビングの「仕事場」で、パソコンと睨《にら》めっこしてた。わざわざ、大阪までうどんを食べに来るか？

それに、この車は？

瞳《ひとみ》の頭は、疑問で一杯《いっぱい》になった。

人違《ちが》いかな。いやいや、あのスーツは確かにこの前、クリーニングから引き取ってきたものやし、車から降りた時に見たのは、見慣れた夫の横顔だった。間違えるはずはない。

　瞳は小走りで近づいた。声をかけようとした時、一郎が振《ふ》り向いた。

「え？　何でやねん？」

　一郎は、裏返った高い声で叫《さけ》んだ。瞳の数倍、驚《おどろ》いたようである。怪訝《けげん》な顔で瞳を見つめる。

「今、お姉《ねえ》ちゃんを送った帰り」

「お義姉《ねえ》さんは？」

「そやから、今、送ったとこ」

「一人？」

　一郎は、辺りを見回す。

「うん。あ、あのね、夕食に天ぷらを買って帰ろうかなと思って。ここの天ぷらは久しぶりやし、それに……」

　自分だけ、肉うどんを食べて帰ろうとしたなんて言えない。

「美味《おい》しいしね」

　そう言おうとしたら、

「へえ。僕《ぼく》は仕事や」

一郎はビジネスバッグを軽く持ち上げた。

「昼から出社して、得意先を三軒《げん》回るって言うたやろ」

一日中、家で仕事をする日、出社する日と、一郎の予定はまちまちだった。

今日は、陽子《ようこ》と実家に行くことで頭が一杯だったから、聞き逃《のが》したのだろう。

「え？　ここ、お得意さん？」

「そうや。カレーうどん用のスパイス系は、随分《ずいぶん》前から、うちのを使《つこ》てくれてる」

「利々屋《りりや》がお客様なんや！　そしたら、社長さんに会《お》うたことある？」

「そら、あるわ」

「今、九十歳《さい》くらいの二代目社長さんにも？」

「ああ、随分、世話になったな」

一郎は、腕時計《うでどけい》を見ると、

「時間やから」

急に他人行儀《ぎょうぎ》な顔になって歩き出した。

店の入り口には、白地に紺色《こんいろ》で「利々屋」と染《そ》め抜《ぬ》かれたのれんが掛《か》けられている。

その色合いが清々《すがすが》しかった。

「お持ち帰りもできます！　お一つから承《うけたまわ》ります」と書かれた立て看板には、笑顔《えがお》の女性のイラストが添《そ》えられている。

一郎が店に入ってしばらくしてから、瞳はガラス戸を開けた。

ふわっと、出汁《だし》の香りに包まれた。

「いらっしゃいませ」

元気な声が迎《むか》えてくれる。

一郎の姿は見えない。事務室かどこかに行ったのだろうか。

コロナ対策のため、テーブルの間隔《かんかく》が広く空けられている。カウンター席には、アクリル板の衝立《ついたて》が置かれていた。

テーブルもカウンターも丁寧《ていねい》に磨《みが》かれ、店内は隅々《すみずみ》まで清潔感が溢《あふ》れている。

数組の客が、静かにうどんを啜《すす》っていた。

持ち帰り専用のカウンターには、三人が並んでいる。

一人が会計を済ませ、商品を受け取った。

「ありがとうございました。お気をつけて」

白い三角巾《さんかくきん》を着けた従業員が、にこやかに応対した。小さな言葉一つにも、客への心《こころ》遣《づか》いが感じられる。店全体に温かさが満ちていた。親しみの持てる店だと、瞳は改めて思った。

注文した天ぷらを受け取り、瞳は外に出た。

気のせいだろうか。一郎は、どこか、よそよそしくて迷惑《めいわく》そうに見えた。

一郎は、自社製品の注文が途切《とぎ》れぬよう、定期的にお得意さんを訪ねているのか。

さり気なく、店の様子をうかがっているのかもしれない。それとも、担当者に新しい商品を勧《すす》めているのか。

そうや、一郎さんは、働く営業マンの顔をしてたんや。声なんか、かけへんかったら良かった。そっと、やり過ごしたら良かった。瞳の気持ちは沈《しず》んでいく。

その場に立《た》ち尽《つ》くしていると、一郎が店から出てきた。

さっきより、ゆったりと見えた。緊張《きんちょう》が解けたような、穏《おだ》やかな顔つきになっている。

「今から会社に戻《もど》って、車を置いたら帰るわ。七時ごろには家に着くよ。二代目社長が何やて？　桐谷清太郎《きりやせいたろう》さんのことやろ？」

「桐谷さんって言うんやね。ちょっと、聞きたいことがあって」

「そうか。帰ったらな」

不思議そうな顔もせず、社用車に身を滑《すべ》らせた。一郎が車を出した時、

「お気をつけて」

瞳は利々屋のスタッフを真似《まね》て、にこやかに見送ってみた。

家に帰り、キッチンに天ぷらの袋《ふくろ》を置いて、瞳はため息をついた。

お母《かあ》さんは、ここで天ぷらを揚《あ》げてくれたっけ。一郎さんの好きな海老《えび》とかあなごとか、筍《たけのこ》、ししとう……。

◇

もう一度、ため息をつく。

「そういえば、最近、まともな料理を作ってないな」

「最近だけやないやろ」

母がいたら、すかさず突《つ》っ込《こ》むだろう。

「忙《いそが》し過ぎるからや」

「忙しがってるだけとちゃうか」

もう、うるさいな。

瞳は、大きく首を振《ふ》って、袋から紙の箱を取り出した。天ぷらがきれいに並べられている。

メモが添えられていた。

「おうちでも、美味しく召《め》し上がれます。アルミホイルをくしゃくしゃに丸め、伸ばした上に天ぷらを置いて、オーブントースターで温めれば、ＯＫ！」

店の看板と同じイラストの女性が、瞳に笑いかけている。思わず、笑《え》みを返した。

ああ、利々屋は私の味方や。

疲《つか》れが吹《ふ》っ飛んでいく。

「私は、いつもの私で行くわ！」

それしか、ないのである。瞳は自分の頭をぽんぽんと叩《たた》いた。

それにしても、私は、桐谷清太郎さんの何を聞いて、何をしようとしているのか。

どんな人か知ったところで、陽子の家の相続問題が進展するわけやない。

そもそも、姉に協力する気など毛頭《もうとう》ないのだ。ただの好奇心《こうきしん》、野次馬根性《やじうまこんじょう》。

母ならどうするだろう。京子《きょうこ》は、子ども達の幸せをいつも願っていたから、陽子のために、何かアドバイスするなり行動を起こすなりするに違いない。

瞳は自問自答しながら、私だって以前は……、と思う。

困っている人がいたら、自分にできることはないかと考える癖《くせ》があった。手助けしたい気持ちが強かった。京子ほどではないが、結構、お節介《せっかい》なのである。

実際に、相手の役に立ったかどうかは別として、無視したり、野次馬のように傍観《ぼうかん》だけすることはなかったのに。いつから、こんな自分になってしまったんやろ。

一郎が帰ると、瞳はメモの通りに天ぷらを温めた。

一郎は、どんなものでも美味しそうに食べる。瞳は、そんな一郎が好きだ。

その食べっぷりが、「口に出さなくても、美味しいんだな」と思わせてくれるから、助かるのである。

「桐谷さんやけどな」

瞳が尋《たず》ねる前に、一郎が言った。

「経営から退《しりぞ》いた今も、時々、店に来てる」

「そうなん？」

「今日も来てたよ」

「厨房《ちゅうぼう》の中に？」

「いや、店で、うどん食べてはった」

瞳は、何組かの客がいた店内の様子を、必死で思い出そうとした。

「そぉ？　お年寄りは、いないように見えたけどな」

「ははは、お年寄りって感じでもないいんや。桐谷さんは、特に若《わ》こ見えるわ」

どこに座《すわ》っていた人だろう。

「今日は、カウンター席やった。何でも、お客さんのうどんを啜る音を聞くと幸せを感じるんやて。その音を聞きながら自分もうどんを啜ると、最高なんやて。店が好きでたまらんのやな」

「何やの、それ。よう分からん。創業者は結構、有名やったけど、その桐谷さんはそうでもないんやね」

「表に出て何か言うたりしたりは、せえへんけど、人好きで話し好きやで。知る人ぞ知るって感じの人やな」

利々屋という屋号は、「提供する方にもされる方にも利がある、つまり、店にも客にも、どちらにも利があるように」と願って、創業者が考えたという。

自分と家族にとって、店は生きていくための手段であり、お客さんにとっては、一杯のうどんが命を繋《つな》ぐこともある。

そんな考え方が、今でも利々屋には貫《つらぬ》かれている、と一郎は説明した。

「家でサラダを食べるようになったのは、昭和三十九年の東京オリンピックがきっかけらしいな」

「ふうん。昔は、お浸《ひた》しや酢《す》の物しか食べなかったのかな」

「二代目の桐谷さんは、すかさずメニューに取り入れたんや。『野菜サラダうどん』っていう冷たいうどんを出したら、たちまち人気メニューになったんやて。言ってみれば、人情の先代、アイデアの二代目ってとこかな」

「でも、偏屈《へんくつ》でガンコで、愛嬌《あいきょう》のかけらもないおじいさんなんやろ？」

「いやぁ、結構、好かれてるで」

一郎は、淀《よど》みなく話を続けた。

「スラスラ出てくるんやね、そういう話」

「まあ、二回目やしな」

言ってから、はっとしたように視線を泳がせる。

「二回目？　もしかして、最近、誰《だれ》かに同じことをしゃべったん？　お姉ちゃん？」

一郎は黙《だま》ったままだ。

陽子と話したなら、なぜ、そのことを言ってくれないのか。嫌《いや》な感じだ。

「え？　いや、お義姉さんとは違う……」

「全く別の人、私の知らん人に話したんやね」

「うーん、いや、うーん」

何を、うんうん唸《うな》っているのか。何か隠《かく》してるな。

一郎は、陽子の家の相続問題を知っているのだろうか。私は一言も話していないけど、と瞳は思う。

「良平《りょうへい》さんや」

一郎は、あっさり白状した。

「へえ」

冠婚葬祭《かんこんそうさい》で会うだけで、挨拶《あいさつ》程度の付き合いだと思っていた良平と夫が親しかったなんて、考えてもみなかった。

「知らんかったわ、良平さんと繋がってたなんて。結構、おしゃべりなんや」

冷ややかな目を向ける瞳に、

「おしゃべりやで」

一郎は、開き直ったようにニヤニヤした。

「けど、繋がってるとか、そんなんやないよ。だいぶ前に渡《わた》した名刺《めいし》の携帯《けいたい》番号を見てかけてきてくれたんやけど、初めてのことやから驚いたわ」

「親戚《しんせき》にも渡してたん、名刺！」

瞳の言葉には答えず、一郎は、

「良平さんは相続なんて、今まで考えたこともなかったって言うてた。相続人としては僕も同じや。きょうだいがいないから、トラブることもないやろうって感覚やな」

妻の陽子が実家のことでモメている時に、自分の家の登記の問題が起きた。他人事《ひとごと》ではなくなったのである。

「そうや。当事者が良平さんやったこと、すっかり忘れてたわ」

誰に相談したら良いか分からず、良平は一郎に電話をしてきたという。

「あなたに相談したって、解決なんかしないのにね。専門家でもないし」

「最終的には、相続の専門家に連絡《れんらく》するやろけど、ひとまず、信用できる誰かに聞いてもらいたくなるんかもな」

「信用できる？　あんまり知らん人やのにねえ。うちが家の相続で、すったもんだしてるから、仲間と思ったのかもね」

「その時、桐谷清太郎さんが良平さんの親戚って聞いて、驚いたよ。僕が仕事上、桐谷さんを知ってることに、良平さんもびっくりしてた。ただ一人、家を良平さんの名義にすることに同意しないって言うんやろ。分からんもんやな」

「だから、桐谷さんは業突張《ごうつくばり》ってことや」

「そんなことはないと思うけどな」

「商売用の顔と本心は違うと思うわ。引退したのに店に顔を出すなんて、執着心《しゅうちゃくしん》を感じるな。家の名義のことかて、ゴネて何ぞもらえるもんならゴネたろか、みたいな感覚なんや」

いつの間にか、陽子に同調している自分に、瞳は苦笑いするしかなかった。利々屋には好感を持ち、自分にキツく当たる姉には嫌悪感《けんお》しかなかったのに、相続となると身内びいきの感情が湧《わ》くのだろうか。

それとも、自分の知らないところで一郎と良平の話が弾《はず》んでいることを、やっかんでいるだけなのか。

どっちにしても、冴《さ》えへんなぁ、私。

「桐谷さんには権利があるんやから、業突張やろが何やろが、関係ないやろ」

至極《しごく》、尤《もっと》もな御意見《ごいけん》である。陽子の夫の家の名義のことで、一郎と語り合っていることと自体が、バカバカしくなってきた。

「それに、お義姉さんは家を売って、分けなあかんて思ってるらしいけど、良平さんが言うには、桐谷さんはそんなこと言ってないらしいで。何かしらの解決方法はあると思うわ。知らんけど」

素っ気ない言い方に、用心深さを感じる。全くの部外者なのに、一郎はどこまで知っているのか。

「関係ないと思っていた人が関係していたり、それまで上手《うま》くいってた関係にひびが入ったり、相続って何や怖《こわ》いわ。お母さんが亡《な》くなってから、私は性格が変わった気がする。疑い深くて、僻《ひが》みっぽくて、意地悪になった気がする」

「そうか？　変わってへんと思うけどなぁ」

「は？」

「相続をきっかけに元々、持ってたもんが出てきただけじゃ……」

「はあ？」

元々、疑い深くて、僻みっぽくて、意地悪な人間だってか！　この私が。

瞳の形相に気づいた一郎は、引きつった笑いを浮《う》かべた。

「相続は当たり前のことみたいに言われてるけど、有難《ありがた》いことやで。親が築いたものをいただくわけやからな」

はい。正論です。瞳はテーブルの上に散らかったままの皿やコップを、乱暴な手つきで片付け始めた。

食器を洗っていると、数年前に亡くなった一郎の父親の姿がふいに浮かんできた。小《こ》柄《がら》で、優《やさ》しい目をした人だった。

瞳達のマンションの近くのアパートに住み、勤め先が休みの日に、浜辺《はまべ》を散策するのが楽しみだと言っていた。

水生生物に詳《くわ》しい一郎の父に案内してもらい、当時、近くにあった貝類専門の博物館に行ったことがあった。著名な貝類学者が居住していた洋館である。そこには博士が世界を巡《めぐ》って収集した貝類が展示されていて、どれでも自由に触《ふ》れることができた。

一郎と瞳は、入り口に置かれたオオシャコガイに驚きの声を上げ、一郎の父の説明を聞きながら、オウムガイを撫《な》でたり、二枚貝を掌《てのひら》に乗せたりして楽しんだのである。

「ねえ、まだ、解決してないんよね？　良平さんの家の問題」

洗った食器をカゴに入れ、瞳は聞いた。

「うん、そうや」

一郎はナイターを見ながら答えた。

「その後、進展があったら教えてよ！」

「分かった、分かった。ああっ、ダブルプレーか！　やられた〜」

もう一度、一郎に念を押《お》そうと思った時、瞳のスマホが鳴った。

13　不動産営業マン

「ワイシー不動産のシカノと申します。佐々木瞳《ささきひとみ》様のお電話で間違《まちが》いないでしょうか」

若く、はつらつとした男性の声が響《ひび》く。

瞳は二日前に、不動産無料査定のサイトにアクセスしたのである。売りたい不動産の査定を、複数の会社から受けられるシステムだ。

査定サイトはいくつもある。サイトを運営している企業《きぎょう》をネットで調べ、信用できると思ったところに申し込《こ》んだ。

「三軒《げん》の優良な不動産会社に伝えたので、後ほど直接連絡《れんらく》がある」との返信があった。

希望に合う不動産会社があれば、自由に話を進めればいいし、三軒とも気に入らなければ、もちろん、断ることができる。

会社名も明記してあったが、「ワイシー」がアルファベットのYCということに、ピンと来なかった。

瞳は緊張《きんちょう》して、スマホを持ち直した。

「はい、佐々木ですが」

「このたびは、お問い合わせありがとうございました！」

嬉《うれ》しそうな、晴れやかな声である。

「査定を希望されているお宅に伺《うかが》いたいのですが、明日はご都合、いかがでしょうか」

「明日ですか」

躊躇《ちゅうちょ》したが、ぐずぐずしてはいられないと思った。午前十一時に約束をして電話を切った。

「明日、また実家に行ってくる。査定をしてもらうわ」

聞かれてもいないのに、一郎《いちろう》に報告する。

「M不動産か？」

M不動産は、知らない人はいないくらい、有名で実績のある不動産会社である。瞳達のマンションも、M不動産の仲介《ちゅうかい》で買った。

「ううん、全然、知らない会社。最終的にはM不動産にお願いするかもしれへんけど、その前に、何軒か当たってみようと思って」

「ふうん、一人で？」

「うん。話を聞くだけやし」

「分かった」

テレビから目を離《はな》さずに、一郎は言った。

翌日、瞳は約束の二時間前に実家に着くと、すべての部屋の窓やガラス戸を開けた。

どの部屋にも、捨てるか捨てないか決まっていない物が積んであって、片付いているようないないような中途半端《ちゅうとはんぱ》な状態である。

どうしてこんなに迷うのだろう。もう必要がなくなって、当然、捨てるべき物が自分をじわりと縛《しば》りつけている。

「いちいち擬人化《ぎじんか》するな」

陽子《ようこ》の声が聞こえてくるようだ。

廊下《ろうか》に置きっ放しになっている掃除機《そうじき》からコードを引っ張り出して、コンセントに繋《つな》ぐ。

スイッチを入れると、間の抜《ぬ》けた音を出した。コードが突《つ》っ張《ぱ》って抜けそうになるたびに、舌打ちして別のコンセントに差し替《か》えた。

母の鏡台の前に来ると、瞳は昨日《きのう》の陽子の話を思い出した。

私が知らないことは、たくさんある。

畳《たたみ》の目に沿って、掃除機をかけ続けた。

相続は有難《ありがた》いもの。一郎の言葉が耳について離れない。どの部屋にも、両親が築き上げたものが詰《つ》まっている。

約束の時間ちょうどに、チャイムが鳴った。急ぐことはないのに、瞳は玄関《げんかん》に走っていった。

靴箱《くつばこ》の上に立てかけたコルクボードが、薄《う》っすらと埃《ほこり》を被《かぶ》っている。貸金庫の底から見つけた兄の通知表、姉のハンカチ、自分が描《か》いた絵を、瞳が貼《は》り付けたのだ。

真司《しんじ》は、「みっともないからやめろ」と言った。陽子は、気づきもしなかった。

やっぱり、こんなのおかしいよね。

瞳がコルクボードを降ろそうとした時、裏に文字が書かれているのに気がついた。

角ばった字。筆圧の強さ。この筆跡《ひっせき》に見覚えがある。黒いマジックで勢いよく書いたのは、真司に間違いない。

「自身に集中せよ」

一瞬《いっしゅん》、目が釘付《くぎづ》けになった。

あの日、と瞳は考えた。これを置いた時には、確かに何も書かれていなかった。私が帰ってから書いたんやな。

何やの、これ。「集中せよ」って、命令形やないの。誰《だれ》に言うてるん。

もう一度、チャイムが鳴った。

コルクボードを降ろし、靴箱の横に立てかけてから、瞳は玄関を開けた。

スーツをキツそうに着た、角刈《かくが》りの若い男性がにこにこしながら、

「初めまして！　ＹＣ不動産の鹿野《しかの》と申します。車は前に停《と》めても大丈夫《だいじょうぶ》でしょうか」

腰《こし》を屈《かが》めて、瞳を見つめた。

門の前に、会社名のロゴが入ったピンク色の軽自動車が置かれていた。

「いいお家《うち》ですね。広いし、とても良い物件やと思います」

玄関脇《わき》の和室に案内すると、鹿野は名刺《めいし》を差し出して挨拶《あいさつ》をした後、

「全体を拝見してもよろしいでしょうか」

人懐《ひとなつ》こい笑顔《えがお》を見せた。

瞳の後について、天井《てんじょう》を見たり柱に近づいて見たり、台所を一瞥《いちべつ》した後、二階を一通り見て回った。

和室に戻《もど》ると、鹿野はファイルを広げ、

「きれいに使われていますね」

もう一度、家を誉《ほ》めた。

真司は、ここは不便な田舎《いなか》だし、築年数も五十年だから、大した金額では売れないだろう、一千万円くらいで売れたら良い方だと言っていた。

それでも、何とか売却《ばいきやく》して分けなければならない。少しでも高く売りたいのは、きょうだいの共通の気持ちである。

話しやすい雰囲気《ふんいき》なので、瞳は聞いてみた。

「ネットで、このへんの不動産情報を見ているんですけど、うちと同じくらいの広さの中古住宅でも、価格の幅《はば》が広いですね。どうしてですか？」

鹿野は大きく頷《うなず》いた。

「はい。もちろん、それなりの理由があるんですよ。築年数や広さだけでなく、水道管が余所《よそ》の土地を通っていたり、土地の形に難があったりすると、価格を低く抑《おさ》えざるを得ないこともあります」

気さくに答えながら、

「このお宅は、そういった問題はないようですし、実際、当社のお客様で、この辺りで購入《こうにゆう》を希望されている方もいらっしゃいますから、心配いりませんよ！」

すぐにでも売れそうな口ぶりである。仕草やしゃべり方が、最近、「M-1グランプリ」を取ったお笑いタレントに似ていた。年齢《ねんれい》は三十代半ばくらいだろうか。

「ところで、確認《かくにん》なんですが、こちらの土地、建物のご名義人は佐々木様でしょうか」

名義人？　首筋がひやりとした。この家、まだお母《かあ》さんの名義やった！

これじゃ、売れへんやないの。アホやな。お姉《ねえ》ちゃんの家の名義を、どやこや言うてる場合とちゃうわ。

「あの、いえ、まだ……」

「相続されるのですか？　当社は相続に詳《くわ》しい司法書士と提携《ていけい》していますから、手続きもお手伝いできますよ」

今日、初めて会った不動産会社の営業マンに、どこまで話していいのやろ。あくまでも、無料査定を頼《たの》んだだけやんか。肝心《かんじん》の査定を聞くだけでええんや。

「相続の途中《とちゅう》でも、売買の話を進めることはできますよ」

積極的である。やる気が漲《みなぎ》っている。

「そうですか。でも、今日は査定だけで」

「分かりました」

鹿野はファイルを手に取り、周辺の住宅地図、過去に災害があったかどうかなどの資料を出して、説明した。

「隣《となり》の〇〇町の新築戸建てが、三千五百万円前後で売り出されています。中古物件ですと、こちらの近くで、三〇坪《つぼ》の土地付き戸建てで千五百万円で出ています。あくまでも、売り主の希望ですから、この通りになるとは限りませんが。こちらは七〇坪と広いですし、環境《かんきょう》も良い住宅地ですので、大体、これくらいで」

自信ありげに書類をめくった。二千万円という数字が書き込まれている。

「そうですか」

思ったより随分《ずいぶん》、高い金額だったが、名義変更《へんこう》のことが気になって、後は何も言えない。

鹿野が瞳の言葉を待っているので、

「分かりました。また、連絡します」

やっと、それだけ言った。

鹿野は自社について、「地域密着型で姫路《ひめじ》から神戸《こうべ》にかけてのエリアの情報はどこよりも豊富」「フットワークが軽い」と滑《なめ》らかな口調でPRし、帰って行った。

玄関に立ったまま、スマホで家の名義変更の方法を調べていると、電話着信の曲が流れた。

「スジシプランニングと申します」

「はい？」

「査定のお問い合わせをいただきました、筋士《すじし》プランニングです。急で申し訳ありませんが、今、近くに来ておりますので、寄らせていただいてもいいでしょうか」

落ち着いた男性の声である。時間が節約できてちょうど良い。

「そうですか。では、お待ちしています」

しばらくすると、二人連れの男性が訪《おとず》れた。白いポロシャツの上にジャケットを着た若い男性と、レンズに薄《うす》い色のついた眼鏡《めがね》をかけた、恰幅《かっぷく》の良い中年男性である。

白ポロシャツは、まだ仕事に慣れていないのか、名刺の出し方がぎこちなかった。

薄色《うすいろ》眼鏡が、会社の紹介《しょうかい》をした。大規模リフォームでも、名が知られているそうだ。

瞳は家の中を一通り案内した後、二人を一階の和室に通した。白ポロシャツが書類を見ながら電卓《でんたく》をポチポチと操作して、

「公示地価を参考にした査定です」

と言い、瞳に見せた。九百八十万円だった。

鹿野の査定と、かなり違《ちが》う。

外を見ていた薄色眼鏡が、黙《だま》り込んでいる瞳の方へ向き直った。

「奥《おく》さん、ここは徒歩圏《けん》ではなく、駅からバスですよ。家は古くてほぼ、価値がありません。裏も空き家でしょう？　現実を見てください。千五百万とか二千万の査定を出す

ところは、間違いなくインチキですからね」

自信ありげな言い方で、威圧感《いあつ》があった。白ポロシャツの方は、神妙《しんみょう》な顔つきで指示を待っている。

見ようによっては、強面《こわもて》男と子分である。

手入れのされていない庭から、雑草の匂《にお》いのする風が吹《ふ》き込んだ。

薄色眼鏡は身震《みぶる》いして鼻を押《お》さえ、くしゃみを一つした。

「分かりました」

瞳は表情を変えずに言った。庭の色褪《いろあ》せた草が揺《ゆ》れた。

「売らずにリフォームをして、貸し出す方法もありますよ」

白ポロシャツが言った。

「今は、そのつもりはありません。査定、ありがとうございました」

瞳の言葉に、二人は顔を見合わせる。

「当社は、ですね」

薄色眼鏡が咳払《せきばら》いをして、不自然な笑顔を見せた。

「不用品の回収業者と提携しているんです。業者を使えば、片付けなんて一発で済みますよ。それから、今、仲介手数料の割引キャンペーンも行っています。こういった経費は、ばかになりませんのでね。お客様にはとても喜ばれています」

早口で言い、眼鏡を外して、またかけた。意外と小さな目が瞬《まばた》きを繰《く》り返している。沈黙《ちんもく》が垂れこめ、気まずい雰囲気になった。瞳は、胸の鼓動《こどう》が速くなるのを感じて、落ち着かない。

「自身に集中せよ」

真司が冷ややかな視線を注ぎ、そう言っている気がした。

「聞きたいことがあったら、連絡します」

瞳は頭を下げた。

二人は小さく頷き合い、帰って行った。

玄関の内側から鍵《かぎ》をかけて、持っていたスマホに目をやると、メールの着信があった。送信者は、エル不動産となっている。

査定の件で伺いたいが、都合のよい日時を返信してほしい、という内容だった。

いや〜、もうええわ。

こんなことで気疲《きづか》れしている自分を、「軟弱者《なんじゃく》！」と、ののしりたいくらいだ。初めて会った人と、これまで経験したことのない会話をした。ただそれだけなのに、この疲《ひ》労《ろう》感は何だろう。

二社の言うことがあまりにも違う。

鹿野は周辺の情報を示して説明し、家屋も丁寧《ていねい》に見てくれた。結構、経験を積んでいるようだ。頼《たよ》りになるかも。けど、ちょっと調子が良すぎないか？

無料査定サイトで紹介された不動産会社については、会社のホームページを確認していたが、瞳は改めて、スマホに保存していたＹＣ不動産の企業情報を開いた。

社長を始め、十五名のスタッフが顔写真入りで紹介されている。

鹿野遊《ゆう》　二十七歳《さい》。コメント欄《らん》を見る。

「転職して三年目です。早く一人前になるため、毎日、勉強しています。フットワークと情熱は誰にも負けません」

二十七歳？　転職？　まだ勉強中？　うっそー。とても、そうは見えへんわ。

社長は四十二歳だ。大手不動産会社で経験を積んだ後、十年前に独立したとある。

大丈夫やろか。Ｍ不動産の大きなビルが頭に浮《う》かぶ。

◇

瞳は一郎と結婚《けっこん》する前、義父となる人に挨拶をするため、夙川《しゅくがわ》の河口近くにあった一郎の住まいを訪れた。

一郎は中学生の時に母親を亡《な》くし、父子で集合住宅に暮らしていた。室内は居心地《いごこち》よさそうに整い、義父の好きな水生生物の写真が、壁《かべ》いっぱいに貼《は》られていた。

春には桜が咲《さ》き、冬になると渡《わた》り鳥が訪れる。それでいて、交通の便利なこの地を瞳はすぐに気に入り、この辺りに長く暮らせる住まいを持ちたいと思った。

戸建ては、金額的にとても手が届かない。中古マンションでも、一郎と瞳の預金や収入を考えると、かなり難しかった。

けれど、この地を訪れるたびに瞳の気持ちは強くなり、一郎も一人暮らしになる父親の近くで暮らせれば安心だと思うようになったのである。

近くにM不動産の営業所があったので、二人は何度も足を運んで、物件を探した。

仲介した担当者は、手慣れた様子で話を進めた。落ち着いていてそつがなく、高額の物件を何軒も扱《あつか》っている雰囲気がにじみ出ていて、瞳は圧倒《あっとう》される思いだった。

今回もM不動産に相談すれば、手際《てぎわ》良く、買い手を探してくれるかもしれない。

M不動産の営業所は、全国にあるが瞳の実家のまちにはなかった。

田舎の物件は、規模は小さくても地域を知り、細かい情報を持っている不動産会社の方が得意なのではないか。それに……、と瞳は考えた。M不動産の人は、礼儀《れいぎ》正《ただ》しかったが、どことなく話しにくかった。

取り敢《あ》えず、一息つこう。

瞳は、持ってきたバッグの中をまさぐって缶《かん》コーヒーを出し、縁側《えんがわ》に座《すわ》り込んだ。

プルタブを引こうとした時、

「瞳ちゃん、この家、もう売るんかいな。ほんまのお別れやな」

呟《つぶや》く声が聞こえた。垣根越《かきねご》しに、隣に住む須賀《すが》さんのおばさんと、お嫁《よめ》さんの茜《あかね》さんが並んで立っている。茜さんはティッシュの箱を抱《かか》えていた。

「売るって、どうして……」

「昨日、近くに不動産屋のピンク色の自動車が停まってて、家の周りをお兄《にい》ちゃんが歩き回ってたんや。それだけやねんけど」

おばさんは、茜さんをちらりと見た。

鹿野は、今日初めて来たのではなかったのか。査定のことを近所の人にしゃべったのか。

「裏も空き家やし、商売の下見にでも来てるんやろね。お義母《かあ》さんたら、誰にでもすぐ話しかけるから、お兄さんにも『売るんかいな、誰が買うんや』なんて、根掘《ほ》り葉掘り聞くんですよ」

茜さんは肩《かた》をすくめる。

「その人は何て？」

「このへんが担当地域やから見て回ってるって。それしか言わないんです」

「そやから、頼んどいたんよ」

おばさんが真顔で瞳を見た。

「売るなら、ええ人にしてや、って。枝川《えがわ》さんみたいに親切で優《やさ》しい人に売ってくれな困るで、ってね」

「枝川さんて誰ですねん、って話やね」

茜さんが、おどけて言った。

「それにしてもなぁ、あんたらきょうだい三人の誰かが、この家を継《つ》いで住んでくれたら、お父《とう》さんもお母さんも、嬉しいやろになぁ。もったいないなぁ、誰も住まへんの？」

胃がきゅっと縮んだ気がした。軽く受け流そうと、瞳は言葉を探した。

その時、庭が、須賀さんの二人が、周りの風景が、ぐるぐる回り始めた。大勢の声が響《ひび》き渡《わた》った。父、母、まだ小学生だったきょうだい、祖母、親戚《しんせき》、近所の人々が、瞳の耳の中で一斉《いっせい》にしゃべり始めたのだ。

トンネルの中にいるようだった。反響《はんきょう》した声は、最後に大きな笑い声になって弾《はじ》けた。

「瞳さん、大丈夫ですか？　瞳さん！」

茜さんの声がする。目の前がはっきりした。

縁側の木目が目に入った。引っ越《こ》してきた日に、私はここから転げ落ちたんや、と瞳はぼんやり思った。

「余計なこと言うて、堪忍《かんにん》な。寂《さび》しなってしもて、つい」

おばさんは済まなさそうに手を合わせた。

「いえ、尤《もっと》もなことです。けど、まだ何も決まっていなくて」

瞳は、縁側の近くに放置されていた、つっかけを履《は》いて庭に出た。

「ところでおばさん、前に言うてたでしょう。私の父が優しいから、母が苦労したって。どういうことか、教えてもらえませんか？」

「そんなこと、言うたかな？　あ、ああ、言うたわな」

困ったように、ちょっと首を傾《かし》げてから、

「お父さんとお母さんは、最後まで仲が良かったから、苦労っていうのは言い過ぎやったな。けど、枝川さんとはお互《たが》い、愚痴《ぐち》を言い合《お》うて発散しとったからな。何でも言うてきてん」

いつもの人好きのする顔に戻った。

「例えばやな、瞳ちゃんのおばあさんが、途中から一緒《いっしょ》に住んだやろ？　お父さんのお母ちゃんや」

須賀さんは声をひそめる。

「おばあさんは、お父さんの兄さん、長男さんのとこで同居してたんやけど、何や、いさかいでもあったんかな、そら、いろいろあるわな、一緒に住んどったらな。そんで、ある時、家を出て、ここに来たんよ。

そしたら、瞳ちゃんのお父さんが『そんなら、うちに来たらええ』って、京子さんに相談もなしに決めてしもてなぁ」

声が大きくなって、なぜか楽しそうである。

「長男さんと嫂《あによめ》さんは怒《おこ》るし、京子さんは気苦労の上に板挟《いたばさ》みや。それだけやないで。お父さんの姉さん、京子さんの小姑《こじゅうと》やな、その人が、おばあちゃんのことが心配やって、しょっちゅう来るようになってな。おばあさんの部屋に入り浸《びた》り。そのうち、泊《と》まっていくようになったから、さあ、大変や」

「お義母さん！」

茜さんが肘《ひじ》でつついたが、

「そやかて、瞳ちゃんが何や誤解したら困るやろ。こっちにも、言うた責任があるしな」

おばさんは、構わずに続ける。

「ほれ、瞳ちゃんが中学生やったかな、高校生やったかな、おばあさんに懐《なつ》いて、学校から帰ったら真っ先におばあさんの部屋に行って、おやつを食べたりおしゃべりしたりしたんやろ。おばあさんの部屋は満員やな。それで、小姑も来んようになってな」

思い出し笑いをしながら、

「京子さんは、瞳ちゃんに助けられたって言うてはったわ」

力強く言った。

「お義母さん、もうええやろ」

茜さんはおばさんに言ってから、瞳に、

「空き地だったところにドラッグストアが開店したんです。マスクも消毒液もありますよ。これは、開店セールで半額」

ティッシュの箱を見せた。

「そう！　帰りに寄ってみます」

「京子さんから聞いた話は、ほかにもあるんやけどな、自治会のお金のこととか。みんな解決してるから、気にすることはないで。そやけど、瞳ちゃんのお父さんは困ってる人を放っておけないんやな。気前よくお金を貸して、返ってけえへんことも、ようあったらしいわ。京子さんも世話好きやったけど、でけへんもんはでけへんて、ハッキリ断ってはったわ。お父さんの方は、よう断らんのやな」

須賀さんのおばさんは、まだ話し足りないようだったが、茜さんに促《うなが》されて帰った。

あぐらをかいて庭を見ている父が、すぐそこにいそうな気がした。

真剣《しんけん》な面持《おもも》ちで相手の話をじっと聞き、

「大丈夫、力になったるわ」

と破顔一笑《はがんいっしょう》する父。そんな場面を、よく見たような気がする。

お父さんもお母さんも、人が好《い》いというかお節介《せっかい》というか、相談に乗っては自分のことみたいに悩《なや》んだり、動いたりしてたな。

けど、優しさは、かえって人を困らせたり、傷つけたりすることもある。

両親を懐かしく思い出しながら、瞳の頭は、相続登記のことで一杯《いっぱい》である。

一旦《いったん》、自分の名義にして、売れたらお金を分ければいいのか。それとも、きょうだい三人の共同名義にすべきなのか。

検索《けんさく》してみると、書類さえ揃《そろ》えば手続きはそれほど難しくないように思えた。

けれど、「自分で登記をする場合、登記漏《も》れが生じることがあるので、司法書士に任せるのが無難」とある。

司法書士。全くもって、縁がない。

真司と陽子に相談するしかない、と瞳は思い直した。

もう一つ、気になることがあった。

鹿野である。まだ、仲介を頼んだわけでもないのに、実家の周りをうろつかれたり、近所の人にペラペラしゃべられては困るのだ。

不動産屋の「お兄さん」が鹿野とは断定できないが、限りなく近いと思った。

おしゃべりなのは須賀さんのおばさんの方で、「お兄さん」は何も言わなかった、と茜さんは言っていたが。

一度、注意しておきたい。YC不動産がどんな会社なのかも、自分の目で確かめよう。

ナビを入れて車を走らせた。二十分ほどで、広い幹線道路に出た。洋服の量販《りょうはん》店や飲食店が、ぽつんぽつんと建つ道沿いに、YC不動産のカラフルなのぼり旗がはためいているのが見えた。

二階建てのビルに、社名を示す看板が掲《かか》げられている。外に置かれた観葉植物の鉢《はち》、白い窓枠《まどわく》にグリーンのサンシェード。不動産物件の広告が貼られていなければ、カフェと間違えそうだ。

駐車場《ちゅうしゃ》の案内板に沿って車を停め、瞳は建物の中に入った。

若い女性がパソコンから顔を上げた。

「佐々木と申します。鹿野さん、いらっしゃいますか？　通りかかったので、寄っただけなんですけど」

「ご来店、ありがとうございます」

女性は微笑《ほほえ》みながら、携帯《けいたい》電話で鹿野を呼び出した。

すぐに、ドタドタと階段を下りる音がして、鹿野が満面の笑《え》みで現れた。

「佐々木さん！　来てくれはったんですか。嬉しいなぁ。お飲み物は何にされますか」

そんなに喜ばれても困るわ。注意しておきたいことがあるだけやねんから。

鹿野が差し出したメニュー表には、コーヒー、紅茶、緑茶、アップルジュースと書かれていた。

いや、ゆっくりするつもりはないし、と思いつつ、瞳はコーヒーを頼んでいた。鹿野は奥に行ってコーヒーを淹《い》れて戻ると、テーブルに置いたファイルを開いた。

「お名前はお見せできませんが、佐々木さんのお家の周辺で、購入を希望されていらっしゃる方々です」

書類をめくって見せる。

「でも、うちみたいに、かなり築年数が経《た》っている家って価値がないんですってね」

瞳は、筋士プランニングの話を思い出して言った。

「築二十二年で価値がゼロになるっていう話ですか？　それは税法上のことですから、実際の建物の寿命《じゅみょう》とは別ですよ」

鹿野は、室内を見回した。

「当社も、古くからあった喫茶店《きっさ》を改装して使っていますが、何の問題もありません」

奥の給湯スペースも接客コーナーも、元々使われていたものを生かしていると言う。部屋の一角には絵本が置かれていて、子連れの客への配慮《はいりょ》が感じられた。

「売却希望のお客様は、急いで売りたい方と、急がずに高く売りたい方がいらっしゃいます。佐々木さんはどちらですか？」

「それは、もちろん、高い方が。でも、早く売りたいし。だけど……」

早くも、鹿野のペースに乗せられそうである。

その前に、やるべきことがあるのだ。

「あ、ご相続の件がおありでしたね？」

そうそう。兄と姉に早く言わないと。仲介を頼んでもいない不動産会社に、相続登記の相談をする気はない。今、ここで司法書士を紹介されても困る。

「県の司法書士会で、無料相談会を開いていますから、聞いてみはっては？」

「え？　そう？　ありがとうございます」

その情報は有難かった。この際、知りたいことは聞いてみよう。

「今、不動産の流れって、コロナの影響《えいきょう》で滞《とどこお》っているんでしょうね」

「コロナの影響は今のところ、あまりないんですよ。むしろ、リモートワークができるようになって、今まで不人気だったところに人気が出てきたりしています」

二階から、スーツを着た男性が降りてきて、瞳に会釈《えしゃく》すると出入り口に向かった。

「いってらっしゃい」

先ほどの女性が、明るく声をかける。

「最近、郵便受けにチラシが入らないけど」

「そうですね、あっという間にネットが主流になりましたね。当社も、ポータルサイトやSNSを最大限に活用しています」

「世の中、どんどん変わるものね」

「変化は早いですね。僕《ぼく》らも勉強して頑張《がんば》らな、追いつきまへんわ。いやいや、先取りするくらいでないと」

首を振《ふ》って、背筋を伸《の》ばした。

その時、鹿野のスマホに着信があったが、

「後ほど、かけ直します」

小声で対応して切った。

「うちは、地域の細かい情報を大事にしています。街の不動産屋だからこそ、小回りが利《き》くんです」

「情報収集は大切やけど、近所の人に、うちのことをしゃべったりせんとってね」

鹿野は、目をぱちくりさせた。

「もちろんです！　決して、お客様にご迷惑《めいわく》をおかけするようなことは致《いた》しません」

真剣な顔で、真っすぐに瞳を見つめる。

「分かりました。コーヒー、ご馳走様《ちそうさま》」

瞳が席を立つと、

「また、連絡させていただきます。ご来店、ありがとうございました！」

鹿野は、目をキラキラさせて瞳を見送った。活気のある会社だと瞳は思った。

◇

その夜、瞳は真司の自宅に電話をかけた。小夜子《さよこ》が出た。真司は退院していたが、今日はもう寝《ね》たという。

瞳は小夜子に、相続登記のことを話した。

「売って、お金を分けるって決まってるんだし、瞳ちゃんは遺言執行者《ゆいごんしっこうしゃ》なんだから、あなたの名義にして問題ないと思うわ。私は部外者だから、言う権利はないけどね」

小夜子は、滑らかな口調で言った。

「多分、シンちゃんも、そう言うんじゃない？　明日、聞いておくわね。じゃあ」

「お義姉《ねえ》さん、それからね！」

電話を切られそうになったので、瞳は慌《あわ》てた。不動産会社についても、聞いてもらいたかったのだ。二軒の会社の説明をしてから、鹿野のことを話した。

「あら、良さそうじゃないの」

「でもね、二十七歳で、不動産会社に転職して、まだ三年目なんですって」

「だから何？　不動産の取引って経験も大事だけど、随分、変わってきてるらしいわよ。今は、あえて中途《ちゅうと》採用に未経験者だけを募集《ぼしゅう》する会社もあるんだって。仕事をゼロから学んで、新しい状況《じょうきょう》に対応できる人が欲《ほ》しいのよ。この時代、お客さんのニーズに対応する力は、案外、若い人の方が優《すぐ》れてるんじゃないかって、私は思うけど」

「お義姉さんは何でも知ってるんですね。私、自信がなくて、迷ってばかりなんです」

口をついて出た自分の言葉に、瞳は驚《おどろ》いた。誰にも言いたくないことだった。

小夜子は一瞬、黙《だま》った。

「家の売り買いなんて、一生に何度もあるわけじゃないもの。誰だって、自信なんかないわよ。瞳ちゃんだけに押しつけて、悪いと思ってるのよ、シンちゃんも私も。あ、私は関係ないか」

ふふっと笑ってから、小夜子は続けた。

「私達って、考えたことがすぐ口に出ちゃうから、感じ悪くて相談しにくいかな？　お義母さんにも嫌《いや》な思いをさせたと思うし」

瞳は面食らった。

「お母さん？」

「例えばね、時々、シンちゃんに頼まれて、ちょっとした用事でお義父《とう》さんに電話をしたことがあったんだけど、電話に出たお義母さんに、いきなり『お義父さんと代わってください』なんて言っちゃってね。お義母さんにも一言、用事を伝えれば良いものを」

なんや、そんなことか。

「気にしてないと思いますよ、母は」

「でも、お義父さんは話が長いから」

そうやった。お父さんは話し好きで、特に相手が女性だと、ウケを狙《ねら》ってしょうもない話を延々と続けるんやった。

小夜子さんたら、そんなことを気にしてたんや。笑いが込み上げてくる。

「シンちゃんも、瞳ちゃんに協力したいと思ってるのよ。口には出さないけどね」

肩のあたりが、ふっと楽になった。

「確かに、情報がものを言う世界かもね。営業マンが頭や足や、新しいシステムなんかを使って得た情報は貴重よ。それを教えてもらえるなら、ラッキーじゃない？」

その情報を活用できる自分か？　不安は消えない。

「相談したいことがあれば、遠慮《えんりょ》しないで言ってちょうだい。シンちゃんに伝えるから」

小夜子は、不動産会社と媒介契約《ばいかいけいやく》を結んでも希望通りに売却できなければ、契約有効期限の三か月後にまた考えれば良い、と言った。

そういえば、病院でお兄ちゃんに会った時、媒介契約のことを教えてもらったんやった。

瞳は納得《なっとく》して電話を切った。

陽子に電話をすると、

「小夜子さんが言うなら、それでええわ。どうせ、兄さんと同じ意見やねんから」

面倒《めんどう》くさそうに言い、

「家の片付けは、きっちりやってや。大事なものを捨てたりせんとってな」

と、付け加えるのを忘れなかった。

あの日、真司夫婦《ふうふ》が実家を片付けに来た日、瞳は小夜子に違和感《いわかん》を覚えた。小夜子が一番、手際良かったからではないか。

この家は私達きょうだいだけのもの。他人に勝手な真似《まね》はさせない。そう、思い知らせたかったんや。子どもじみた真似をしたもんやなぁ。コルクボードにあんなものを貼り付けるなんて。

陽子でさえ、「小夜子さんの言う通りでいい」などと言い出したのである。

今の瞳にとって、小夜子は、なくてはならない存在になってしまった。瞳は認めるしかない。

14　新発想の空き家村

二〇二一年十一月、新型コロナウイルスの感染状況《かんせんじょうきょう》がこれまでで最も低い水準になり、十二月には、感染対策を徹底《てってい》した上で大型イベントが再開されるなど、コロナ前の生活に戻《もど》りつつあった。

ところが、翌年の二〇二二年一月、新型コロナウイルスの変異種、オミクロン株が急拡大し、各地に「まん延防止等重点措置《そち》」が適用されたのである。

和江《かずえ》からLINE《ライン》があったのは、「まん延防止」が解除された後の四月のことだった。

「元気？　私は一歩前進やで」

「何か良いことあったん？」と返信しかけた時、リズミカルな曲が流れた。

「もしもし」

「瞳《ひとみ》ちゃん？　家のこと、進展あった？　今度来た時、会えへん？」

和江の誘《さそ》いはいつも、突然《とつぜん》である。

その後、実家の売却《ばいきゃく》の件で行き詰《づ》まっていた瞳は、他愛《たあい》のないおしゃべりをして気分転換《てんかん》したいと思った。

「うん、会おう、会おう」

翌週、二人は実家のまちにあるレストランで待ち合わせた。落ち着いた雰囲気《ふんいき》の店で、もち麦麺《めん》のメニューが揃《そろ》っている。

「定食にするわ」

和江は即座《そくざ》に決めた。温かいもち麦麺に、魚のフライと酢《す》の物がセットになっている。

瞳はもち麦麺を使った、クリームパスタを注文した。

この地域では古くから、もち麦が栽培《さいばい》されてきた。食生活の変化とともに衰退《すいたい》してしまったが、昭和六十年代に再び栽培されるようになり、加工食品などの研究を重ねて、「まちの特産品」として復活したのである。

料理が運ばれてくると、二人はしばらく黙《だま》って味わった。

和江が、マスクを顎《あご》から口元にずらした。

「家のこと、進展はあったん？」

瞳もマスクを付け、県の司法書士会に相談しながら相続登記を済ませたことや、ＹＣ不動産と媒介契約《ばいかいけいやく》を結んだことを話した。

「和《かず》ちゃんの方は？」

「うん。私ね、空き家の絵を描《か》いてるうちに、もったいないなぁ、この空き家、活用でけへんやろかって思うようになったんよね」

「活用できたら、大方の空き家問題は解決するよね」

「そやろ。放置されてる空き家の持ち主は、『いつか考えよう、いつか動こう』って思いながら、先送りしてるんや」

和江の家に遊びに行った時に見せてもらった、スケッチブックを思い出した。これでもか、という数の空き家がページをめくるごとに現れたのだ。

「先送りしてたら大変なことになりますよ、こういう方法もありますよ、って後押《あとお》ししてあげたくなったんよ」

「和ちゃんは、空き家に詳《くわ》しいもんね」

「まあ、お節介《せっかい》やけどね。調べたら、空き家の相談や活用を手がけている会社や団体は、結構あるんよ。そういうところは講座も開催《かいさい》してる。試《ため》しに一つ、参加してみた」

和江はマスクを外して、酢の物をさくさくと食べた。

「どやった？」

和江の行動力に驚《おどろ》きながら、瞳は尋《たず》ねた。

「うん。空き家の統計から問題点、相続や税金とかいろいろ勉強して、最後に試験を受けて、認定証《にんていしょう》をもらったわ」

「資格、取ったん？　すごいね」

「資格とはちゃうねん。民間団体の認定《にんてい》やね。継続《けいぞく》して勉強しながら、空き家の所有者の悩《なや》みを聞いて、コンサルタントや専門家が揃ってる、その団体に繋《つな》げるのが役目やねん」

「和ちゃんは、空き家の持ち主をいっぱい知ってるから、ぴったりやわ」

「うーん、思ったほど、上手《うま》いこと進まへんけどね。それぞれ、事情があるし。少しでもお手伝いができたら、ええねんけど」

「思ったことを行動に移すって、偉《えら》いわ」

平日のせいか、窓際《まどぎわ》のテーブルを囲んでいる中年女性のグループ以外に、客はいない。

「私ね、このまちが大好きやねん」

大きなガラス窓の向こうを見ながら、和江は言った。

「歴史があって、人も優《やさ》しいもんね。分かるわ、私の故郷やし」

心が痛み、瞳の声は小さくなる。

まちには日本民俗《みんぞく》学の祖として知られる人物の生家があり、その近くに整備されている公園では、彼《かれ》の著作に登場する妖怪《ようかい》達が、それぞれの持ち場で来訪者を待っていた。

コロナ禍《か》が過ぎ去れば、また観光客や家族連れで賑《にぎ》わうに違《ちが》いない。

「じっくり家のことを考える時間ができたんとちゃうかな、ステイホームなんかの間に。必要なのは便利さか？　環境《かんきょう》か？　とかね。建設会社が調査してる『街の幸福度ランキング』あるやろ。兵庫県版で、このまちは十位以内に入ってるんよ！」

鹿野《しかの》の顔がちらついた。何かのきっかけで、状況は急速に変わるのだ。

「そうそう、空き家の勉強をしてたら仲間が増えてね、いろんな空き家情報を教えてもらえるんよ。ほんまに、めちゃ面白《おもしろ》いところがあんねん。今度、一緒《いっしょ》に行こ！」

和江の話は、あちこちに飛ぶのである。

和江が「面白い」と思うことが瞳にとっても面白いとは限らない。

今は空き家の絵を描いているが、中学生のころは「捨てられたゴミに興味を惹《ひ》かれる」と言ってくず箱の中身の絵ばかり描いていた。瞳には正直、よく分からなかった。

「面白い空き家なんてほんまにあるん？　ピンとこないわ」

「感じ方の違いかな」

「和ちゃんみたいな感性の持ち主を芸術家って言うんやろね。私みたいな凡人《ぼんじん》と違って」

「一緒に美術部で楽しくやったやん」

「私は得意なことが何もなくて、ほかに入る部活がなかっただけや。けど、お絵描きくらいはできたし好きやったからね」

「好きならOKや」

和江はお茶をごくんと飲むと、

「十年以上放置されてる空き家が八軒《けん》も九軒も並んでるところがあったらどう思う？」

悪戯《いたずら》っぽい目で瞳を覗《のぞ》き込《こ》んだ。

「困るに決まってるわ」

ぼそっと言った。我ながら凡人の答えだと思ったが、ほかに言いようがない。

「そやろ。けど、それを面白いって感じる人がおるんや。ボロボロの建物も広い面積に空き家が何軒も建ってることも、ただ面白いと思ったのがきっかけで、家を順番に買い取ったんやて。一軒一軒、直してはる。住んだり、アートを制作して発表したり、遊んだりできる村になったら面白いやろって」

「和ちゃん、もう見てきたわけ？」

「空き家講座で知り合った人にそのことを聞いた瞬間《しゅんかん》、『連れていってください』って言ってしもた」

そこは田舎《いなか》だろうか。小高い山の麓《ふもと》にある空き家の集落が目に浮《う》かんだ。案外、街なかかもしれない。近くにコンビニがあったりするところ。瞳はぼんやりと想像した。

「この近く？」

「神戸《こうべ》市兵庫区の山側の方。平清盛《たいらのきよもり》が福原京《ふくはらきょう》を築いた辺りで歴史のあるところや。梅《うめ》元町《もとまち》っていう地名やから、村の名前は『バイソン（梅村）』にしたんやて」

和江はいつも持ち歩いているノートサイズのスケッチブックを開いて見せた。

「村」の風景が何枚も描かれていた。人物のスケッチもあった。

「この人が組長」

「組長……？」

ページをめくると名刺《めいし》が貼《は》ってあった。

最初に目に付いたのは「合同会社廃屋《はいおく》」のロゴだった。その下に象形《しょうけい》文字のようなもの、その下に「ニシムラグミ」とある。

「会社名、インパクトあるわ。廃屋って」

裏返すと、組長／一級建築士／宅地建物取引士と印刷されていた。

「西村周治《にしむらしゅうじ》さんっていうんやね」

「組長はね、『ある人にとって負債《ふさい》としか言えない廃屋でも別の誰《だれ》かのお宝になり得る』って言うてはったわ。誰からも必要とされていない、金銭的な価値もない、そんなものを愛《め》でて育《はぐく》んでいきたいって」

誰からも必要とされていない……。

和江から聞く「組長」の言葉は胸に沁《し》みた。なぜか心が揺《ゆ》さぶられた。

◇

この三か月間のことを瞳は思い起こした。媒介契約を結んだYC不動産の鹿野は、にこやかな顔でこう言ったのだ。

「実は、一年前から、佐々木さんのご実家周辺で家と土地を探しているお客様がいらっしゃるんです。物件が出るたびに紹介《しょうかい》していましたが、希望にぴったりのところがなくて」

三人の子どもがいる若い夫婦《ふうふ》で、もうすぐ四人目が生まれるという。

「佐々木《ささき》さんの家は、場所も広さも二千万円という予算もドンピシャなんです！　その方の喜ばれる顔が目に浮かびますよ」

すぐに、現地を外から見てもらう約束ができたと連絡《れんらく》が入った。

早く決まりそうだ。片付けを急がなければ。不用品回収業者を早く探そう。

しばらくすると鹿野から着信があった。瞳の鼓動《こどう》が速くなった。受信ボタンを押す。

聞こえたのは鹿野のかすれた声だった。

「いやあ、九十九％、決まると思ったんですけれど。話は進みませんでした」

「どこが気に入らなかったんでしょう」

「とても気に入っておられました」

「どういうこと？」

力が抜《ぬ》けたのと苛立《いらだ》ちで、つっけんどんな言い方になった。

「それが……」

裏の空き家があまりにも不気味だから、安心して子育てができないと言ったらしい。足立《あだち》さんの家だ。家族が出ていった後、放置されて高校生か何かの溜《た》まり場になっていた。タバコの火からボヤを出して騒《さわ》ぎになったが、その後人の姿を見たことはない。雑草が茂《しげ》った庭には、家の中にあったものか誰かが捨てたのか、錆《さ》びたトースターや中身不明のゴミ袋《ぶくろ》が転がっていた。

「裏の家はどうすることもでけへん。うちは売りにくい家ってことやね」

「そんなことはありません！」

自分を奮い立たせるように鹿野は言った。

「お問い合わせは何件も来ています。順次、現地にご案内させていただこうと思ってるんですが」

思ってるけど何やの。まだ何か？

「ご案内までは、なかなか進まないんです。でも、これだけ問い合わせが来てるってことは興味を持たれている方が多いってことですから、大丈夫《だいじょうぶ》です」

いつもより静かな物言いに鹿野の誠実さと、わずかだが不安な気持ちが伝わってくる。

鹿野は二週間に一度、営業状況を必ず報告してきた。

ある日、弾《はず》んだ声で電話があった。

「昨日《きのう》、現地にご案内したお客様が家の中を見たいとおっしゃってます」

内覧に備えて、どの部屋も片付けてある。瞳は立ち会った。

訪《おとず》れたのは四十代くらいの夫婦で、

「広いし、日当たりもいいね」

夫の方が気に入った口ぶりだった。

「随分《ずいぶん》古いからリフォームしないとね。台所は入れ替《か》えて。洗面所やトイレもね」

妻はそう言いながらも機嫌《きげん》良く家中を見て回り、夫とひそひそ話をしていた。

後日、鹿野から電話があった。

「内覧されたお客様が購入《こうにゅう》したいとのことです！　ただ、リフォームの必要があるので、百万円値引きしてほしいと言われています」

明るい声である。瞳は値引きを承諾《しょうだく》した。販売《はんばい》希望価格は二千万円。値引きをしても千九百万円。十分だと思った。

購入申込書《もうしこみ》に署名をもらい、買い主が決まった。あとは売買契約だと思うと、気持ちが高ぶって眠《ねむ》れない日が続いたのである。

二週間後に鹿野から着信があった時、瞳は嫌《いや》な予感がした。

買い主は購入申込書にサインをしてくれたんやから、大丈夫や。売買契約の内容についての電話かもしれないし、確認事項《かくにんじこう》か何かの連絡かもしれない。そう思おうとしたが、不安が膨《ふく》らんでいった。

「佐々木さん！」

感情を抑《おさ》えてはいるものの、鹿野の声に悔《くや》しさがにじんでいた。

買い主になるはずだった人がキャンセルしたという。近くのまちに分譲地《ぶんじょうち》ができて新築一戸建てが二千三百万円で売り出されたそうだ。聞けば瞳の実家より交通は不便で土地もかなり狭《せま》い。だが、そちらを選んだのである。

瞳の予感は当たった。購入申込書は売買契約《けいやく》書と違い、ペナルティもなくキャンセルできるようだ。喜び、興奮し過ぎた自分がアホらしくなってきた。

その後、内覧希望者は減り、問い合わせさえ数えるほどになった。

「営業活動を見直し、作戦を練ります」

鹿野は必死になっている。

もっと値下げしたっていい。とにかく、誰かに買ってもらいたいと切実に思った。

テレビを見ていたら、「タダでもいらない、と言われる空き家」、「迷惑《めいわく》をかけるだけの空き家」、「悩みの種の空き家」……。そんな特集をやっていた。

うちもそうならないとは限らない。誰からも必要とされない家。誰からも必要とされない自分。思考がおかしな方向に行きそうだ。

◇

「上手く説明でけへん。行ったら分かるわ。案内してあげる。気分が変わるよ」

和江の声に瞳ははっとした。心配そうな面持《おもも》ちで自分を見つめている。

「上手くいってないんやろ？　実家のこと。顔に書いてあるわ」

和江は、二か月後に「バイソン」を見られるイベントがあるから一緒に行こうと言う。

まだ修理中の部分もたくさんあるが、興味がある人は誰でも見学できるらしい。

その日、瞳と和江は神戸市兵庫区の山麓《さんろく》線沿いにあるパーキングで待ち合わせた。

「ここを登って行くんよ」

車を降り、和江が細い道を指差した。急な坂道の両脇《りょうわき》に民家が建ち並んでいる。車一台がやっと通れる道である。

ふうふう言いながらひたすら登り、右に曲がってさらに進むと、古木に「梅村Ｂｉｓｏｎ《バイソン》」と書かれた看板が立てかけてあった。石造りの犬と案内マップ板が来訪者を迎《むか》えるように置かれ、案内マップ板には「シェアハウス」「アトリエ＆住居」「コワーキング」「ギャラリー」「共同茶室」など、建物の用途《ようと》が書かれている。

そこからは道の左右に、合計九軒の空き家が建っているらしい。

「お茶室があるの？」

案内マップ板を見て瞳が言った。

「そこは一番奥《おく》、坂の上の家やわ」

和江は大きく呼吸して先を行く。

コッコッ、コッ。何かが鳴いている。垣根《かきね》の脇から白い綿のような鳥が出てきた。

「可愛《かわい》い！　出てきてしもた！」

「烏骨鶏《うこっけい》や。多分、大丈夫」

振《ふ》り向きもせずに和江が言った。

しばらく歩き、さらに石段を登ると立派な門があった。和江の話によると、かつて富《ふ》裕層《ゆうそう》が暮らした築八十年ほどの屋敷《やしき》だという。門をくぐり、木材や板が置かれた庭を横目で見て建物に入った。

縁側《えんがわ》に立った瞬間、息を飲んだ。神戸の中心部から海までが見渡《みわた》せるのである。

「ひゃあ、ええ眺《なが》めやね」

床《ゆか》一面に敷《し》かれているのは廃材《はいざい》だという。資源を有効活用するため、八割以上は廃材を使うことを目標にしているそうだ。

この「共同茶室」は、近所の人や子どもも楽しめるスペースになるらしい。すでにお月見会も催《もよお》されていた。

「豪邸《ごうてい》の空き家は広過ぎて、住むには使いにくいやろ。なかなか売れへんし、こういう家の所有者は困ってるらしいわ。でも、逆に広さを利用できる場所にすれば、こんなに素敵《すてき》な空間になるんやね」

「発想の転換やね」

「共同茶室」を出て、坂を下りたところには、「バイソン・ギャラリー」がほぼ完成していて、地域のアーティストが気軽に作品を展示できる場として開放されていた。

もとは蔦《つた》に覆《おお》われ、床が抜けていたそうだ。

「マンションのモデルルームって一定期間しか使わないやろ。その後は壊《こわ》して廃棄《はいき》するらしいわ。考えたらもったいない話やなぁ。このギャラリーは解体されたモデルルームのガラスや柱なんかを使《つこ》てるんやて」

ギャラリーを出ようとした時、すれ違った人がいた。

「こんにちは！　お邪魔《じゃま》してます。今日は友達と一緒に来ました」

和江は挨拶《あいさつ》し瞳を紹介した。長めの髪《かみ》に髭《ひげ》をたくわえたその男性は、静かに挨拶を返した。西村組長だった。

「見せてもらいたいものがあるんです。七十年前の幼稚園《ようちえん》の床です！」

和江は突然、言いたいことを言うから相手は面食らう。

けれど、西村組長は驚きもせず、

「いいですよ」

と言って、ある建物に案内してくれた。事務所に使っているらしい。

「この床が解体された幼稚園の……。まだ、立派に使えますよねえ」

和江はひざまずいて床を撫《な》でた。

私が生まれるずっと前に造られた幼稚園。この床の上で、走ったり歌ったりした子ども達はどんな人生を歩んでいるのだろう。

瞳が感慨《かんがい》に浸《ひた》っていると和江が、

「西村さんは、最初からここを村にしようって構想してはったんですか？」

と聞いた。

「いや〜、何にしようとかは決めてなかったですね。直していたら、アーティストが使いたいと言ってきたんで使ってもらったり、面白がって実験的にやってます。畑を作って、月五百円で近所の人に使ってもらったりね。人が集まってきて、村みたいになったらいいなとは思ってます。漠然《ばくぜん》としてますけど」

元々、空き家を購入して修理した後に貸し出すなど不動産の仕事や、設計から施工《せこう》まで建築に関する仕事全般《ぜんぱん》に携《たずさ》わってきたという。バイソンのほかにも複数の物件を所有しているそうだ。

「ここには、週一回、仕事を手伝ってくれれば無料で住めるシェアハウスもあります」

タダで？　瞳はいぶかしく思った。和江と瞳は顔を見合わせる。

「タダっていうか、お金で家賃を払《はら》うんやなくて、働いて払うってことかな」

「物々交換《ぶつぶつこうかん》みたいに？」

「寝起《ねお》きする場所って生きる足場になるから、ほんまに大事やね。でも、空き家は増え続けて。一方では住む家に困っている人もいる……」

二人は頷《うなず》き合った。

住むところがあれば、安定した気持ちで生きていける。週に何時間か体を使って働き、住処《すみか》を確保して、他の時間は自分のしたいことに使う。そんな生き方を応援《おうえん》するために、家賃ゼロ円の家はあるのかもしれない。

瞳は、西村組長の思いの一端《いったん》を見たような気がした。

天井《てんじょう》や木の柱を眺めていると、材木を運んだ人や、修理した人の温《ぬく》もりを感じる。きっと、バイソンのどの家にも、活動に参加した人々の思いが込められているのだろう。

西村組のメンバーは、組長の考え方や行動に共鳴し集まった面々だという。アルバイトも十数名いて、無理せずに、できる時にできる範囲《はんい》で、という緩《ゆる》やかなルールで作業は進められているそうだ。

複数の空き家を買い取るとなれば、かなりの費用がかかるに違いない。採算は合うのだろうか。瞳が余計な考えを巡《めぐ》らせていると、

「仕事は、収益を考えてやっているところと、そうでないところがあるんです。バイソンで収益ばかり考えていたら、家を直す面白さも参加する楽しさも半減してしまいます

からね。収益を出す部分では、しっかり稼《かせ》ぎたいですけど」

西村組長は、そう言って微笑《ほほえ》んだ。

「空き家は放置するのが一番、駄目《だめ》ですよ。屋根にちょっとでも穴が開いたら、そこから数年で腐《くさ》ってきますから」

「そうそう、手を打つのは早ければ早いほどいいんですよね」

我が意を得たりとばかりに、和江が合いの手を入れる。

「使わないなら持ち主は早く手放しましょう、必要な人にバトンタッチしましょう、私達が相談に乗りますよ、っていう気持ちで、この仕事を続けているんです」

ものを作るのが好きだから、空き家に手を入れ時間をかけて完成させた時が一番嬉《うれ》しいし楽しい、と西村組長は話し、

「それを、いろんな人がいろんな形で活用してくれたら、ますます嬉しいかな」

目を細め、優しい表情になった。

帰りの道すがら、

「ね、面白かったやろ」

和江が得意気に言った。

「うん、ありがとう。凝《こ》り固まった頭が少しほぐれた気がする。でも、和ちゃんが、

『私もバイソンの仕事、やってみたいです！』なんて言い出すんやないかと思ったわ」

「まさかぁ。家を直す仕事なんてできないわ。大工さんは募集中《ぼしゅう》らしいよ」

「大工さんってすごいよねえ。何でも作ってしまうやろ」

瞳は子どものころ、建築中の家を見るのが好きだった。大工さんの無駄《むだ》のない動き、手際《てぎわ》の良さ、よく通る声、すべてが面白くて気持ちが良かった。

「危ないから向こうに行ってなさい」

と注意されるまで、飽《あ》きもせずに眺めていたものだ。

「大工さんって言えば、バイソンで『半人前大工育成講座』っていうのをやってるんよ。『半人前だからいいじゃない！』って感じで、自分の家を直せる人や、兼業《けんぎょう》、副業の大工さんを育てるんやて。専門的な講師を招いて、学んだり、実地で練習したりするらしいわ」

「へえ〜。参加しやすくて、即《そく》、役に立ちそうやね」

しゃべりながら坂を下ると、あっという間にパーキングに着いた。

和江はせわしなく車に乗り込み、

「また、面白いことがあったら連絡するから」

と言って、走り去った。瞳は反対方向にハンドルを切る。

使っていない家はすぐに朽《く》ちる。早く手放して使いたい人にバトンタッチしなくては。
もう、金額なんかどうでもええわ……。
いやいや、お兄《にい》ちゃんとお姉《ねえ》ちゃんに分けなあかんのや。瞳は大きく首を振る。
実際問題、段々と値段は下がっていくんやろな。早く売ろうとすれば、なおさらやわ。
頭の中で、答えが出ない問答が繰《く》り返される。

15　売れない実家

ああ、喉《のど》が渇《かわ》いた。

瞳《ひとみ》はコンビニを見つけると車を停《と》めた。

飲み物とアメを買い、ベンチに座《すわ》ってペットボトルを開ける。冷えた焙《ほう》じ茶《ちゃ》が喉を急いで通り過ぎていく。

駐車場《ちゅうしゃ》はがらんとしていて、瞳の車の向こうに一台、停まっているだけである。ピンク色の軽自動車だ。

え？　もしかして？　中腰《ちゅうごし》になって確かめる。ＹＣ不動産のロゴが見えた。あの会社、案外、営業範囲《はんい》は広いんやな。

何気なく運転席に目をやると、若い男性がシートに体を預け、浮《う》かない顔をして前を見ている。

鹿野《しかの》だった。

休憩中《きゅうけい》なのだろう。見なかったことにしよう、と瞳は思った。

車に戻《もど》ろうと立ち上がった時、鹿野が車を降りてこちらに歩いてきた。瞳には全く気づいていないようだ。

瞳のすぐそばを通り過ぎて、コンビニの中に入りかけた瞬間《しゅんかん》、振《ふ》り向いた。

「え、やっぱり佐々木《ささき》さん？」

「あら、鹿野さん、こんなところで会うなんてね。お仕事の範囲は広いんですね」

瞳は、ペットボトルを意味もなく揺《ゆ》らしながら言った。

「夢かと思いましたわ」

腑《ふ》抜けたように鹿野は言い、

「ちょっと、待っててもらえますか」

急いで中に入った。缶《かん》コーヒーを二本持って出てくると、

「どうぞ」

と、一本を瞳に差し出した。

「そんなに気ぃ使わなくても……。けど、ありがとう」

右手にペットボトル、左手に缶コーヒーを持ち、アメの袋《ふくろ》をポケットに突《つ》っ込《こ》んだ格好で瞳は言った。

「このへんは、僕《ぼく》の営業範囲からは外れていますけど、お客様から連絡《れんらく》があればどこへでも行きます」

鹿野はいつもの人懐《ひとなつ》こい顔になった。

「その仕事が終わって、ちょうど、佐々木さんのご実家のことを考えていたのでびっくりしました」

「何か、いい情報でも？」

「それが、なかなか……」

気まずそうに目をそらす。

瞳は焙じ茶を飲み干して、空のペットボトルをゴミ箱に入れた。今、この場で実家の売買の話をする気にはなれなかった。

かといって、缶コーヒーを受け取ってすぐに立ち去るのもなんだか、と思った。

「鹿野さんは、不動産のお仕事が好きなんですね」

鹿野は質問の意図を探《さぐ》るように瞳を見た。

「いつも楽しそうにお仕事をされているから、ちょっと聞いただけですよ」

瞳がベンチの端《はし》に座り直すと、鹿野は軽く頭を下げ、間を空けて座った。缶コーヒーを一口飲み、息をつく。

「ええ、好きです。お客様と話ができる仕事は魅力的《みりょくてき》です。人と話すのが好きなんで。高校を卒業してすぐに自動車の部品工場に就職したんですけどね。お客様と直接、口をきく機会もないし。結局、辞《や》めてしもて」

「それで、不動産会社に入ったんですね」

「いえ、工場を辞めた後、飲食店でバイトしたんです」

立ち入ったことを聞いてしまった。尋問《じんもん》しているみたいだ。反省しながらも、瞳は相槌《あいづち》を打って先を促《うなが》した。

「そこの大将が、ごっつええ人で、『説教じいさん』なんて陰《かげ》で呼んでる人もいましたけど、僕はすごく好きでした。『今、やれることをやるだけでええんや。やってみ』って。それが口癖《くちぐせ》で。『やれるのに、やらなんだら後悔《こうかい》するで』ってよく言われました」

「バイト、楽しかったんやね」

「そらもう、楽しかったですわ！　お客さんに定食とか、注文されたものを出すだけやけど、人と接するだけでもやりがいを感じたんです」

それがどうして不動産会社に？　瞳は聞いてみたかったが抑《おさ》えた。

鹿野は当時を思い出したのか、穏《おだ》やかな表情になって缶を傾《かたむ》ける。

「何年くらい、そこに世話になったかなぁ。しばらくして、僕のオヤジが亡《な》くなったんですわ。病気ですけど。その後、事情があって、家族で住んでた家を売らなあかんようになったんです。もう、残念で、悲しいて、たまりませんでした。壁《かべ》やなんかの傷《いた》んだところはオヤジが修理して、僕も手伝って。思い出がいっぱいある家でしたから」

愛着のある家だったことが伝わってくる。

「売ると決まったら、内覧に来る人には自分で説明せずにはいられませんでした」

〈この部屋からは朝焼けがきれいに見えるんですよ、夏は朝日が眩《まぶ》しくて遅《おそ》くまで寝《ね》てられまへんけど〉

〈風呂場《ふろば》は去年、リフォームして最新式になってます〉

〈駅からバス通りを歩くと二十分かかるけど、近道があるんですわ〉

〈小学校の近くの交番は昔からあって、子どものころは僕、お巡《まわ》りさんと仲良しでした〉

「PRする気はなかったけど、一生懸命《いっしょうけんめい》、話したんです。そしたら、ある家族が気に入って買ってくれたんです。僕のトークが決め手ってわけでもないやろけど、嬉《うれ》しなって、思わず、ありがとうございます、って叫《さけ》んでしまいました」

やっぱり、鹿野さんは不動産屋の素質があるんやわ。

「その時に売買の仲介《ちゅうかい》をしてくれた人が、今の会社の社長なんです。『うちで一緒《いっしょ》に仕事してみいひんか』って言われて。僕なんかにできるかどうか心配やったけど、一から教えると言われて。それで……。ああ！」

鹿野は急にがっくりとうなだれた。

「どうしたの？　大丈夫《だいじょうぶ》？」

コンビニから出てきた客が、首を垂れた鹿野をちらりと見て通り過ぎる。

「ああ、やってもうた。お客様に、いらんことをしゃべってもうた」

自分の頭をゲンコツで叩《たた》く鹿野に、

「いやいや、私がしゃべらせたようなもんやわ。話が聞けて良かったわ」

瞳は、そう言って立ち上がった。鹿野も立ち上がり、

「すみません、すみませんでした」

と繰《く》り返した。

「謝《あやま》ることなんてないですよ。それで、バイトを辞めてＹＣ不動産に就職したのね」

どうしても、聞きたくなってしまう。

「はあ。大将には申し訳ないと思いましたけど、『お前にぴったりの仕事やんか。やれへんかったら後悔するで』って、言ってもろて。店は楽しかったけど、お客様と話をすることはないんです。やっぱり、僕はお客様と交渉《こうしょう》して商品を買ってもらうとか、そんな仕事がしたかったんやと気づきました」

血色の良い頰《ほお》が輝《かがや》いている。鹿野を応援《おうえん》したい気持ちが湧《わ》いてくる。

けれど、瞳は、引き続きＹＣ不動産と媒介契約《ばいかいけいやく》を結ぶことを決めかねていた。

鹿野には好感を持ったし、頑張《がんば》る若者を応援したかったが、客としては少々、不安を感じるのである。

「あ、これ、コーヒーのお礼ね」

瞳は缶コーヒーをベンチに置き、ポケットからアメの袋を引っ張り出すと、袋を破っていくつかを摑《つか》んだ。鹿野はひどく恐縮しながら、ぽっちゃりした掌《てのひら》で受け取った。

コンビニで鹿野と別れ、エンジンをかけた時、スマホが鳴った。姉からだった。

「あれから、家はどうなったん？　売れそうなんか？　報告してもらわな困るわ」

「問い合わせや、内覧してくれはる人はいるけど、まだ決まってへん」

「ふーん。何でまた、ちっぽけな不動産屋を頼《たよ》るんか、私には分からへん。大手のＭ不動産にしといたら安心やのに」

「この数年で販売《はんばい》実績がぐっと伸《の》びてる有望な会社や。私だって調べてるわ」

「私の知り合いで、きょうだいに親の財産を持ち逃《に》げされた人がおるんや」

「私が家を背負《しょ》って逃げるとでも？」

「あとな、今どきの若者は自分に合わんと思ったら、仕事なんかさっさと辞めるで」

「何が言いたいんよ?」

「あんまり、人を信用し過ぎなさんな、ってことや。シビアにならな、あかん」

猛烈《もうれつ》な違和感《いわかん》に襲《おそ》われた。モヤモヤを通り越《こ》して無性《むしょう》に腹が立った。

確かに、それは多数派の意見かもしれない。

でも、私は違《ちが》う! 違ったっていいやん!

その時、瞳は決めたのである。再びYC不動産と媒介契約を結び、鹿野の仲介で必ず家を売るのだと。

翌日、瞳は鹿野のスマホに電話をした。

通話中のようで繋《つな》がらなかったが、着信に気づいたらいつものように電話かメールをくれるはずである。

ところが、いつまで経《た》っても何の連絡もないのだ。気になってかけ直してみると、アナウンスが流れた。

「おかけになった電話は電波の届かない場所にあるか、電源が入っていないため、かかりません」

鹿野にだって、プライベートタイムもあれば休みの日もある。スマホが繋がらないからといって、慌《あわ》てることはないのだ。

そう思ってみても、気持ちのざわつきは止まらない。陽子《ようこ》の放った不愉快《ふゆかい》な言葉が耳から離《はな》れない。

テーブルに置いたスマホが震《ふる》え、急《せ》かすように着信音が響《ひび》いた。陽子だった。

「実家のこと、私も動くことにしたわ。瞳に任せてたら何も進まないって分かったし。取り敢《あ》えず、明日は車が空いてるから、行く。実家から持って帰りたいものもあるしね」

「何でまた、急に。お姉《ねえ》ちゃん、自分の家のことで大変なんと違うの？」

「ああ。うちの家ね、何とかなりそうやねん。家はいろんな問題をはらんでるって、今さらながら分かったわ。そやから、実家もさっさと片をつけんと」

口出しはやめてほしかったが、電話で争っても堂々《どうどう》巡《めぐ》りするだけだ。明日は自分も行く、と言って、瞳は電話を切った。

留守電のサインがスマホに表示された。姉との通話中に鹿野から着信があったのだ。

雑音が大きくて、録音された声は聞き取りにくかった。

「パインアメ……、東京に行く途中《とちゅう》です。社長とセミナー……、企業《きぎょう》視察……」

鹿野は律儀《りちぎ》にも、コンビニの前で瞳が手渡《てわた》したアメのお礼を言っているらしい。途切《とぎ》れ途切れの言葉を注意深く聞き取ると、どうも、今は新幹線の中にいて、社長に同行してセミナーに参加するようだ。

帰ったら連絡をくれるだろう。そうしたら、媒介契約の相談をしよう。姉が勝手に動き出す前に。

◇

翌日、瞳が実家に着くと、駐車《ちゅうしゃ》スペースのド真ん中に陽子の車が停めてあった。端に停めれば二台入るのに。駐車は私の方が上手《うま》いわ。瞳は、仕方なく門の前に車を停め、腹立たしい気持ちで玄関《げんかん》を開けた。

家の中はしんとしていた。雨戸も開けておらず、薄暗《うすぐら》い。

「お姉ちゃん、どこ？　二階？」

瞳が叫ぶと、

「瞳？　着物は私がもろとくな！」

二階から怒鳴《どな》り声が返ってきた。

着物はいらんって言うてたやん。瞳は階段を駆《か》け上がった。

畳《たたみ》の上に、何枚もの着物が広げられている。ショールや帯、腰紐《こしひも》まで並んでいた。段ボール箱が陽子の傍《かたわ》らで口を開けている。

「うわ、すごい。全部、持ってく気？　まあ、ええけど」

瞳は言い捨てて、顔を背《そむ》けた。

「それ、そういうのが不愉快やねん。鷹揚《おうよう》ぶるっていうか、『アタシはどっちでもええわ』なんて言いながら、結局、得をする」

手を休めずに上目づかいで睨《にら》んでくる。

「お姉ちゃん、いちいち突《つ》っかかってくるけど、そんなに私のことが嫌《きら》いなん？　何か理由でもあるん？」

「うーん、嫌いっていうより」

陽子はふっと、穏やかな表情になった。

「私も兄《にい》さんも、自分の目標を持って必死に生きてきて、今があるんよね。親と意見が合わなくて苦しんだり、仕事が上手くいかなくて悩《なや》んだりしながらね。瞳は親の言うことをハイハイってきいて、周りに合わせて動いてるだけで一番、幸せになってる。イラっとするわ。言うてもしゃあないけど」

奥歯《おくば》を嚙《か》みしめたのか、最後の言葉が聞き取りにくかった。一番、幸せ？　幸せの順番なんか、考えたこともなかった。

お姉ちゃんは、一目ぼれされて猛《もう》アタックされて、結婚《けっこん》したんやろ。その後も、自分のやりたいことをやってきたやん。

お兄ちゃんは小夜子《さよこ》さんという最高の伴侶《はんりょ》と運命的に出会った。不幸せとは思えない。もちろん、結婚や家庭だけが幸せの条件ではないし、兄と姉が艱難辛苦《かんなんしんく》を味わってきたというなら、考えを改めなくてはならない。

でも、はっきり言って、そんなの私の知ったこっちゃない！

私の何が姉を苛立《いらだ》たせるのだろう。

兄も病院で会った時、私を煩《わずら》わしく思っているような素っ気ない態度をとった。

私達は仲の良いきょうだいではなかったのか。長い月日が関係を変えたのか。

「目標のために、がむしゃらに、必死になったことなんかないやろ。挫折《ざせつ》して悔《くや》しくて泣いたことなんか、ないやろ」

陽子は紬《つむぎ》の着物に頬を寄せて言った。瞳達が子どものころ、母がよく身に着けていた一枚だった。

目標……。思い出せない。そう言われれば、その都度、目の前のことだけを考えて生きてきたような気もするし。

けど、そんなこと、お姉ちゃんに偉《えら》そうに指摘《してき》される筋合いは、ないんと違うか？

瞳が口を開きかけた時、

「佐々木さーん、いらっしゃいますかー。お車があったので、チャイムを鳴らしたんですけど。鳴りませーん」

鹿野のよく通る声が聞こえた。

「誰《だれ》？」

陽子が身構えた。

「紹介《しょうかい》するわ。不動産屋さん」

瞳はそう言って階段を下りて行ったが、陽子はついてこない。

むすっとした瞳を見て、鹿野はバツが悪そうに頭を下げた。

「突然《とつぜん》、伺《うかが》ってすみません」

「いいんですよ。昨日《きのう》は何度も電話してごめんなさいね。勉強に行かれてたんですね」

「はい！　社長とスタッフ三人で『人工知能と経済』について勉強してきました。不動産業も、今までのようなアナログからＩＴツールを使った取り組みに変化しているんです。ＡＩを利用した査定も実際にありますし、それに、あっ、また余計なことを」

鹿野は掌《てのひら》で口を押《お》さえ、続けた。

「僕はこの会社に入ってから、割と順調に成約が取れていたんです。社長や先輩《せんぱい》のサポートがあったからこそなんですけど。このご実家のことも、前から希望者があったもんで、いける！と簡単に考えていました。甘《あま》くみてました。上手いこといけへんようになったら、気ぃ弱なってしもて」

そうか、販売実績があったんや。だから、自信ありげに見えたのかも、と瞳は思った。

「大将に電話で話したら、『今、自分にできることを、よーく考えてみ』って言われて。考えているうちに、元気が出てきて」

「大将？　この前、言ってたバイト先のご主人ね。飲食店でしたっけ」

今も信頼《しんらい》関係で結ばれていることが、意外だった。

「姉が来てるので、紹介します」

瞳は二階を指して言った。

二人の会話が聞こえていたのか、陽子は腕組《うでぐ》みをして待ち構えていた。

鹿野は陽子に倣《なら》って正座し、緊張《きんちょう》気味に名刺《めいし》を差し出した。丁寧《ていねい》に挨拶《あいさつ》をする。陽子は名刺を受け取ろうとしない。

鹿野の顔から服装、指先まで無遠慮《ぶえんりょ》に眺《なが》め回しながら、陽子はきっぱりと言った。

「ほかの不動産屋さんにお願いしますから、もう結構です。何や、頼りないし」

「いきなり、何を言うんよ！」

咄嗟《とっさ》に次の言葉が出てこない。

「あの……、ごきょうだいで話し合って決めていただいたら結構ですが、私は気を引き締《し》めて、さらに頑張らせていただきます」

　鹿野は神妙《しんみょう》な顔で言った。

「結果がすべてなの。プロセスより」

「お姉ちゃん、私に任せるって言うたやん」

「なら、今度は複数の会社に頼《たの》める契約にしてよ」

　瞳は、一つの不動産会社に売却依頼《ばいきゃくいらい》をする専任媒介契約を継続してYC不動産と結んできた。

　兄から、「複数の会社に依頼できる一般《いっぱん》媒介より、専任の方が営業マンのやる気が上がると思うし、二週間に一回以上の報告も受けられる。そっちが良いんじゃないか」と言われ、納得《なっとく》したからである。

「自身に集中せよ」

　瞳は自分に言い聞かせ、口を開いた。

「お姉ちゃん、契約《けいやく》者は私やからね」

　陽子は目を見開き、瞼《まぶた》を震わせた。その時、

「ごめん、ごめん」

階下から大声が聞こえたかと思うと、

「ピンポンが鳴らへんで～。二階におるん？　勝手に上がってごめんな」

階段を上る音がして、和江《かずえ》が顔を覗《のぞ》かせた。

「ごめんなさい、お話し中だったんやね。電話したけど出えへんから、来てみたんよ。

あ、お姉さん、お久しぶりです、和江です」

「あ、ああ、和江さん、こんにちは」

陽子は張《は》り詰《つ》めた空気を悟《さと》られまいとしたのか、優《やさ》しい声を出した。

和江は陽子の顔をじいっと見つめた。

「いやぁ。お肌《はだ》、何でそんなにきれいなんですか？　昔から、きれいなお姉さんやなぁって思ってましたけど。やっぱり、美容のお仕事をされている方は違うわぁ。私、もうボロボロですわ」

お世辞でも何でもないことが、和江の真剣《しんけん》な眼差《まなざ》しと口調で感じ取れる。

陽子は頰を薄桃《うすもも》色に染め、和江に近づいた。肌を点検するように見ると、

「ちょっと、乾燥《かんそう》気味かしらね。毎日、お手入れすれば変わりますよ」

と、頰を緩《ゆる》めた。

照れてるん？　珍《めずら》しい。姉がこんな表情をするなんて。和江って、何だかすごい。

「あの、私は出直します」

鹿野が立ち上がり、瞳は玄関まで送った。

「実は、裏の足立《あだち》さんの連絡《れんらく》先がやっと分かりまして、少し前進しそうです。それで、こちらに寄らせていただいたんです。先に言うべきでした」

「そうですか。今回も専任媒介でお願いします。でも、次回からは分かりません……」

「はい！　次はないものと思って、力を尽《つ》くします！」

鹿野を思う「大将」のひと言が彼《かれ》を変えたのか。鹿野は自信を取り戻《もど》したように見えた。言葉や動作にリズムを感じる。それが波動となって、瞳の心にも光が射《さ》してくる。

裏の足立さんが、古びた建物や荒《あ》れ果てた庭を何とかしてくれるなら、状況《じょうきょう》は変わってくるかもしれない。希望を持とう。

◇

陽子は和江と話が弾《はず》んでいるようだ。和江にはいつも助けられる。けれど、今、三人でどんな話をすれば良いのか。

瞳は、姉のいる二階に行く気になれず、ゆっくりと一階の雨戸を開けていった。

年季の入った茶筅《ちゃせん》笥《だんす》や本箱や、処分しかねた本の束が光に晒《さら》され、古さが露《あらわ》になった。どんどん老《ふ》けていくわ、この家。何の「お手入れ」もしてへんもんな。陽子の言った「お手入れ」という言葉が耳元に響く。

瞳は、のろのろと階段を上った。

「今、お姉さんに、美容の講習会をお願いしようとしてたとこ！　ほら、マスクをしたり外したりの生活で、『いつの間にか顔中、シワとシミだらけ！』ってショックを受けてる人は多いやろ」

時々、和江は突拍子《とっぴょうし》もないことを言う。

「和《かず》ちゃんの専門は空き家やろ？　今度は美容も始めたん？」

瞳がため息混じりに聞くと、

「いや、この話、空き家関連やねん。ある旅行会社がコロナ禍《か》前に、『空き家マルシェ』っていうのをやっててね。一定期間、空き家を借りて、中で小物を売ったり、催《もよお》し物をするんよ。それが、割と好評やったらしいんよ。空き家を活用できるし、その家を知ってもらうことで賃貸《ちんたい》や購入《こうにゅう》の話に進むこともあるんやて。コロナの影響で、しばらく中止するしかなかったけど、また、復活するかもしれへんのやて」

「ふうん。旅行のコースに、その『空き家マルシェ』っていうのを組み込むの？」

「そんな感じ。ね、ピンときたやろ？」

まさか、それをうちで？

「この家では、できませんからね！」

陽子がぴしりと言った。瞳も同感である。こんなに意見が合うなんて珍しい。

「いやいや、旅行とか大がかりなことやないんです。単なる真似《まね》ごとをやってみたらどうかなって思ったんです」

和江は首を振《ふ》ると、笑顔《えがお》になった。

「一日でいいから、このお家《うち》をオープンにして、お部屋に小物を並べたり、『美容ミニ講座』を開いたり、えーと、もし、いらない本や食器なんかがあれば、それも並べたら、欲《ほ》しい人が買ってくれるかも」

「けど、一体、誰が来るっていうの？」

瞳が聞きたいことを、姉がテンポ良く質問してくれる。

「私、ＳＮＳも使って片《かた》っ端《ぱし》から声をかけます。結構、知り合い、多いんですよ。瞳ちゃんのお父《とう》さんもお母《かあ》さんも顔が広かったから、近所の人達が顔を見せてくれるかも」

「うちが、晒しものになるわけやね」

陽子は冷ややかだ。

『プロの美容家による美肌《びはだ》アドバイス』なんて、とっても喜ばれると思います！」

和江は瞳に向き直った。

「あかんかな？　楽しい一日になったらええなと思うんやけど。楓《かえで》に言ったら、自分の作ったものを置いてもらえたら嬉《うれ》しいって。楓ったら、もう光《ひかる》ちゃんに連絡したんやて」

瞳が娘《むすめ》の光を連れて里帰りした日、和江が娘の楓とさやかを連れてきて、みんなで遊んだことを思い出した。

「小さいころに会ったきりと違う？　楓さんと光は」

私も最近、光に会ってないわ、と瞳は思う。光は幼稚園《ようちえん》の先生になるという夢を叶《かな》え、結婚後も仕事に夢中だ。瞳のマンションの近くに住んでいるが、あまり顔を見せない。たまに、「箱買いしたから」と、ジャガイモを二、三個持ってきては、台所からビワの缶詰《かんづ》めや、レトルトのローストビーフなんかを見つくろって帰るのである。

「楓は、友達とファッションリフォームの店をやってたけど、コロナで店を閉めざるを得んようになったんよ。今は家で作ってネット販売してる。光ちゃんとは最近、店のSNSを通して連絡を取るようになったらしいわ」

そういえば、和ちゃんの家に遊びに行った時、娘さんは二階で仕事をしている、と言うてたな。

ずっと会っていなかった人と、あっという間に連絡が取れるなんて、便利な世の中になったものだ。光からは何も聞いてないけど。

朽《く》ちていく実家をどうすることもできずに、ぎくしゃく、ドタバタしている自分。両親に申し訳ないような、実家を売ることを周りに知られたくないような、きょうだいの仲が冷え切ってしまうことを恐《おそ》れるような、薄暗い気持ちに取りつかれている自分。いっそ、誰かに見てもらったら吹《ふ》っ切れるかもしれない。気が済むかもしれない。

お母さんの手芸品にアイロンをかけて並べたら、お母さん、喜んでくれるかな。そうや、お父さんが釣《つ》った魚の魚拓《ぎょたく》も飾《かざ》ろうか。確か、二階にあったはずだ。

「一日だけなら、いいかもね」

「ほら、すぐ人の話に乗る。自分ってもんがないんか、あんたは。私は反対や」

陽子が叫ぶ。和江が身を乗り出した。

「いやいや、いやいや、お姉さん！　さっきの話、『プチプラのローションでも、使い方次第《しだい》で肌は結果を出す』いう話。まさに今、みんなが知りたいことですわ」

「そぉ？　でも、どこでするん？」

「一階のお部屋の一角とか、オープンスペースを作るとか、考えましょう」

陽子は、まんざらでもなさそうに顎《あご》をしゃくる。その気になってきたようだ。

「そしたら、早い方がええね。来月、七月はどうやろ。お家は片付いてるから、準備に時間はかからんと思う。私はチラシを作って近所に配る。SNSでもお知らせするね。ちょっと、下を見せてもらってもええ？」

和江は階段を下りていった。陽子は、肩《かた》をぐっと上げてストンと落とすと、何ごともなかったように着物を段ボールに詰め始めた。

「一応、お兄ちゃんにも伝えないとね」

「瞳から電話してや。体調が良くないらしいから、来るわけないけど」

真司《しんじ》と、まめに連絡を取っているようだ。

そうか。お兄ちゃんは具合が悪いんか。

小夜子さんは、「自分がこうと決めたら必ずその通りになる」と言った。「夫は必ず元気になる」って言っていたではないか。確信に満ちた声が、今も瞳の耳に残っている。

勝手に決めても、思い通りにならないことなんかたくさんあるのに。

でも、心を決めなければ方向が定まらない。決めることが最初のステップなのだと瞳は最近、思うようになった。

真司は治る。そう決めたことが原動力となって、きっと、小夜子さん自身と周りのすべてを照らしているのだ。

「着物は、これだけでええわ。あとは並べといたら、良い雰囲気《ふんいき》になるかもしれへん」

珍しく、陽子の口角が上がっている。瞳も気分が上がってきたが、何も言わないことにした。いつまた、棘《とげ》のある言葉を浴びせられるか、分かったものではない。

和江は軽《かろ》やかな足音を立てて二階に戻ると、いつも携《たずさ》えているスケッチブックを開き、

「チラシは、こんなんでどう？」

と、二人に簡単な下書きを見せた。

「分かりやすうて楽しそうで、ええやん！」

歯切れ良く、陽子が言った。

新たな試みが動き始めた。

捨てるしかないと思っていた食器も、人の目に触《ふ》れるのなら磨《みが》いておこう。処分しかねていた旅行の土産《みやげ》物は、母が編んだレースのドイリーの上に並べよう。

「椅子《いす》は邪魔《じゃま》にならないように脇《わき》の方に並べて、休憩場所にしよか」

陽子はもう、腕《うで》まくりをしている。

上手くいけばいいな。いや、上手くいくに決まってる。そう決めるんや。

夜、瞳が真司の家に電話をすると、珍しく本人が出た。

「あっ、お兄ちゃん！　大丈夫なん？」

「何がだよ、瞳の方こそ大丈夫か？」

実家を一日、開放する計画を話すと、そばにいるらしい小夜子に伝える声がした。

「いいじゃないか。日にちが決まったら教えてくれよ。最後だから俺《おれ》達も行くよ」

「最後って？　お兄ちゃん！」

「変な声、出すなよ。最後にしてくれよ、こんなことは。もう、いいかげんに家を売ろうよ。価格を下げたら売れるだろ」

光にはＬＩＮＥ《ライン》で知らせた。「了解《りょうかい》」のスタンプ三つで返事をよこした。

連絡を済ませると、瞳はリビングのソファにどさりと座った。花々が刺繍《ししゅう》されたクッションが、柔《やわ》らかく背中を支えてくれる。京子《きょうこ》がここに来たばかりのころ、暇《ひま》にあかせて作ったものである。瞳は、母と身を寄せ合っているような気分になった。

「僕も手伝いに行くよ」

声がかかるのを待ちかねたように、一郎《いちろう》が言った。

「そうそう、お姉ちゃんの家、どうなったか知ってる？　知ってるやろ！」

「ありがとう」も言わず、瞳は詰問《きつもん》調になる。

「お義姉《ねえ》さん？　何も言わへんかった？」

「何とかなりそう、としか言わへん」

「桐谷《きりや》さんは権利を主張したいわけやないって、僕は思ってたけど、やっぱりそうやったで。『自分の経験は次の世代に伝えなあかん』っていうのが信条で、僕も若いころは結構、言われたわ。ものの言い方やら、物ごとの進め方やら、注意されてん。けど、桐谷さん自身が失敗した経験をもとに話してくれるから聞きやすいんや」

「へえ、説教されたん」

「案外、有難《ありがた》いことやで」

　でも、家の相続のことで口を挟《はさ》むということは、権利を主張していると受け止められて当然ではないのか。

「桐谷さんは、親戚《しんせき》の一人として、良平《りょうへい》さんに言うておいた方がええと思ったんやろな。今後のためにも。『やるべき時に、やるべきことをせんと後悔するで』って」

　相続に同意する前に一言、説教するのが良平さんのためだと言うのか。今一つ、納得できない。瞳は口を尖《とが》らせた。

「相続登記をしてこなかったから、『手続きは早《は》よ、しとかなあかんやろ』って言いたかっただけ？　そら、正論やけど、人には事情ってもんがあるし、第一、返事を保留にして相手を脅《おど》かすなんて嫌なやり方やね」

「別に、脅かそうとしたわけやないと思うけど。良平さんは素直《すなお》な人やな。わざわざ、僕にも報告してくれたよ。『他の相続人は手紙一本で同意してくれたから、相続を安易に考えてた』って。桐谷さんは、良平さんを食事に誘《さそ》って、若いころの失敗談も話してくれたんやて。聞いているうちに、自分の至らなかった点が見えてきたらしいわ」

一郎は良かったことのように言うが、陽子には、どの程度伝わっているのだろうか。

それにしても、「今、できることをやれ」って言葉を最近、よく耳にする。お母さんが忠告してくれてるのかな。

「でけへんことは、考えんでええ。気楽に、できることだけ考えたらええんや」

瞳の横でくつろぎながら、京子が微笑《ほほえ》んでいるような気がする。

「で、桐谷さんは、最終的に同意してくれたんやね?」

「そやろな、話の流れからすると」

「他人事《ひとごと》ながら、ほっとしたわ。あ、それで、来てくれるん? マルシェに」

「そやから、行くって!」

瞳と陽子は、「空き家マルシェ」の準備のために実家に通い始めた。

隣《となり》の須賀《すが》さんに真っ先に伝えると、

「枝川《えがわ》さんちによう集まってた人達にも声をかけるから、日が決まったら教えてや」

少し寂《さび》しそうに言った。

瞳は衣装箱《いしょうばこ》に詰まっていた、母の手製の布バッグやレース編みのドイリーを引っ張り出して、アイロンがけにいそしんだ。

陽子は、母の鏡台を二階に運ぶと言う。

「下に看板を出して、二階で美容教室をやってることを知らせたらええな」

看板？　美容教室？　やる気、満々やな。

誰も来なかったら、和江や光や楓さんに生徒になってもらうしかない。瞳は、黙《だま》って鏡台を運ぶのを手伝った。

須賀さんのおじさんが、「絵画教室で描《か》いた作品を飾ってもいいか」と聞いてきた。断る理由は何もない。

和江のお姑《しゅうとめ》さんが、「庭で作った野菜を来た人に配りたい」と言ったそうだ。快諾《かいだく》した。

マルシェって言うより、何でもアリの文化祭みたい。

瞳は一人、ニヤニヤしながらアイロンがけを続けた。準備は順調に進んでいた。

ところが、ある日のＬＩＮＥに、瞳の目は釘付《くぎづ》けになった。

「発熱。喉が痛い。コロナかな」

和江からである。

16　買い主は決まるか

コロナの感染者数《かんせんしゃ》が、再拡大しつつあるとの報道を聞いたばかりだった。

二日後、和江《かずえ》の舅《しゅうと》がコロナに感染《かんせん》し、入院したとＬＩＮＥ《ライン》で知らされた。

「マルシェ」は、延期することになった。

七月になると、特急列車やバスの運休が報じられた。コロナの感染拡大により、乗務員の確保が難しくなったためである。

「マルシェは上手《うま》くいく」って決めたのに。瞳《ひとみ》はため息をついた。

「そうは問屋が卸《おろ》さへんのやで～」

京子《きょうこ》が鼻に皺《しわ》を寄せて呟《つぶや》いている、ような気がしてくる。

けれど、実家の売却《ばいきゃく》に関しては明るい兆《きざ》しが見えてきたのである。

「佐々木《ささき》さん、問い合わせが増えています。外観の見学に六人、お連れしました！」

スマホから、鹿野《しかの》の弾《はず》んだ声が響《ひび》いた。

そのお客さん達のことを聞きに、瞳はＹＣ不動産に赴《おもむ》いた。

「皆《みな》さんは、土地だけを購入《こうにゅう》されたいと言われています。確かに、古家付きより、更地《さらち》の方が売りやすいですね」

鹿野はファイルをめくりながら言った。

「家を解体して、土地を売るってことね」

「はい。解体費用を売り主さんが負担する『更地渡《わた》し』で売り出したら、確実に買い主は見つかると思います」

瞳の目の前に、実家が消え失《う》せたあとの四角い地面が広がった。

最終目的は実家を売って、お金をきょうだいで分けることだ。更地にすれば早く売れるなら、その方がいいかもしれない。あの古い家を誰《だれ》かに使ってもらおうなんて、虫が良すぎるのだろうか。

「解体の費用は、どれくらいなんですか」

瞳は、力なく尋《たず》ねた。

「当社と提携《ていけい》している解体業者はないのですが、良かったら、私の知り合いの業者を紹《しょう》介《かい》します。その会社のホームページに、実例と金額が詳《くわ》しく書かれています。もちろん、見積りを出してもらいますが。でも、ご自身で業者を決められても結構ですよ」

鹿野は瞳を気遣《きづか》うように言った。

解体業者なんて私が知るわけないやん。任せるしかないやろ。そうなったら、マルシェもできないまま、実家は壊《こわ》されるんや。

「二千万円っていう金額に関しては、値下げしてほしい人はいないんですか？」

瞳は、前から思っていた疑問を投げかけた。

「今のところ、ないですね。ご実家の辺りは、昔は人気がありませんでしたが、年々、変わってきてるんです。子育てしやすいまちとしても人気が出てますし、この間は幸福度ランキング、上位でしたしね」

鹿野は、査定金額には根拠《こんきょ》があると、胸を張った。

媒介契約《ばいかいけいやく》の期限までに必ず売る、という鹿野の熱意が伝わってくる。

「実は、実家で一日だけ、みんなに来てもらう催《もよお》しを考えてるんです。でも、解体したらできませんね」

「そうですか……」

営業マンは売るのが仕事。それ以上、言いようがないのだろう。

「解体しても、売れるっていう保証はないんでしょ。確か、土地だけになったら固定資産税が高くなるんじゃ？」

「『更地渡し』でしたら、先に売買契約を結ぶので、大丈夫《だいじょうぶ》です」

鹿野は即座《そくざ》に答えた。

一刻も早く契約に繋《つな》げたい鹿野の思いと、瞳の「もう少し待ってほしい」という本音がせめぎ合う。

更地にするしかないか。

結局、瞳は鹿野の提案を受け入れたが、八月になっても買い主は決まらなかった。

◇

「来月、九月に『空き家マルシェ』を決行したいと思います」

八月も過ぎようとしていた。瞳は、それまで声をかけた人々に、そう伝えた。

「決行ねぇ。相変わらず、行き当たりばったりやな。台風が来るで。残暑も厳しいし」

陽子《ようこ》は、テンション低めである。

「何や、待ちくたびれたんよ。さっさとやってしまえば、そこから、何かが変わるかもしれへん」

和江や楓《かえで》は賛成してくれた。真司夫婦《しんじふうふ》、一郎《いちろう》、光《ひかる》も反対しなかった。

鹿野にも言ってみると、乗り気のようで、これまで問い合わせのあった顧客《こきゃく》や、知り合いにも声をかけるという。

大急ぎで準備が進められ、九月下旬《げじゅん》の日曜日に「空き家マルシェ」は開催《かいさい》された。残暑は続いていたが、前の週から涼《すず》しい日が増え、耐《た》えがたいほどではない。

光は朝六時に瞳のマンションに来て、三人は一郎の運転する車で実家に向かった。

「みんなでおばあちゃんの家に行くのは、何年ぶりやろね」

浮《う》き立つ気持ちで瞳が言ったが、返事がない。後部座席を見ると、光は顔を真っ赤にして風船を膨《ふく》らませている。勤務先の幼稚園《ようちえん》から借りた、立て看板に飾《かざ》るという。

「もう、五年くらい経《た》つかな」

風船の口を結びながら光が答えた。日焼けした肌《はだ》がぴんと張って、生き生きして見える。好きなことに打ち込《こ》んでいる顔だ。

実家に着くと光は、「ようこそ、マルシェへ！」と書かれた看板を玄関《げんかん》の前に立て、風船や花飾りを付けた。

家の窓をすべて開ける。襖《ふすま》も外して人が行き来しやすいようにした。台所の戸も開け放ち、椅子《いす》を廊下《ろうか》に出す。使い込んだ和食器や、旅行で買った徳利《とっくり》とお猪口《ちょこ》、未使用のお椀《わん》などをテーブルに並べた。

「おはようさん〜」

少しかすれた声は須賀《すが》さんのおじさんか。

「わしの絵は、どこに置いたらええかな」

折り畳み式の低いテーブルを両手で抱《かか》えている。その上に作品を飾るようである。

「邪魔《じゃま》にならんとこにしいや。迷惑《めいわく》かけたらあかん。なあ、瞳ちゃん。ああ、重い」

両脇《りょうわき》に絵を挟《はさ》んだおばさんが、顔をしかめて後ろから叫《さけ》ぶ。

「あら、光ちゃんかいな。大きなって！」

「御無沙汰《ごぶさた》してます。こっちにお願いします」

光が照れ笑いしながら、予定していた場所に案内する。

和江が軽トラックで、茄子《なす》やピーマン、ししとうなどを運んできて、庭に置いた。

「お義母《かあ》さんからや」

「わあ、採れたてやね、ありがとう。あっ、楓さんも、お久しぶりね」

挨拶《あいさつ》もそこそこに、楓は光を見つけると、持ってきた大きな箱を開けて、子ども服やアクセサリー類を見せた。光は歓声《かんせい》を上げ、二人は、はしゃぎながら玄関に一番近い部屋に並べに行った。無邪気《むじゃき》に遊んだころに戻《もど》ったみたいだ。

陽子はまだだろうか。瞳が縁側《えんがわ》に出ると、垣根《かきね》越しに須賀さんくらいの年格好《としかっこう》の人達が数人、こちらをうかがっていた。

「こっちやで、玄関から入ってや」

須賀さんがすぐに見つけて声をかけた。

「お邪魔します」

「いやぁ、懐《なつ》かしいわぁ」

感慨深《かんがいぶか》そうに、部屋の中を見回している。

「枝川《えがわ》さんは毎月のように、『節分会』やら『七夕会《たなばた》』やら名前を付けて、誘《さそ》ってくれたなぁ。ほんま、楽しみやったわ」

「枝川さんがおらんようになったら、一遍《いっぺん》に寂《さび》しなってしもた」

「梅酒で酔《よ》っ払《ぱら》ったこともあったな」

きゃははは！　笑いが弾《はじ》けた。一人が、瞳に菓子折《かしおり》を差し出した。

「今日はお茶会とちゃうねん。お茶はナシや」

須賀さんが困ったように言う。

「ペットボトルのお茶ならありますから、ゆっくりしていってください。母の手作り品も、よかったら持って帰ってくださいね」

瞳が愛想《あいそ》よく言い、一郎が冷蔵庫からペットボトルを出して紙コップに注いだ。

「枝川さんは、編み物もよう教えてくれはったな。これ、ええの？　もろても」

並べかけたレース編みのドイリーに二人が近づき、選び始めた。

やがて、陽子と良平《りょうへい》が到着《とうちゃく》し、お客さん達ににこやかに挨拶すると、二階に上がっていった。良平は大きなバッグを持って、陽子の後に続いた。

近所の人や、何十年も会っていなかった同級生が、次々とやって来た。

結局、「空き家マルシェ」といっても、知り合いが集まるだけかもしれない。

それも、ええやん。瞳は柔《やわ》らかい気持ちになって、実家を売ることをいっとき忘れた。

真司と小夜子《さよこ》が来たのは、昼過ぎだった。

仕事でもないのに、真司はスーツを着ている。病気をしたせいか、だぶついていたが、兄はスーツが一番、似合うと瞳は思った。

玄関から上がろうともせず、黙《だま》ってこちらを見ている。この家に敬意を払い、心の中で最後の挨拶をしているような気がした。

「お兄《にい》ちゃん、お父さんにそっくり」

涙《なみだ》が出そうで、言葉にならなかった。

東京の病院で会った時は、亡《な》くなった母にあまりに似ていて胸を突《つ》かれたが、こうして見ると父に生き写しである。

真司は、玄関の隅《すみ》に立てかけてあったコルクボードを見ると、手に取った。

「これな、母《かあ》さんは喜んでたけど、俺《おれ》は結構プレッシャー感じたよ」

「欠席ゼロの通知表？」

「『学校なんか行かなくても大丈夫』って、言ってほしかったんだ」

「お母さんが聞いたら泣くわ」

瞳は、コルクボードから通知表を外しながら言った。ついでに、姉のハンカチと自分の描《か》いた絵も外した。

「しょうがないわね、シンちゃんは正直なんだから」

小夜子が肩《かた》をすくめる。

「まあ、母さんには感謝してるけどね」

立ち尽《つ》くしたまま、真司は続けた。

「でもな、プラモデルに熱中してたころがあっただろ。細かい組み立てがたまらなく好きでさ。それを、母さんに止められた時は、まいったよ。夜遅《よるおそ》くまでやってると、早く寝《ね》ろって、うるさいんだ」

真司は、昨日《きのう》のことを話すようにふくれっ面《つら》になる。

「そら、体を心配してたんや」

「仕上げたいんだよ、こっちは。父さんは言ってくれたよ。『やると決めたら、何があってもやり遂《と》げろ。そうしないと、自分が本当に望むものは得られない』って」

続きは翌日にやったら、ええやん。きっとお母さんはそう言いたかったんやろな。けど、お兄ちゃんは、その日に何としても仕上げたかった……。

「ま、そんなこともあったってだけの話だ。別れは必ずやってくると思うと、何もかもが愛《いと》おしいよ。世話になったよな、この家にも、親にも。みんなに……。あ、どうぞ」

後ろに人がいることに気づいて、真司が先を譲《ゆず》ろうとした。

直立不動の鹿野がいた。

「お兄ちゃん、不動産屋さん」

名刺《めいし》を出そうして慌《あわ》てている鹿野に、真司は穏《おだ》やかな視線を向け、

「お世話になります」

と声をかけて、中に入っていった。

「はい！　よろしくお願いします！」

鹿野は真司の背中に最敬礼している。数秒後に体を起こすと、瞳に向かい、

「今日は、お家《うち》を見に来られるお客様が何人か、いらっしゃると思います。今度こそ、買い主さんが決まるかもしれませんね。私は同行しませんが、よろしくお願いします」

早口で言った。息が上がっている。

「そうなるとええんやけど」

瞳は、来訪者を迎《むか》えるために、鹿野と一緒《いっしょ》に玄関を出た。

鹿野が汗《あせ》を拭《ふ》こうとして、ポケットからハンカチを出した時、車のキーが一緒に飛び出て瞳の足元に落ちた。

拾い上げて鹿野に渡す。可愛《かわい》らしいキーホルダーが付いていたので何気なく見ると、月見うどんの小さな食品サンプルである。

「あ、すみません！」

鹿野は素早《すばや》く受け取り、足早に去っていく。

瞳は、利々屋《りりや》のレジ横で、月見うどんのミニサンプルをキーホルダーにして売っていたのを思い出した。

あれ、利々屋のかな？

案外、鹿野さんも利々屋のファンだったりして。辛辣《しんらつ》な口をきいた姉が利々屋の親戚《しんせき》と知ったら、驚《おどろ》くだろうと瞳は思った。

夫婦らしい若い二人が、門の前で入ろうかどうか迷っていたので、

「よかったら、どうぞ」

と瞳は促《うなが》し、一緒に中に入った。

真司が階段に腰掛《こしか》け、一郎と良平が傍《そば》に立って談笑《だんしょう》していた。良平の顔を見た瞬間《しゅんかん》、瞳はアッと思った。

鹿野さんがバイトをしていたのは、利々屋とちゃうやろか！「大将」って、桐谷清《きりやせい》太郎《たろう》さんかもしれない！

いやいや、ああいうキーホルダーは、ほかにもたくさんある。違《ちが》うか。でも、あの月見うどんは、利々屋の縞模様《しまもよう》の丼《どんぶり》に入っていたような気が……。

「今できることをやらへんかったら、後悔《こうかい》するで」

会ったこともない桐谷さんの声が、聞こえたような気がした。

◇

「『五歳《さい》、若返る美容タイム』を始めます！　さあ、どうぞ、二階へどうぞ」

陽子の声が瞳のすぐ傍で響いた。とびきり明るく、親しみやすく、張りのある声だ。

「十歳は無理やけど、五歳は確実に若返りますよ〜」

陽子の満面の笑《え》み。まず、それに驚いた。陽子は瞳の腕《うで》をぐいとつかむと、力強く二階に上がっていく。

「ちょ、ちょっとお姉《ねえ》ちゃん！」

瞳が引きずられていくのを見て、

「なんか、面白《おもしろ》そう」

「行ってみよか」

三人の中年女性がついてきた。

隣《となり》の須賀さんから借りた、丸椅子やパイプ椅子に三人が座《すわ》ると、陽子が「美容の基本」を語り始めた。汚《よご》れを落とすのが一番大事だという。

そら、そやろ……、と思う間もなく、瞳は陽子の横に座らされ、首から化粧《けしょう》ケープをかけられ、コットンで顔を拭かれた。

クレンジング用の乳液をたっぷり含《ふく》ませてあるのだろう。ひんやりとして、仄《ほの》かな香りが漂《ただよ》う。スッピンになった顔にクリームが塗《ぬ》りつけられ、マッサージが始まった。

いつの間に打ち合わせをしたのか、首尾《しゅび》よく和江が蒸《む》しタオルを差し出す。陽子は瞳の顔をぐいと上に向け、タオルを乗せた。

苦しい。声が出ない。でも、何だか気持ちが良い。陽子がしゃべっているが、何を言っているのか分からない。

時々、笑い声が聞こえる。

しばらくして、タオルが外され、クリームが拭《ぬぐ》い取られた。人数が増えていた。六、七人の女性が食い入るように瞳の顔を見ている。和江の横に、茜《あかね》さんがいた。

「え？　やだ、私の眉毛《まゆげ》は？」

瞳が掌《てのひら》で顔を隠《かく》すと、茜さんが吹《ふ》き出した。

「では、メイクをしてみましょう」

女神《めがみ》のような微笑《ほほえ》みを浮《う》かべているのは、本当に陽子だろうか。参加者の質問に答えながら、場を盛り上げている。

メイクが仕上がった瞳を見て、

「ほんまに五歳、若くなっとぉ」

和江が呟くと、会場がどっと沸《わ》いた。瞳は、ぎこちない笑みを見せながら退場した。その後も、賑《にぎ》やかな様子が階下まで伝わってきた。人を惹《ひ》き付ける仕事力は、さすがである。瞳は認めないわけにはいかない。

下は下で、瞳が思ったよりたくさんの人が訪《おとず》れていた。

ウエストポーチを着け、ノートを片手に甲斐甲斐《かい》しく動いていた小夜子が、

「あ、瞳ちゃん、柱時計は売っても良かったかしら？」

心配そうに聞いた。

「あれ、処分しようと思ってたんやけど」

「三千円で買いたいって言う人がいたから、売ったよ。壊れてることも伝えたし。マルシェなんだから、売ってもいいだろ？」

真司も、どことなく楽し気だ。

「ええと、それから食器はひとつ二百円にしたら、いろんな人が買っていったわ。全部、ノートに付けてる。お金はここ」

小夜子はウエストポーチをぽんと叩《たた》く。

「柱時計を買った人が、台所のガラス戸も、欲《ほ》しがってたよ。『良い柄《がら》の昭和ガラスだ』とか何とか言って。取り敢《あ》えず、連絡《れんらく》先を聞いておいた」

真司の言葉を受けて、小夜子がノートをつついた。息が合う夫婦である。

楓の「店」を覗《のぞ》くと、若いお母さんが女の子に、商品のワンピースを当てていた。ストールを広げている人もいる。光は小さな子ども達を相手に、手遊びに夢中である。

日が沈《しず》みかけるころ、人々は帰っていった。

「皆さん、今日はお疲《つか》れさまでした！」

瞳の言葉を待っていたように、一郎が部屋を出て、缶《かん》ビールを抱えてきた。

「ちょっと、いつ買《こ》うてきたん？」

「さっき、そこのドラッグストアでね」

庭で一日、野菜配りをしていた良平が嬉《うれ》しそうに受け取り、ちらりと陽子を見た。

「はいはい、帰りは私が運転します」

陽子が上機嫌《じょうきげん》で頷《うなず》いた。

「先週、医者の許しも出たことだしな。俺もいただくよ」

「今日は、特別よ」

小夜子が真司を見つめて、微笑む。夫婦は姫路《ひめじ》のホテルに泊《と》まり、明日、帰るのだ。

瞳のスマホが鳴った。鹿野からだった。

今日、マルシェを訪れた人が、「ぜひ、土地を買いたい」と言ってきたそうだ。瞳がその場で皆に伝えると、

「更地にするなら、一番安い解体業者にしいや。どうせ、何も残らへんのやから」

陽子が調子良く言った。

◇

陽子の口から出た「解体」という言葉に、瞳は激しい痛みを感じた。体が軋《きし》んで、バラバラになりそうだった。鹿野とは、何度も解体の話をしてきたというのに。

「この土地を欲しい人がいるなら、これ以上、良いタイミングはないじゃないか」

真司はビールを二口ほど飲んでから、黙《だま》り込んでいる瞳に、

「何だ？　今になって『家を壊すのは嫌《いや》だ』なんて言わないでくれよ」

と笑いながら言った。

「どんなものだって、いつかは消えてなくなるんだからさ」

「分かってる。とにかく、明日、不動産屋さんに行って、詳しく聞いてくるわ」

「私も一緒に行くわ！」

陽子は意気込んでいたが、

「明日は私だけで行きます」

瞳は落ち着いて言い返した。何故《なぜ》か、頭の中が冴《さ》え冴えとしてきた。

「瞳がそう言うなら、任せよう」

陽子は不服そうに真司を見て、首を傾《かし》げた。

「だけど、今日は楽しかったわ。久しぶりにウキウキしちゃった」

小夜子のひと言で、気まずかった場が和《なご》やかになり、陽子も少しは表情を緩《ゆる》めた。

きょうだい達は実家を後にし、瞳は最後まで残って、各部屋を何度も見て回った。ここで育ち、出て行ったきょうだいが一緒に過ごした最後の日を、胸に焼き付ける。

明日、なくなってしまうわけでもないのにね。瞳は、しんとした気持ちになった。

翌日、ＹＣ不動産に出向いた瞳を、鹿野が興奮気味に迎えた。

「佐々木さん、昨日はお疲《つか》れ様《さま》でした。たくさんの方がお見えになったようですね！」

「思い切って開催して良かったわ」

土地を買いたいと言ってきた人は、鹿野の顧客で、神戸《こうべ》の中心部に自宅を構える建築士の男性だった。前から、静かな環境《かんきょう》に自宅を移したいとの相談があったそうだ。

瞳の実家周辺の雰囲気《ふんいき》を気に入り、自宅を売って転居したいという。

「その方は、自分の思い通りの家を、一から造るのが夢なんやそうです。便利なところよりも、落ち着いた場所に魅力《みりょく》を感じるようになったとおっしゃってました」

「更地で引き渡すいうことですね？」

「そう希望されています」

昨日のマルシェで、実家の柱時計を買ってくれた人だった。台所の「昭和ガラス」もインテリアに利用したいそうである。

更地であれば、提示通りの金額で購入するとのことだ。売り主である自分の方に解体費用がかかるが、瞳はそれでいいと思った。

「ご縁《えん》」と言うのだろうか、待っていた出会いが、やっと巡《めぐ》ってきたような気がした。

自分の周りをゆっくりと回っていたものが、目の前でぴたりと止まったような。

真司と陽子に電話で伝えると賛成し、「後は任せる」と言われた。

売買の手続きは、問題なく進んでいった。

「解体業者はどうされますか？　業者を紹介するサイトもありますし、先日、私が言った知り合いを紹介することもできますが」

「姉が『一番安い業者に』って言うんです」

鹿野は陽子を思い出したのか、一瞬《いっしゅん》、表情を引き締《し》め、言葉を選びながら言った。

「お気持ちは分かりますが、安さだけで選ぶのは危険かと……。見積りを取られると思いますが、大雑把《おおざっぱ》な見積りですと、後から追加料金がかかる場合もあるし、解体以外にかかる費用が書かれていないこともあります」

「解体以外の？」

「木材やガレキを処理する費用、足場や養生費、重機の費用なんかもあります。ですので、細かい項目《こうもく》に分けて見積りを出してくれるところを選ばれると良いですよ。解体は地味ですが、とても大事な仕事です。危険を伴《ともな》う作業ですし」

「知ってる建設会社はあっても、解体の会社は全然、知らないものね。確かに、よう考えんとね」

瞳は、鹿野が紹介してくれた会社以外にも、ホームページを見て、いくつか検討してみたが、一旦《いったん》、鹿野の知り合いの「朝飛興業《あさひ》」に、見積りを頼《たの》むことにした。

ついに実家がなくなる。決着がつくんやから、寂《さび》しいなんて言ってる場合と違うわ。喜ばな、あかん。

そうそう、家の中を空にしないと。費用が掛《かか》るけど業者に頼むしかない。

須賀さんが、知り合いの不用品回収業者を紹介してくれた。とても評判が良い業者で、近所の人はよく頼むらしい。須賀さんには、最後までお世話になるなぁ。瞳は、手を合わせたいくらいである。

指定した日に四人の作業員がやってきた。チームワーク良く、次々とものを運び出す。家の中が空になるのに、一日もかからなかった。家具の跡《あと》が残る壁《かべ》や畳《たたみ》が露《あらわ》になり、その色合いが長年の疲労《ひろう》を感じさせた。

見慣れたものが何もなくなったら、実家は違う家みたいになった。せいせいしている自分に、瞳はちょっと驚いた。

朝飛興業の担当者が見積りに来ることになったのは、一週間後である。

通い慣れた実家へ、瞳は向かう。

家のチャイムが壊れているのを知っているのに、押《お》してみた。鳴るわけがない。

これから来るのはどんな人だろうと、瞳はやや緊張《きんちょう》気味に待った。

訪れたのは、セミロングヘアの三十代くらいの女性で、社名入りのグレーのジャンパーを着ている。何となく、男性を想像していた瞳は拍子《ひょうし》抜《ぬ》けした。

女性は、「朝飛興業　朝飛ユリ」と印刷された名刺を差し出して挨拶をした後、

「敷地《しきち》内の建物は全部、撤去《てっきょ》されるのですか」

と確認《かくにん》し、瞳が、「はい」と答えると、家の外観や物置、隣の家との間に建つ低いブロック塀《べい》などの写真を撮《と》った。

その後、敷地と繋《つな》がる道を見たり、物置のサイズを測ったり、クリップボードに挟んだ書類に何か書き込んだりした。

明るい色のストレートの髪《かみ》が、さらさらと風になびいている。

家の中に入ると、窓のサッシや壁に触《さわ》り、水道やガスの引き込みの場所を確認した。

てきぱきと動き、時折、

「日程のご希望はおありですか」

などと質問をする。

動作が軽《かろ》やかで、見ていて気持ちが良かった。瞳は、ふいに、

「このお仕事をされて、長いんですか？」

と、尋ねた。朝飛ユリは、書類から視線を外して瞳を見た。

「とても慣れていらして、楽しそうに見えたので……。お仕事中なのに、すみません」

「いえいえ！　とんでもないです」

ユリは、気さくな口調になった。笑うと、あどけない顔になる。

「入社して五年です。本当は、家を造る方に興味があって、建築を勉強して建設会社に就職したんですけど」

口を尖《とが》らせる。

「壊す方になってしまいました」

解体業の人と結婚《けっこん》したのかな、と瞳が想像していると、

「父が解体業を営《いとな》んでいるのですが、まさか自分がこの仕事をするなんて、思いませんでした。でも、今は、やりがいを感じてます」

軽く胸を張った。

「そうなんですか。何かきっかけでも？」

「五年前に父が病気をして、一時、会社が大変なことになりまして。その時、普段《ふだん》は陰《かげ》

から皆をそっと見守っているような母が、父や社員を励《はげ》ましながら、がむしゃらに立ち向かっていって。その必死な姿を見たら、よーし、私もやったるわ！って、実家に戻ってきたんです」

最後の言葉に、力がこもっていた。

「でも、前の職場では、建物ができた時にお客様の喜ぶ顔を見ることができたのに、この仕事は形が残りません。それに……」

ちょっと迷ってから、思い切ったように、

「危ない、うるさい、埃《ほこり》がひどい。解体って、人に嫌《きら》われるイメージがありますよね。クレーム満載《まんさい》っていうか」

一気に言った。

建物みたいな大きなものを壊すのだから、それはしかたがない、と瞳は思う。

「そのイメージを壊したい、って考えました。形が残らないからこそ、心の通う仕事をしよう、できるはずや、って」

「心、ですか」

「はい。解体現場の周りにお住まいの方々には、それぞれの大切な生活があります。生まれたばかりの赤ちゃんがいたり、夜遅くのお仕事で昼間は寝ていたり、ご病気の方も」

一呼吸置いて、ユリは続けた。

「ですので、安全対策を第一に考えた上で、一軒《けん》、一軒、事情をお聞きして作業の時間帯を調整するようにしています」

須賀さんのおじさんとおばさんが、困ったように解体現場を眺《なが》めている姿が浮かんだ。お世話になった近隣《きんりん》の人に迷惑をかけるのは、瞳も嫌だった。

ユリは、近隣の人に不安を与《あた》えないよう、マナーや言葉遣《ことばづか》いに気を配り、質問されたら適切な説明ができるように、日々、勉強していると言う。

「真心を込めて、壊してくれるんですね」

瞳が呟くと、ユリが目を輝《かがや》かせた。

「そう決めて、この仕事をしています」

長く存在していたものが消えてしまっても、そこに新たに芽生えるものはある。目には見えないが、周りのすべてが循環《じゅんかん》しているのを瞳は感じていた。

解体したら、家はなくなって終わりだけれど、終わりがあるから、始まりがあるのだ。実家が解体された後に、どんな家が建ち、どういう生活が営まれるのか。想像すると楽しくなってきた。

後日、朝飛興業から、丁寧《ていねい》な見積書が送られてきた。気持ちは決まっていたが、他社のホームページも見た上で正式に決定した。

売買契約の日が決まり、改めて真司と陽子に伝えた。もう、誰も文句は言わなかった。

買い主の建築士さんは、穏やかな感じの人で、問題なく売買契約を結ぶことができた。

瞳は、須賀さんや近所の人達に、報告と挨拶に回った。

和江に感謝の気持ちを伝えると、

「良かったな。また、面白い空き家があったら知らせるから、一緒に行こな。『空き家に罪はない！』これが合言葉や」

合言葉まで勝手に決めて、相変わらず張り切っている。

解体が済んだら、いよいよ引き渡しである。

ああ、やっと、ここまで来たわ。引き渡しの手続きの日まで、少し休もう。

解体には立ち合う必要もないやろ。ユリさん達に任せておけばいい。一息つこう。

ところが、解体が始まる日の前夜、瞳のスマホに電話が入ったのである。

エピローグ

真司《しんじ》の真剣《しんけん》な声が聞こえた。スマホを持つ手が震《ふる》えた。

「瞳《ひとみ》、頼《たの》みがある！」

「どうしたん？　頼むって何？」

「表札を外して持って帰ろうと思ってたんだが、すっかり忘れてた」

「はあ？　表札ぅ？　何でまた、今ごろ」

「玄関《げんかん》に表札を付けた時の父《とう》さんの顔が、忘れられないんだ。すごく嬉《うれ》しそうだった。俺《おれ》は子どもだったけど、はっきり覚えてるよ。もう、いいか、とも思ったが、やっぱり俺が持っておくべきだ。取ってきてくれよ。間に合うだろ？　お願いだ！」

お兄《にい》ちゃんにお願いされるなんて、生まれて初めてかも。一生に一度の出来事や！

すぐに朝飛《あさひ》興業に電話をかけた。夜遅《よるおそ》かったため留守番電話になっていた。瞳は、用件を録音し、翌朝、実家に向かった。

車を実家近くの空き地に停《と》めると、見慣れた風景の中を一目散に走った。社名入りの養生シートで囲われた実家が見えてきた。

作業服にヘルメット姿の女性が、何かを指示している。

ユリだった。作業が始まろうとしていた。

瞳が駆《か》け寄《よ》ると、ユリは停めてあったライトバンから、外した表札を出してきて、にこやかに差し出した。瞳は、何度もお礼を言い、実家を背に歩き出した。

真司に伝えようとスマホを出すと、和江《かずえ》から、写真が添付《てんぷ》されたＬＩＮＥ《ライン》が来ていた。

そう言えば、マルシェの日、いろんな場面を撮《と》ってくれてたな。

玄関の立て看板、陳列《ちんれつ》品を見ている人、陽子《ようこ》の美容タイムなど十枚ほどある。最後は、集合写真のようなものだった。指で画面を拡大してみたら、思い出した。

来訪者が帰って、片付けをしている時、

「はーい、皆さん集まって〜」

と言って、和江が素早《すばや》く撮ったのだ。

ド真ん中で低い折《お》り畳《たた》み椅子《いす》に座《すわ》り、貫禄《かんろく》の笑顔《えがお》を見せているのは須賀《すが》さん夫妻である。

真司は腕組《うでぐ》みをして遠くを見ている。一郎《いちろう》と良平《りょうへい》は向き合って、何かしゃべっているようだ。

陽子は光《ひかる》の髪《かみ》を触《さわ》っている。その様子を楓《かえで》と茜《あかね》さんが見ている。小夜子《さよこ》は正面を指差し、瞳は前を向いてポカンとしていた。

みんなバラバラやん。これは集合写真やろか。なんか、どこかで見たことがあるような。

そうや、お母《かあ》さんが大事にしてくれてた私の絵、コルクボードに貼《は》った絵に、雰囲気《ふんいき》が似てるんや！

だけど、私の絵の方が断然、上手《うま》いわ！　瞳は、にんまりした。

背後で、解体の始まる気配がした。瞳は振《ふ》り返らなかった。

（完）

本書は、月刊「パンプキン」二〇二三年三月号から二〇二四年七月号
まで連載されたものを加筆修正し、単行本化したものです。

本作の執筆に当たり、多くの関係者の方々からご助力を賜りました。深く感謝しております。

取材にご協力いただきました、安田和也さん（廃墟カフェ　ルーインズ　店主）、西村周治さん（合同会社廃屋　組長）、深代勝美さん（公認会計士・税理士）、森本哲夫さん（特定行政書士）、前田広子さん（所沢市職員）、森本昌幸さん（株式会社森本工務店　代表取締役）、福島伸子さん（添乗員）、山田真弓さん（空き家再生投資コンサルタント）に改めて御礼申し上げます。

（順不同）

この他にも、たくさんの皆様から温かい励まし、応援をいただきました。ありがとうございました。

著者

【参考資料】

『改訂2版　ゼロからはじめる相続　必ず知っておきたいこと100』深代勝美 編著、深代会計事務所 著、あさ出版、二〇二〇年
『あなたの空き家問題』上田真一 著、日本経済新聞出版社、二〇一五年
『シニア六法』住田裕子 監修・著、KADOKAWA、二〇二〇年
『絶対に後悔しない家の売り方』齋藤智明 著、秀和システム、二〇二二年
『おひとりさまの終活「死後事務委任」――これからの時代、「遺言書」「成年後見制度」とともに知っておきたい完全ガイド』國安耕太 著、あさ出版、二〇二〇年
『捨てられる土地と家』米山秀隆 著、ウェッジ、二〇一八年
『空き家幸福論　問題解決のカギは「心」と「新しい経済」にあった』藤木哲也 著、日経BP、二〇二〇年
『知識ゼロからの空き家対策』杉谷範子・名和泰典 著、幻冬舎、二〇二一年
『空き家を活かす　空間資源大国ニッポンの知恵』松村秀一 著、朝日新聞出版、二〇一八年

葉山由季 はやま・ゆき

東京都生まれ。跡見学園短期大学卒業。1977年より兵庫県に在住。93年「ほくろ」で北日本文学賞選奨。同年「二階」で大阪女性文芸賞受賞。95年の阪神・淡路大震災をきっかけに、新聞・雑誌に被災地での体験を投稿するようになり、翌年よりライターとして活動。著書に『大阪のお母さん 浪花千栄子の生涯』(小社刊)。

親の家が空き家になりました

二〇二四年　九月二十日　初版発行

著　者——葉山由季

発行者——前田直彦

発行所——株式会社 潮出版社

〒一〇二-八一一〇
東京都千代田区一番町六　一番町SQUARE
〇三-三二三〇-〇七八一（編集）
〇三-三二三〇-〇七四一（営業）
振替口座　〇〇一五〇-五-六一〇九〇

印刷・製本——株式会社暁印刷

ISBN978-4-267-02437-5 C0093
www.usio.co.jp

◆潮出版社の好評既刊

姥玉《うばたま》みっつ
西條奈加

江戸を舞台に、同じ長屋で暮らすことになった個性豊かな三人の婆たちの日常とその周りで起こる悲喜劇をコミカルに描く「女性の老後」をテーマにした長編小説。

ここが終《つい》の住処《すみか》かもね
久田 恵

風光明媚な丘陵地の「サ高住」で繰り広げられる、くすりと笑える人生劇場。アクティブシニアのリアルな本音と暮らしがいきいきと描かれた新感覚シニア小説。

さち子のお助けごはん
山口恵以子

ひょんなきっかけから出張料理人となった飯山さち子は、波瀾万丈の運命を背負いながらも、依頼者を料理で幸せにしていく。笑いあり涙ありの連作短編小説。【潮文庫】

裁判官 三淵《みぶち》嘉子《よしこ》の生涯
伊多波 碧

NHK連続テレビ小説「虎に翼」の主人公のモデルを描いた書き下ろし小説。日本初の女性弁護士、裁判所長となった三淵嘉子の逞しくもしなやかな生涯。【潮文庫】

大阪のお母さん 浪花千栄子《なにわちえこ》の生涯
葉山由季

長きにわたり映画・舞台で活躍した昭和の名女優、浪花千栄子を描く、書き下ろし長編小説。貧しい幼少時代を乗り越え、大正・昭和を駆け抜けた大女優の一代記。【潮文庫】